몽월 新무협 판타지 소설
FANTASTIC ORIENTAL HEROES

대법왕 1
몽월 新무협 판타지 소설

초판 1쇄 찍은 날 § 2008년 11월 19일
초판 1쇄 펴낸 날 § 2008년 11월 25일

지은이 § 몽월
펴낸이 § 서경석

편집장 § 문혜영
편집 § 정서진·유경화·최하나

펴낸곳 § 도서출판 청어람
등록번호 § 제1081-1-89호
등록일자 § 1999. 5. 31
어람번호 § 제2-1620호

주소 § 경기도 부천시 원미구 심곡동 163-2 서경B/D 3F (우) 420-010
전화 § 032-656-4452 팩스 § 032-656-4453
http://www.chungeoram.com
E-mail § eoram99@chollian.net

ⓒ 몽월, 2008

ISBN 978-89-251-1562-7 04810
ISBN 978-89-251-1420-0 (세트)

※ 파본은 구입하신 서점에서 교환하여 드립니다.
※ 저자와 협의하여 인지를 붙이지 않습니다.
※ 이 책은 도서출판 청어람과 저작자의 계약에 의해 출판된 것이므로,
무단 전재 및 유포·공유를 금합니다.

몽월
新무협 판타지 소설

대법왕
大法王

7

무주공산(無主空山)

1장 용사(勇士) 7
2장 사대법왕 37
3장 살아난 기능 73
4장 반전과 반격 105
5장 광란의 밤 141
6장 집중구타 175
7장 공포 211
8장 외세 241
9장 천랑사신 271

第一章
용사(勇士)

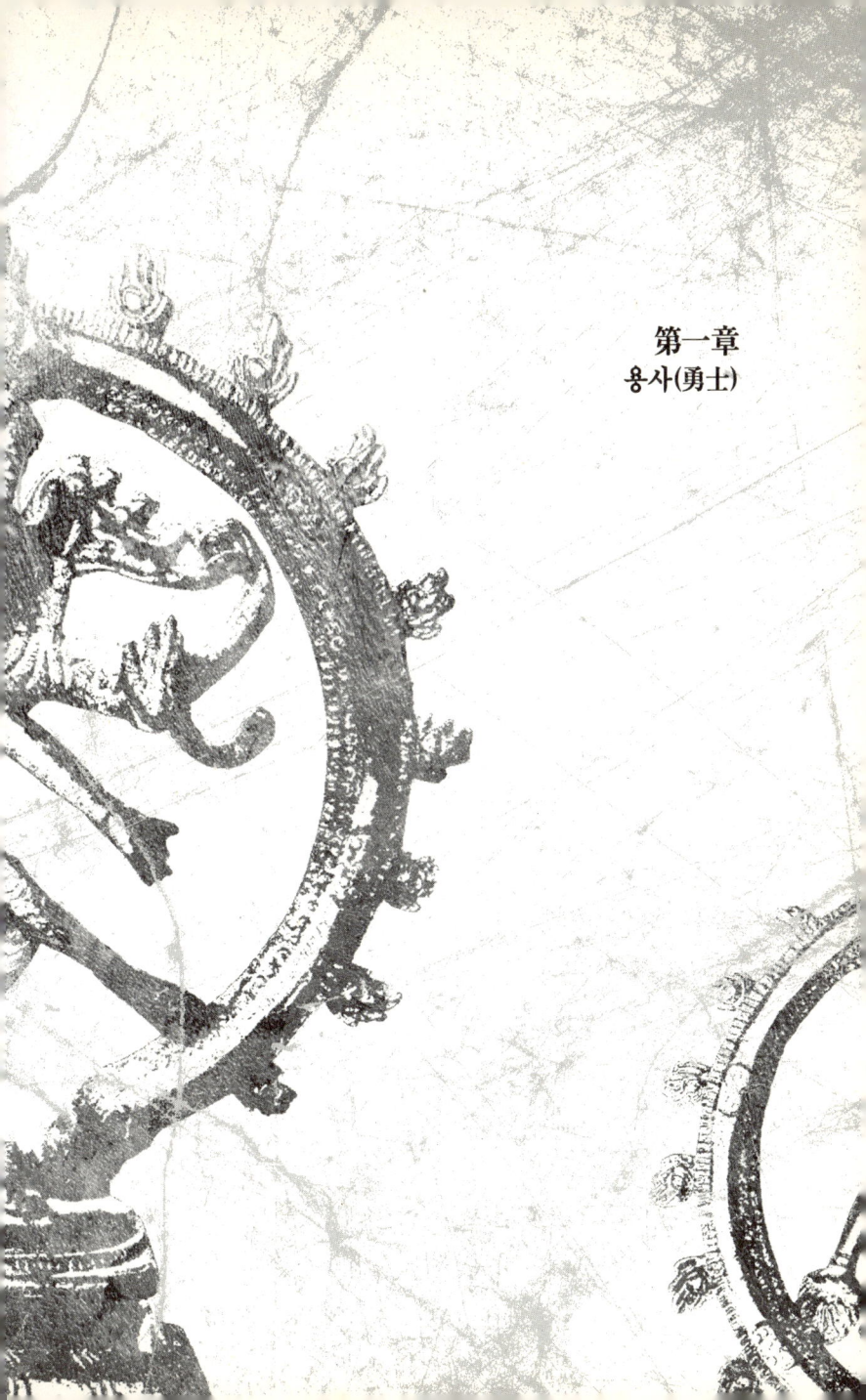

용천명이 신음을 흘렸다.
무림에는 입으로만 전해지는 몇 가지 전설적인 무예가 있다. 그중 하나가 지금 덕배 선사가 펼친 밀종대수인이다.
알려진 무공이면 그에 대한 대비책이 나오지만 전설로만 전해질 뿐 아직 활발하게 횡행하지 않은 무공이어서 대비책이란 그다지 없었다. 싸우는 당사자가 그때그때 상황에 따라 맞서는 것 말고는 뾰쪽한 수가 없는 것이다.
휙!
검끝에서 파란 기가 뿜어져 나온다.
출렁이는 보통의 기와는 달리 단단한 강기이다.
콰앙!

다시 손과 검이 부딪쳤다.
둘 모두 외형적으로는 누가 우세하다고 말할 수 없었다.
파파팡!
두 사람의 옷자락이 찢어질 듯 펄럭거렸는데 천룡구십구불과 무혈단 무사들이 쏟아낸 기파가 바람이 되어 두 사람의 옷자락을 후려치고 있었다.
이미 비명이 시작되고 있었다.
무혈단은 포위망을 뚫으려 노력했고 천룡구십구불은 매섭게 망(網)을 단단히 만들었다.
슉!
짧게 찔러 들어왔다.
빠른 공격은 검이든 주먹이든 피할 수가 없다. 물론 전혀 피하지 못하는 것은 아니다. 상대의 공격보다 이쪽의 보법이 압도적이거나 눈이 빠르면 충분히 피할 수 있다. 그러나 절정고수들 사이에서 주고받는 쾌공이란 범인으로서는 상상할 수 없는 속도이기 때문에 보법으로 피한다는 것은 사실상 불가능하다. 유일한 방법은 맞닥뜨리는 것이었다.
딱!
명치를 찔러 들어오는 검을 덕배 선사가 왼쪽으로 쳐냈다.
치잇!
힘에 의해 왼쪽으로 밀려가던 검이 재차 파고들었다. 밀린 거리는 두 치 정도였는데, 덕배 선사의 쳐낸 힘은 이 갑자의 공력이었다. 그런데도 고작 두 치밖에 밀리지 않았다는 것은 용천명의 내력 또한 그에 못지않음을 증명하는 것이었다. 한데 덕배 선사가 더욱 놀란 것은 바뀐 초식이었다.

검이 밀리는 순간 찔러왔던 식(式)을 다른 것으로 바꾸어 버린 것이다. 몸속의 내력은 손이나 병기가 펼치는 초식에 따라 형태가 바뀐다. 어떤 초식이 운용되느냐에 따라 모양과 크기가 수시로 급변하는데 몸 안의 내력을 빠르게 변형시킬 수 있다면 그것보다 좋은 일은 없다.

그래서 고수와 하수의 내력 변화의 빠르기는 큰 차이가 난다.

일반적인 고수였다면 덕배 선사의 왼쪽 쳐내기에 의해 검은 몸을 비껴 뒤쪽 텅 빈 허공을 찔렀을 것이다. 물론 그렇게 될 경우 상대는 표적을 놓치고 허공을 찌르기 때문에 몸의 중심이 흐트러졌을 것이고, 중심이 흐트러져 신속히 신체를 통제하지 못하는 상대는 치명적인 위험을 맞는다.

그런데 용천명은 그 모든 절차를 넘어서 버렸다. 실패의 순간 다른 초식으로 바꾸어 버린 것이다. 실패든 성공이든 펼친 초식을 마치고 다음 초식을 시전하는 것이 일반적인데 반 정도밖에 펼쳐지지 않은 초식에서 곧바로 다른 초식으로 바꾸었다는 것은 몸의 내력이 그만큼 빠르게 변화에 따라주었다는 의미이다.

곧바로 달리던 마차가 급히 회전하면 넘어진다. 공격 또한 그와 마찬가지로 갑자기 다른 초식으로의 변화를 주면 기의 흐름이 따라주지 못해 내상이 생기거나 아니면 역류까지도 일어난다.

용천명의 검은 틀어진 왼쪽의 방향에서 반 뼘 정도 검끝이 올라왔다. 명치를 노렸다가 왼쪽으로 밀려나자 반 뼘 올려 어깨를 파고든 것이다.

휙!

이번에는 덕배 선사가 손으로 쳐내지 않고 왼쪽 어깨를 틀었다. 쳐내는 것보다 더 빠른 방어 동작이었다.

쉭!

검이 어깨를 아슬아슬하게 스쳤고, 덕배 선사의 오른손이 찔러가는 검신의 중간 부분을 강하게 때렸다.

꽝!

검끝을 때리는 것과 검신 중간 부위를 때리는 것에 상대가 느끼는 충격의 강도는 다르다. 검끝은 끝만 틀어지기 때문에 손아귀에 전달되는 충격이 그다지 크지 않지만 중간 부위는 손아귀에서 얼마 떨어지지 않는 부분이다. 손을 통해 빠져나오는 힘이 아직은 살아 있기 때문에 신체를 때리는 것과 같은 효과를 본다.

"흡!"

검끝은 휘어지는 습성이 있어서 충격도 완화시켜 주지만 중간은 그렇지 못했다.

핑글!

검의 손잡이가 손아귀를 반쯤 벗어나고 있었다. 다행히 힘이 강했기 때문에 재차 추스르며 잡았지만 고수들의 싸움에서 그 짧은 틈은 큰 위험으로 돌아왔다.

파아아!

지금까지 덕배 선사는 우장만을 썼다.

그러다 보니 용천명의 본능은 오른손에 쏠려 있었는데 느닷없이 왼손이 뻗어 나오자 흠칫했다. 상대가 너무 강하다 보니 사실 다른 데 신경 쓸 여력이 없기도 했지만 왼손으로 돌변하자 당황했다. 검으로 막아야 하지만 손아귀를 벗어나려는 검을 추스르고 있었기 때문에 막긴 했으되 전력이 담기지 못할 수밖에.

뻐어억!

덕배 선사의 좌장은 또다시 검의 중간을 때렸다.

겨우 추슬러 잡은 손잡이가 튕겨 나갔다. 온 힘을 다해 엄지손가락으로 눌러 떨어지려는 검을 붙잡았다.

그러나 덕배 선사는 기다려 주지 않았다. 이번에는 오른손이다.

왼손 공격에서 또다시 왼손 공격을 펼치는 방법보다는 좌우 손을 번갈아 뻗는 것이 연결 과정이 군더더기가 없고 빠르다.

콱!

이번에는 오른손이 다시 검신을 쳤고 끝내 검은 허공으로 날아가 버렸다.

투툭!

고수라면 검을 떨어뜨렸다고 해서 크게 싸움의 양상이 달라지지는 않는다. 그러나 완전한 고수라면 또 달라진다. 용천명과 덕배 선사의 무위는 천하에서 손가락 꼽힐 만큼 고강했다. 바늘 끝만 한 차이와 변화도 생사를 결정하는 고수들이었다.

스윽!

반쯤 뻗어낸 덕배 선사가 오른손을 거두어 뒷짐을 졌다.

그러자 용천명의 눈이 커졌다. 덕배 선사의 행동은 공격을 하지 않을 테니 검을 주워 들라는 뜻이었다.

용천명은 검을 주워 들었다. 그리고 다시 벼락같이 찔러 들어갔다. 얼굴에 전혀 고마움이나 미안함 따위는 없다. 처음 그대로 다시 냉정한 표정이다.

덕배 선사는 자신에게 기회를 주고 있었다. 그런데 전혀 부끄럽거나 창피한 생각이 들지 않았다. 백쾌섬을 제외하고 아직까지 자신의 검을 손아귀에서 떨어뜨린 사람은 덕배 선사가 처음이었다.

슈육!

승패는 이미 떠났다.

아무리 뭐라고 해도 검을 떨어뜨렸으니 부인할 수 없다.

결정난 패배인데도 검을 주워 덤비는 것은 밀종대수인이란 무공 때문이었다. 귀가 아프도록 들었고, 아무리 소문의 특성이 불어나는 것이라지만 천하제일인(天下第一印)임은 분명했다. 고수라면 이기는 것도 목적이지만 파천의 기예와 겨뤄보는 행운 또한 무척 중요시 여긴다.

따딱!

연거푸 검은 손에 막혔다.

볼품없는 검이지만 평생을 같이한 애검이다. 이름난 보검도 아니고 속에 은밀한 기관장치가 되어 있는 검은 더욱 아니다. 절대고수가 되면 병기는 그저 병기일 뿐 그 이상도 이하도 아니다. 보검이라면 적지 않은 득을 보지만 아무튼 평생 이 청강검 하나로 수많은 고수를 쓰러뜨렸다.

그런데 오늘 어쩌면 자신이 쓰러질 수도 있다는 생각이 들었다. 그러나 마음속으로 불안하거나 억울한 기분은 전혀 들지 않는다. 고수라면 생사 따위는 그다지 중요하지 않다.

따—따다닥!

오십여 초가 지났는데도 덕배 선사의 손에서는 핏방울 한 번 흘러나오지 않았다. 아무리 강한 수공일지라도 병기에 십여 차례 이상 부딪치면 최소한 붉게 달아올라 사용을 자제한다. 그런데 용천명이라는 무혈단 수장인 자신의 이 갑자 힘이 실린 검에 오십 번 이상을 부딪쳤는데도 손은 처음 그대로였다. 오히려 자신의 검이 균열을 보이고 있었다.

비명은 끝없이 들린다. 수십 년을 동고동락해 온 부하들의 마지막 목소리가 너무도 슬프게 들린다.

뚝!

용천명이 검을 멈추었다.

덕배 선사가 쳐다보았는데, 왜 멈추느냐고 묻는 것이었다.

용천명의 시선이 검을 쳐다보았다. 검은 금방이라도 조각날 듯 곳곳에 균열이 일어나 있었다. 평생을 같이해 온 검이 균열되어 쪼개지는 비참한 몰골을 보고 싶지는 않았다.

"졌소."

용천명은 패배를 시인했다.

덕배 선사는 손속에 사정을 두지 않았다. 그도 최선을 다했고 자신도 최선을 다했다. 용천명은 자신이 덕배 선사에 비해 반수 정도 떨어진다고 생각했다. 하수들에게 반수는 작은 차이지만 고수에게 있어서는 하늘과 땅이었다.

"크아아!"

"컥! 어억!"

천룡구십구불의 포위망이 뚫렸다. 그런데 포위망이 뚫린다는 것은 무혈단 무사들에게 그다지 반가운 일이 되지 못했다. 천룡구십구불의 포위망을 벗어났지만 이미 체력은 바닥이었다.

정상의 몸이라고 해도 쉽지 않을 백팔밀승들인데, 도무지 상대가 될 수 없었다. 그것은 학살이었고 일방적인 도륙이었다. 이십여 명 가까이 뚫었는데 순식간에 모조리 도륙이 되어 버렸다.

남은 생존자는 용천명과 동천혁이었다.

동천혁은 그 처절한 생사의 대결 속에서도 온전했다. 누구도 그를 공격하거나 위협하지 않았다.

용천명이 누굴 찾는지 두리번거렸다.

뚝!

그의 시선이 한곳에 멈췄다. 포위망을 벗어난 전각 대청마루에 동천몽이 앉아 있었다.

용천명이 천천히 동천몽을 향해 걸어갔다. 그 순간 천룡구십구불 중 두 명의 승려가 그를 막으려 했다. 덕배 선사가 손짓으로 막지 말라고 한다.

가까이 다가간 용천명이 열두 개 계단 위에 앉아 있는 동천몽을 보며 입을 열었다.

"소생은 용천명이라고 하옵니다."

느닷없이 자신의 이름을 밝히는 용천명의 의도는 무엇일까. 주위 사람들의 한결같은 의문이었다. 그러나 동천몽은 용천명의 의도를 읽은 듯 잔잔한 미소를 짓는다.

그것은 아주 간단했다. 자신의 명예와 무혈단의 지위를 인정하여 깨끗한 죽음을 맞게 해주어 고맙다는 인사였다. 사실 백쾌섬은 동천몽의 원수이다. 자신을 죽인 철천지원수이기에 백쾌섬의 측근 호위대인 무혈단은 곧 분신이다. 일반 사람들이라면 죽이는 건 기본이고, 단순히 죽이는 것만으로는 분이 안 풀릴 수도 있었다. 그런데 동천몽은 복수라기보다는 천룡구십구불을 내세워 서로의 명예와 자존심을 건 강한 일전을 벌이도록 배려했다. 어떤 함정이나 음모도 개입시키지 않은 것이다. 백팔밀승을 배치해 단 한 명도 살려 보내지 않겠다는 의지만을 보였을 뿐이었다.

죽음에도 종류가 있다.

가장 비참한 죽음은 시신까지 훼손당하는 것이다. 신체가 절단되는 죽음 또한 무인에게는 치욕이다. 뭐니 뭐니 해도 가장 품위있는 죽음은 이쪽의 체면을 세워주는 죽음이다. 그것은 시신이 훼손되고 신체가 절단되는 죽음과는 판이하게 다르다. 가장 융숭한 대접인 것이다. 그래서 무인들은 이기는 것도 중요시 여기지만 어떤 죽음을 당하느냐에 관심을 갖는다.

"소생의 무례함을 이해하소서."

대법왕의 권위는 절대적이다. 그런 그에게 검을 겨누었으니 죽어 마땅하다.

"용천명이라고 했더냐? 실로 멋진 놈이구나. 너를 기억하겠다, 오래오래."

"가, 감사하옵니다."

용천명의 목소리가 떨려 나왔다.

대법왕의 기억 속에 자신이 각인된다는 사실은 놀라운 감동이자 흥분이 아닐 수 없었다.

"건강하소서. 소생은 이만 물러갈까 하옵니다."

물러가겠다는 것은 그만 목숨을 끊겠다는 의미였다.

"궁금하지 않느냐?"

뜬금없는 질문이었는데 용천명은 알아차렸다.

"조금은……."

한 번쯤 백쾌섬의 안부에 대해 물을 만도 했다. 워낙 원한이 깊기 때문에 그가 지금 무엇을 하는지, 무슨 생각을 갖고 있는지 자신의 주리를 틀면 상당한 정보가 흘러나온다.

　호위대 대장이니 백쾌섬의 일상과 목와북천의 모든 것을 훤히 들여다볼 수 있는 것이었다. 그러나 동천몽은 일제 그런 행위를 벌이지 않았다.

　그 이유가 궁금하지 않느냐는 뜻이었다.

　"너희 주군은 내 원수이다. 난 반드시 그를 죽일 것이다."

　용천명은 묵묵히 듣고 있었다.

　"너도 알겠지만 너의 입이 열리면 좋은 정보가 마구 쏟아져 나올 것이다."

　"왜 묻지 않으시옵니까?"

　"너 때문이다."

　흠칫!

　용천명이 놀란 표정으로 쳐다보았다.

　"마음에 드는구나. 너야말로 요즘 보기 드문 진정한 무사이고 주인을 섬길 줄 아는 충신이다."

　그 말은 곧 자신의 명예를 존중해 주기 위해서라는 의미였다.

　용천명의 눈빛이 흔들렸다.

　천하에서 자신을 거느릴 인물은 백쾌섬뿐이라고 호언했고 자신했다. 그런데 여기 또 한 사람이 있었다.

　팍!

　용천명이 천령개를 내려쳤다.

　천천히 피를 흘리며 쓰러지는 용천명의 입가에 환한 웃음이 흘렀다.

털썩!

쓰러진 용천명을 바라보던 동천몽이 말했다.

"용사다. 잘 묻어주거라."

천룡구십구불의 승려 세 명이 잽싸게 시신을 치웠다.

"대… 대법왕님."

그때 장원을 뒤흔드는 커다란 외침 소리가 들리더니 동천혁이 달려와 무릎을 꿇었다. 어찌나 세차게 꿇었던지 땅이 흔들거렸다.

"소인을 살려주십시오. 소인을 불쌍히 여기시옵소서."

시체가 된 용천명을 쳐다보던 동천몽의 낯빛이 굳어졌다.

동천혁이 쉼없이 살려달라고 애걸하자 동천몽뿐만 아니라 주위 천룡구십구불의 표정도 싸늘해졌다.

"대법왕님, 자비를 크게 베푸소서."

동천몽이 조용히 계단을 내려왔다.

잠시 엎드려 흐느끼는 동천혁을 내려다보던 동천몽이 몸을 돌렸다.

와락!

동천혁이 벼락같이 발목을 끌어안았다.

"어딜 가십니까? 소인을 외면치 말아주소서!"

화악!

동천몽이 붙잡힌 다리를 거칠게 뿌리쳤다. 그러자 동천혁이 힘없이 나뒹굴었다.

동천몽이 이글거리는 눈으로 쳐다보았다.

"개새끼."

지켜보던 천룡구십구불의 눈이 커졌다. 동천몽의 입에서 욕이 튀어나오자 모두가 놀란 표정들이었다.

"나 같으면 쪽팔려서라도 그냥 죽겠다. 그렇게도 살고 싶으냐?"

동천혁의 얼굴이 굳어졌고, 동천몽이 차가운 음성으로 말을 이었다.

"과거는 덮자. 조금 전 일만 갖고 말하자. 너, 내 앞에서 온갖 개지랄 다 떨었지. 그리고 내가 떠나자 뭐라고 뒤에서 구시렁댔느냐? 난 정말로 네놈을 살려주고 싶었다. 단, 이후 더 이상 보지 않으려 했지. 그런데 네놈은 등 뒤에 대고 날 조롱했다. 너란 놈의 그릇이 고작 그것밖에 되지 않았더냐."

동천혁은 굳은 얼굴로 눈만 꿈벅거렸다.

동천몽이 씹어뱉듯 말했다.

"죽어라. 그것만이 더 나은 세상이 되는 데 일조하는 일이다. 너 같은 놈은 살아 있어봤자 끝없이 약한 자를 괴롭히고 못살게 할 쓰레기일 뿐이다. 뭣들 하느냐! 저놈의 목을 베어라."

화악!

동천혁의 몸이 개구리처럼 뛰었다. 걸어가는 동천몽의 발을 향해 비수처럼 꽂히어 다시 끌어안았다.

"살려줘! 천몽아, 날 죽이지 마."

동천혁은 동천몽의 발목을 으스러져라 끌어안으며 외쳤다.
"나는 살고 싶어. 개새끼라고 해도 좋아. 그냥 살고 싶어. 사는 게 아주 좋아!"
내려다보는 동천몽의 얼굴 표정이 수차례 바뀌었다.
"어머니께 잘못했어. 어머니는 우릴 너무 사랑했는데 우린 그러지 못했어. 난 나쁜 아들이야."
파앗!
어머니라는 말이 나오자 동천몽의 눈에서 살기가 돋았다.
잠시 잊고 있었던 악몽이 다시 떠오른 것이다.
"어머니가 널 사랑했다고?"
"그래, 어머닌 나뿐만 아니라 형님과 모두를 사랑했어. 친자식보다 더 아꼈어."
"사실이냐?"
"정말이야, 너도 알잖아."
"말 잘했다. 네놈이 말했듯 어머니는 모두를 사랑했다. 나보다 너희 형제를 더 사랑했지. 그런데 네놈의 형, 그 잘난 동천비가 그 어머니를 겁탈했다."
"으헉!"
동천혁이 경악하며 고개를 쳐들었다.
동천몽이 살기를 쏟으며 말했다.
"죽어라."
그러면서 걸어갔고 동천혁은 얼어붙은 듯 땅바닥에 무릎을 꿇고 있었다. 동천몽은 눈앞에서 떠났는데 동천혁은 석상이 된 듯 그 자리에서 꼼짝하지 않았다.

고개를 들자 한쪽에 일목이 보였다.

"저, 정말이냐? 형님이 어머니를……?"

"씨벌놈이, 너 지금 나한테 말 놨냐? 이 시퍼런 개새끼를 봤나. 니놈 형제들은 어떻게 위아래를 모르냐? 너 몇 살이야?"

일목의 험상궂은 얼굴에 동천혁이 더듬거렸다.

"서… 서른하나인데요."

"씨발놈아, 난 내일모레면 쉰이야. 지천명, 알아?"

"그… 그래요?"

"잘 들어. 넌 죽는다, 내 손에. 마지막으로 할 말 있으면 털어놔 봐."

동천혁이 마른침을 삼켰다.

"조금 전 천몽은 날 살려주려 했다고 말했는데 사실입니까?"

"함께 자랐으면서도 그렇게 모르느냐? 너희들은 아니었겠지만 대법왕님은 너희를 형제로 생각하고 인정했다. 그래서 마지막까지 용서에 초점을 맞췄지. 그런데 네놈의 그 잘난 형님이란 새끼가 모든 것을 망쳐 버렸다. 물론 마공으로 인해 제정신이 아니라고는 하지만."

"제… 정신이 아니기 때문에 그런 짓을 하지 않았겠습니까?"

"그래서 제정신이 아니었기 때문에 참작을 해야 한다는 얘기냐?"

"제정신이 아니라는 것은 무슨 일이든 저지를 수 있다는 것 아닐까요? 솔직히 말해 정상적인 상태가 아닌 사람이 저지른 죄를 온전한 사람이 지은 것과 동일하게 평가해서는 안 된다고 봅니다."

멈칫!

일목의 눈이 깜빡거렸다.

동천혁이 더듬거리며 말을 이었다.

"저지른 죄는 절대 용서할 수 없겠지만, 좀 더 솔직히 말하면 정신이 완전히 돌아버린 상태이기 때문에 참작은 해야 한다고 봅니다. 관부에서도 맛이 간 자들이 지은 죄는 어느 정도 형량 결정을 할 때 감안하잖습니까?"

"그러니까 한마디로 네놈 말은 헷가닥 갔으니 조금은 봐줘야 한다는 것이냐?"

"봐주고 안 봐주고는 그쪽에 매여 있지만 제 생각은 그렇다는 것입니다."

"이 씨발놈이 곧 죽어도 지놈 형님이라고 편드네."

"편드는 게 아니라……."

"개자식아, 그게 편이 아니면 떡이냐? 아미타불! 이런 아주 나쁜 놈이 있나. 나 같으면 맛이 갔든 안 갔든 형님을 대신해 동생인 제가 진심으로 용서를 빕니다. 조금이라도 미안한 마음을 덜고자 제 목숨을 끊겠습니다. 하고서 엄숙히 천령개를 내려치겠다, 이 간악한 무리야!"

"죽는 건 두렵지 않습니다. 그렇지만 사건의 원인과 배경은 정확히 설명해야 할 것 아닙니까? 제 형님이 잘했다고 하는 건 절대 아닙니다."

"닥쳐!"

일목이 동천혁을 걷어찼다.

"아이고!"

동천혁이 나가떨어졌는데 입가에 피를 흘렸다.

일목이 흉흉한 눈빛으로 말했다.

"어쨌든 네놈 형제들은 나쁘다. 특히 네놈은 진짜 나쁘다. 세상이 좀 더 평화롭고 즐거워지기 위해서는 너 같은 놈은 죽어야 한다."

화악!

검을 뽑아 들었다.

검이 뽑히자 동천혁의 얼굴이 사색이 되었다.

"사, 살려주면 안 될까요? 당신이 모시는 대법왕이 내 동생인데."

"난 대법왕님의 명을 따를 뿐이다. 저승에 가서는 마음 고쳐먹고 살거라."

휘익!

그대로 검을 내려쳤다.

동천혁이 비명을 질렀다.

"끄아아아!"

뚝!

머리 바로 위에서 멈췄는데 동천혁은 눈을 감고 미친 듯이 비명을 지르고 있었다.

겁에 질린 동천혁을 보며 일목의 눈빛이 흔들렸다.

"이걸 베어 말아?"

홱!

동천혁이 고개를 쳐들더니 머리 위에 있는 검을 발견하고 다시 소릴 질렀다.

"끄아아아!"

결국 일목이 검을 거두었다. 그리고 뒤쪽에 서 있는 덕배 선사를 향해 입을 열었다.

"당신이 죽이시오."

검을 검집에 꽂고 두 걸음쯤 물러났을 때 덕배 선사가 호통을 쳤다.

"거기 서라!"

일목이 몸을 돌렸다.

덕배 선사가 무서운 얼굴로 말했다.

"감히 노납에게 명령을 내린 것이냐? 난 조금 전 네놈 입으로 나이가 아직 쉰이 안 되었다는 말을 들었다."

일목의 눈이 커졌다.

덕배 선사의 말은 한마디로 나이도 어린 놈이 감히 존장에게 명령을 내릴 수 있느냐는 거였다.

"네놈이 대법왕님을 모신다고 너무 안하무인이구나. 그리고 듣자 하니 정식으로 제자가 되었다던데, 그럼 엄격히 따져 네놈은 사제가 아니냐?"

파파팡!

덕배 선사의 장포가 부풀어졌다.

금방이라도 달려들 듯이 살벌하다.

일목이 이마를 좁혔다.

"소… 소승이 언제 노려봤다고 그러시옵니까? 원래 눈이 하나뿐이다 보니 왕왕 그런 오해를 받는데 억울합니다. 그냥 쳐다보면 노려보는 것처럼 됩니다."

"어디서 그런 궤변을!"

"궤변 아니라니까요. 사형 선사님께서도 눈이 하나만 되어 보십시오. 그냥 노려보게 됩니다. 아, 정말……."

답답하다는 듯 일목이 한숨을 내쉬었다.

마음 같아서는 당장 붙고 싶었다. 그러나 지난 세월 곁에서 지켜본 덕배 선사의 무공은 예사롭지 않았다. 밀종대수인이라는 가공할 장법도 경계심을 일으켰지만 뭐니 뭐니 해도 가장 신경 쓰이는 대목은 역시 맨발이었다.

맨발은 이상하게 가슴을 짓눌렀다. 낡은 승포를 바람에 휘날리며 맨발로 다가오는 덕배 선사를 보면 괜히 주눅이 들었다. 금방이라도 한 주먹에 자신의 머리를 깨버릴 것 같은 살벌한 기세에 자신도 모르게 위축이 된다.

속으로 욕을 뱉으며 별것 아니라고 최면을 걸어봤지만 소용이 없었다. 그런데 지금 또다시 덕배 선사를 보자 자꾸 뒤로 물러서고 싶어졌다.

'니기미!'

속으로 투덜대며 숨을 몰아쉬었지만 소용없었다. 투쟁심이 급속도로 사라졌다.

"분명히 말씀드리지만 소승은 사형 선사님을 한 번도 경원시한 적 없습니다. 대자대비하신 부처님께 맹세합니다."

"그럼 조금 전 한 말을 다시 해보거라."

일목이 헛기침을 하며 목을 가다듬었다.

"먼저 이건 절대 명령이 아닙니다. 도와달라는 요청에 가깝습니다. 저놈을 사형 선사님께서 죽여주실 수 있겠습니까? 바쁘지 않으시면 그렇게 해주십시오."

일목의 인상이 티나지 않게 구겨졌다.

이건 완전한 아부였다. 자신이 아부를 하다니, 스스로가 용납되지 않는다.

덕배 선사가 그제야 표정이 변했다.

"알았다. 우리가 알아서 할 테니 넌 가봐라. 그리고 사형이면 사형이지 사형 선사가 뭐냐?"

"그럼 소승은 이만 물러갈까 하옵니다. 사, 사형."

일목이 가볍게 합장을 하고 돌아섰다.

돌아서자마자 일목의 인상은 완전히 우그러졌다.

'어휴, 그냥.'

속에서 뜨거운 기운이 치솟았다.

콱!

일목의 주먹이 쥐어졌다.

이건 항렬과 상관없었다. 대배교의 마지막 후예로서의 자존심이었다. 언젠가 기회가 닿는다면 반드시 덕배 선사와 겨루어보리라 마음먹었다. 반드시 보기 좋게 무릎을 꿇리고 말겠다고 전의를 다졌다.

"부불주."

천룡구십구불의 부불주가 다가왔다.

"네가 하거라."

부불주가 멈칫했다가 합장했다.

"명을 받사옵니다."

덕배 선사가 자리를 떴다. 한참 동천혁을 쳐다보던 부불주가 고개를 내저었다.

"광석."

그러자 팔십가량의 노승 한 명이 다가왔다.

천룡구십구불 중 서열 삼위이자 나이가 세 번째로 많다.

부불주가 엄숙한 표정으로 말했다.

"네가 처리하라."

광석 선사 또한 움찔하더니 합장했고, 부불주가 사라지자 기다렸다는 듯 입을 열어 네 번째 나이 많은 사제를 불렀다.

"상춘!"

"부르셨습니까, 사형."

칠십 후반의 키 작은 승려가 나왔다. 유난히 머리가 희었는데 짧은 탓에 금방 찬서리가 내린 듯 보였다.

"네가 베어라. 난 바쁘다."

상춘 선사가 고개를 끄덕였다.

"네, 사형."

광석이 사라지자 상춘 또한 사제들 쪽으로 고개를 돌렸다.

"태석!"

작달막한 체격에 어깨가 쫙 벌어진 태석 선사가 나타났다. 태석 선사가 나타나자 상춘 선사가 말했다.

"할 수 있겠는가?"

죽일 수 있겠느냐는 물음이었다. 태석 선사가 동천혁을 쳐다보았다.

"난 사제만 믿네."

상춘 선사가 벼락같이 사라지자 태석 선사가 난감한 표정을 지었다.

모두가 동천혁의 목 베기를 두려워했다. 두려워한다기보다는 곤란해했다. 대법왕의 명령이 있었지만 사사로이는 혈육이 아닌가. 나중에 대법왕의 성격으로 볼 때 필시 수틀리면 한 번쯤 입 밖으로 꺼낼 가능성이 높았다.

그럴 리는 없겠지만 술이나 한잔하고 누가 우리 형님 죽였느냐고 고래고래 고함이라도 지르면 골치 아프다. 그렇지 않더라도 평생 자신의 형님을 죽인 놈이라고 인사에 불이익을 주지 말란 법도 없다. 그것을 모르지 않기 때문에 하나같이 아랫사람에게 맡긴 채 핑계를 대고 도망치듯 사라져 버린 것이었다.

갑자기 술 생각이 난다.

태석 선사는 다른 사제들에 비해 늦은 나이인 열일곱에 출가했다. 하도 술을 좋아하자 부모님이 강제로 포달랍궁에 집어넣어 버린 것이었다. 믿거나 말거나 세속에 있을 때 앉은 자리에서 죽엽청 열두 근을 마셔 주위 사람들을 놀라게 했다.

목적이 있어서 술을 마시는 건 아니었다. 그냥 술이 좋았고 마시면 즐거웠기 때문이다. 술을 마시면 아무리 나쁜 사람도 착해 보이고 삶의 고된 번뇌에서 잠시 해방이 된다. 열일곱 어린 나이에 인생의 고달픔을 얼마나 겪었느냐고 반문할지 모르지만 그건 뭘 모르는 소리다. 뜻은 큰데 현실 여건이 뒷받침되지 않으면 그 또한 고통인데, 태석 선사가 바로 그러했다.

그런데 출가한 지금 또다시 골치 아픈 일이 앞을 가로막고 있는 것이다.

"승석!"

석 자 항렬의 사제이다.

"부르셨습니까?"

승석 선사의 표정이 좌불안석이다. 태석 선사가 자신을 부르는 속사정을 알기 때문이었다. 예상대로 태석 선사는 자신에게 동천혁의 죽음을 맡기고 서둘러 사라진다.

"윤석!"

승선 선사가 사제를 불렀다.

천룡구십구불은 그렇게 계속 아랫사람에게 떠밀기를 반복

했다.

 강물은 푸르게 흐르고 있었다. 뭇 영웅들의 꿈과 야망과 사랑을 키워내고 그들의 비극까지도 품에 안아준 장강 위로 한 척의 고깃배가 떠 있었다.
 강은 푸르고 웅장했지만 고깃배는 너무도 초라하여 금방이라도 물결에 뒤집어질 듯 흔들렸다. 그런 위태로운 고깃배 위에 한 명의 낚시꾼이 앉아 있었다.
 삿갓을 깊숙이 눌러쓰고 있어 용모는 알아볼 수 없었다. 단지 뒤집어질 듯 흔들리는 배 위에 앉아서도 요지부동인 것을 보면 파도쯤은 두려워하지 않는 것 같았다.
 찌는 파도에 의해 마구 뒤집어지거나 잠겼다를 반복해 고기를 물었는지 물지 않았는지 구별하기가 쉽지 않았다. 그런데도 삿갓사내는 미동도 하지 않고 그쪽을 바라보았다.
 쏘옥!
 전혀 틀렸다. 물결에 휩쓸려 사라졌다 나타나기를 반복하던 찌가 어느 순간 핑 소리를 내며 사라졌다. 물결에 휩싸일 때에는 부드럽고 두리둥실하던 움직임이었는데 수중으로 꺼지듯 자취를 감췄다는 것은 고기가 물었다는 뜻이었다.
 화악!
 삿갓사내가 빠르게 낚싯대를 잡아당겼다.
 피핑!
 낚싯대가 대번에 휘어지며 끝으로부터 강한 힘이 전달되어왔다. 직감적으로 대어라는 것을 알아볼 수 있는 확실한 증거였다.

투투툭!

낚싯대는 활처럼 휘어져 끝이 물속에 잠겼다.

바로 그때였다. 갑자기 거대한 물기둥이 솟구쳐 오르더니 삿갓사내를 덮쳤다.

촤아아!

한 개이던 물기둥이 허공에서 네 개로 돌변했다.

그리고 삿갓사내의 머리와 목과 가슴과 아랫배를 파고들었다. 누구도 예측하지 못한 완벽한 암습이었고, 하나의 물기둥이 네 개로 나눠지는 상황은 더욱 삿갓사내를 당황시켰다.

삿갓사내가 낚싯대를 잡아당겼다. 그러자 낚싯대가 강하게 휘어지며 물속에 드리워진 낚싯줄이 당겨졌다.

휘리릭!

당겨진 낚싯줄 끝에 은빛이 번쩍이는 바늘이 달려 있었는데 놀랍게도 갈고리였다. 도살장에서 황소를 걸어놓는 거대한 쇠갈고리가 네 사람의 공세를 찍어갔다.

콰콰쾅!

갈고리에 부딪친 네 사람의 공격이 깨졌다.

그러나 암습자들은 당황하지 않았다. 오히려 그럴 줄 알고 있었다는 듯 침착하게 허공에 뜬 상태에서 다시 쌍장을 쏟아내었다.

콰아아!

휘이이!

그것은 어마어마했다.

낚싯대를 잡아당겨 다시 네 사람의 공세를 차단하려던 삿갓사내가 멈칫했다. 마치 강한 철벽에 걸린 듯 갈고리가 장세를 뚫지 못하고 있었기 때문이다.

예상보다 암습자들의 무공이 강하다.

삿갓사내는 낚싯대를 포기했다. 그리고 곧바로 쌍장을 뻗었는데, 먹물 같은 기세가 상하로 빠르게 움직였다.

파파파—팍!

둔탁한 소리가 나며 네 명의 암습자가 뒤로 튕겨 나갔다. 삿갓사내의 장력에 밀린 것이다.

두두둥!

삿갓이 강하게 꿈틀거렸다.

장력에 밀려난 네 사내가 배를 포위한 채 물 위에 우뚝 섰기 때문이다.

초상비였다. 아니, 엄밀히 말하면 물 위에 떠 있으니 수상비라고 해야 옳았다.

하지만 초상비와는 격이 달랐다. 초상비는 말 그대로 풀잎 위를 스치듯 날거나 서는 것을 말하는데 상대들은 물 위에 서 있었다. 초상비를 굳이 단계별로 논한다면 풀 위를 나는 것이 초보 단계이고 풀 위에 멈춰 서는 것이 가장 고도의 경지이다. 그러나 물 위에 서 있는 것은 더 어렵다.

일명 부운등공이라고 오해를 할 수도 있었지만 그 또한 아니었다.
 부운등공은 잠시잠깐 허공에 떠 있는 것이 전부인데 상대는 계속 서 있었다. 물결을 따라 흔들거리며.
 "훗훗! 대단하군."
 삿갓사내가 웃음을 터뜨렸다.
 "물 위에서 우뚝 설 수 있는 신법이라니, 천하에서 그 정도의 무위를 선보일 수 있는 고수를 배출할 수 있는 곳이라면 딱 한 곳뿐이지. 포달랍궁!"
 네 명의 승려는 사대법왕이었고 눈앞의 사내는 동천비였다.
 그들은 동천몽의 명령을 받고 동천비를 추적했다. 그러나 동천몽은 행방을 알게 되어도 절대 공격하지 말라고 했다. 움직임만 지켜보고 자신에게 연락을 취하라고 했다. 그런데 네 사람은 동천몽이 당한 사건의 중대성과 동천비의 엄청난 파렴치함을 알고 있기 때문에 직접 나선 것이다.
 "사대법왕이오."
 천장금왕의 말에 동천비가 고개를 쳐들고 웃었다.
 "후핫핫핫!"
 단순한 웃음소리였다. 그런데 동천비가 웃자 파도가 더욱 거칠어졌다. 웃음에 실린 내력이 파도를 더욱 강하게 일으킨 것이다.

第二章
사대법왕

大대法법王왕王

천장금왕의 안색이 가볍게 변했다.

절정고수라면 웃음으로 나무를 흔들리게 하고 사람에게 내상을 입힐 수는 있다. 그러나 거대한 장강을 움직여 파도를 더욱 세차게 만들 정도라면 상상을 초월한다. 인간의 능력으로는 거의 불가능하다고 봐야 했다.

스윽!

동천비가 삿갓을 벗었다.

햇빛에 드러난 외모는 소문대로 준수하기 이를 데 없었고, 눈에서 쏟아지는 검은 기운은 그가 이미 극성의 마공에 물들어 있다는 것을 반증하고 있었다.

휙!

동천비가 삿갓을 집어 던졌다.

삿갓은 바람에 날려 장강의 물 위로 떨어져 출렁대었다.

"오라, 사대법왕. 그대들의 시신을 녀석에게 보내 내 강함을 알리겠다."

천장금왕의 입술이 꿈틀거렸는데 전음이다.

"예상보다 더욱 강하네. 목숨을 걸어야겠군."

나머지 사제들이 고개를 끄덕였다. 죽음 따위는 아무것도 아니라는 듯 너무나도 자연스런 사제들의 행동에 천장금왕의 입가에 미소가 떠올랐다. 이미 삶과 죽음에 초월하지 않고서는 보여줄 수 없는 행동들이었다.

쏴아!

천장금왕이 앞장섰다.

쿠와아!

오른손이 부드럽게 뻗어나갔다. 손은 부드럽게 뻗어나갔지만 그 손에서 뻗어 나온 장력은 부드럽지 않았다.

흠칫!

동천비의 눈이 좁혀졌다.

지금까지 수많은 사람과 겨루어봤다. 더구나 자신은 의심사 사건으로 인해 이미 마신의 경지에 올라 있다. 다시 말해 천하에 자신이 두려워할 인물은 없다는 것이다. 그런데 천장금왕의 장력에 숨이 막혔다.

'이… 이건!'

장력은 아직 도착하지도 않았다. 단지 장력이 뻗어내고 있는 기세만으로도 천장금왕의 능력이 가늠되었다.

푸아아!

콰아아!

연달아 세 명의 법왕이 달려들었다.

전후좌우 네 방향에서 태산이 밀려들고 있었다. 금방이라도 온몸이 쪼그라들다 폭발할 것 같은 압력이 밀려왔다. 팔성의 내력이면 충분하리라 생각했다가 밀리는 느낌에 동천비는 십성으로 올렸다. 그러자 조금 숨통이 트였지만 생각보다 여유롭지는 않았다.

콰아아아!

동천비가 그 자리에서 회전했다.

팽이처럼 돌며 네 곳에서 몰려드는 장력을 연달아 쳐낸 것이다.

꽝— 꽈꽈꽝!

파아아아!

거대한 굉음과 충돌에서 발생한 반탄강기의 여파로 낚싯배를 중심으로 거대한 파도가 만들어졌다. 그것은 산이었고 세상을 삼킬 듯 커졌는데, 슈우우 하는 소리가 들리더니 천장금왕이 양측 사이에 만들어진 파도를 뚫고 들어갔다.

뒤이어 나머지 세 사람 또한 파도의 산을 뚫고 들어갔다.

거대한 파도의 산을 뚫고 들어온 네 사람을 발견한 동천비는 또다시 충격적인 표정을 지었다.

반탄강기로 생겨난 파도는 위험했다. 휩쓸렸다면 시신도 찾기 어려울 만큼 강하고 거칠었는데 아무렇지도 않게 뚫고 들어온 것이었다.

슈욱!

천장금왕의 손이 대각선으로 그어졌다.

마치 쇠몽둥이가 후려치는 듯한 압력이었고, 나머지 세 사람도 각자의 무공을 펼쳤다.

동천비의 얼굴이 진중해졌다. 조금이라도 방심했다가는 마신지체의 몸이지만 당할 수도 있다는 위기를 느낀 것이었다.

쿠와와!

동천비의 신형이 떠올랐다. 그러자 네 사람의 공격 또한 따라 치솟는다.

파파파팍!

묵곤혈참기의 내력이 양발로 들어갔고, 거센 발길질이 함께 따라 치솟는 네 개의 장력을 후려 찼다. 같은 무공이라면 발은 주먹에 비해 두 배의 힘을 갖고 있다는 것이 강호의 정설이었다. 다만 손과의 차이점이라면 순발력과 임기응변에서 뒤진다는 거다.

동천비의 발길질에 네 사람의 장력은 파편이 되어 흩어졌다.

이어 동천비는 다시 쌍장으로 나섰다.

쿠우우우!

가공할 장강이었다. 적지 않은 장강을 보았지만 동천비에게

서 뿜어져 나오는 무시무시한 위력은 다른 누구의 장강과도 구별이 되었으므로 네 사람의 눈은 더욱 커졌다.

'아미타불!'

천장금왕은 자신도 모르게 불호를 중얼거렸다.

얼굴이 더욱 굳어졌고 다른 사람도 마찬가지였다.

쏴아아!

파라라!

네 사람 또한 강(罡)으로 맞섰다.

콰아앙!

동천비의 공격에 비해 네 사람의 공격은 서두른 감이 있었다. 각법에 이은 장공은 장공에 이은 장공 때보다 반 호흡 빠를 수밖에 없었고, 이쪽의 방어 또한 그로 인해 신속해져야 한다. 그러다 보니 완전히 내력을 싣지 못했다. 하지만 충분히 상대를 깨뜨릴 수 있는 위력인데 상대가 마신지체여서인지 동천비의 장강에 부딪치자 산산이 부서진다.

파아아아!

"욱!"

"음!"

두 가닥의 신음이 흘러나왔다.

바늘 끝만 한 차이지만 워낙 상대가 강하다 보니 우열이 드러난 것이었다.

싸움이란 한번 타격을 입으면 회복이 쉽지 않다. 상대가 기다려 주면 모를까 그럴 리는 없기 때문이다. 더구나 타격을 입으면 그만큼 내력이 떨어진다.

출렁!

천권동왕과 천지철왕의 발이 물에 잠겼다.

사실 지면이라면 내력은 온전히 싸우는 데 쏟겠지만 물 위기 때문에 내력은 신법과 공격으로 분산되어 있었다. 다시 말해 지니고 있는 내력의 전부를 쏟아내지 못하고 어쩔 수 없이 손해를 보고 있는 것이었다.

그런데 이번 충돌로 그 차이가 드러났다.

류—리리릭!

동천비가 먼저 움직였다.

당연히 이쪽이 흔들리자 먼저 나선 것이었다.

손가락 네 개가 펴졌는데, 허공에 네 개의 사강(絲罡)이 생겼다. 네 번을 뿜어내지 않고 한 개의 장강을 네 개로 분리시킨 고도의 수법이다.

장력은 나누면 약해지지만 강은 다르다.

강을 이루었다고 해서 모두 나누는 건 아니다. 강에도 위력의 차이가 있고 극강에 올라야 분강이 되는 것이다. 동천비의 손짓에 네 개의 강이 네 사람을 파고든다.

예리한 창날 네 개가 파고드는 것과 같았다.

네 사람은 지체하지 않았다. 사실 사대법왕은 아직 분강의 경지에 오르지 못했다.

쾅!

콰콰콰!

네 번을 쳐내는 것과 달리 분강은 한 번에 방어와 공격이 가능하기 때문에 체력 소모에서도 유리하다. 동천비가 분강을 시전한 것은 싸움을 장기전으로 보았다는 것을 의미했다.

 퍽!

 콰아아!

 다섯 사람은 본격적으로 어우러졌다.

 물 위에서 싸우는 그들의 모습은 인간으로 보이지 않았다. 엄청난 물결이 하늘을 메웠는데, 마치 장강이 거꾸로 엎어진 듯 엄청났다. 멀리서 강가에 사는 어부들이 몰려나오기 시작했다.

 '위험하다!'

 천장금왕의 입술이 물렸다. 동천비는 이미 자신이 사대법왕의 우두머리라는 것을 알아차린 듯했다. 사실 겉으로는 각자 독단적으로 공격하는 듯 보이지만 실상은 아니었다. 천장금왕이 중심이 되어 포달랍궁의 절기 중 하나인 사망율포진을 펼치고 있었다. 모든 진이 그러하듯 사망율포진 또한 상대의 공격을 흡수하는 탄력적인 기세를 갖고 있어 동천비의 무공은 원래 갖고 있는 것보다 훨씬 위력을 발휘하지 못했다.

 동천비는 그 이유가 진법 때문이고, 천장금왕이 열쇠를 쥐고 있다는 것을 알아차렸다.

 갈고리 모양으로 날아오는 동천비의 오른손을 천장금왕이 힘껏 후려쳤다.

빡!

피해야 했지만 자신이 몸을 빼내면 진법이 흔들린다. 그래서 위험을 각오하고 후려친 것이다.

"흑!"

예상대로 숨이 턱 막혔고 목구멍을 밀고 올라오는 뜨거운 기운은 필시 피다. 진의 주축이 되는 주진축(主陣築)인 자신이 휘청거리자 순간적으로 벽이 흔들렸다. 사망율포진이 만든 강한 벽에 의해 동천비의 공격이 도달할 때는 발출될 때보다 삼 할 이상 깎여 있었다. 그런데 진이 흔들리자 동천비는 더욱 확신을 한 듯 천장금왕을 노리며 거센 공격을 퍼부었다.

그렇다고 다른 사람이 달려올 수는 없다. 물론 달려와 손을 보태주면 천장금왕은 훨씬 수월하겠지만 그러면 진이 깨진다. 진이 깨지면 넷 모두 위험에 빠질 만큼 동천비의 마공은 완벽했다.

따악!

두 사람의 손바닥이 부딪쳤다.

악문 이빨을 비집고 신음이 흘러나왔다. 손목이 팔꿈치 안으로 밀려들어 가는 것 같았다.

신속히 왼손을 뻗었는데 팔꿈치까지 노랗게 물들었다. 포달랍궁의 으뜸인 금광불기이다. 역사상 금광불기를 가장 완벽하게 익힌 사람은 죽은 만경 선사다. 그만큼은 되지 않아도 버금간다고 자부했는데 믿을 수 없게도 묵곤혈참기에는 맥을 추지 못했다. 원래는 아껴두었다가 기회가 생기면 필살의 수로 사용하려고 했다. 그런데 동천비의 능력이 상상을 초월하자 부랴부랴 펼쳐들었는데도 그다지 효능은 보지 못했다.

원래 불가의 정공은 마공에 강한 위력을 보인다. 일테면 천적의 현상과 비슷한데 마신지체에게는 그마저 통하지 않은 것이다.

빠바박!

동천비의 오른손은 파상적으로 천장금왕에게 쏟아졌고 왼손은 나머지 세 사람의 공격을 막아내고 있었다.

'벅차다.'

천장금왕은 동천비의 강함을 인정했다. 자신의 힘으로는 육십 초까지가 한계라고 생각했다.

"크우욱!"

그냥 나오는 신음을 감추지 않기로 했다.

"호호! 대단하구나. 십이성의 묵곤혈참기 아래서 오십팔 초를 버티다니."

동천비가 감탄했다. 사실 현재 동천비의 무공이라면 천하에 그 적수는 없다고 해도 과언이 아니었다. 아무리 진법의 힘이 작용하고 있다고 하지만 오십팔 초를 버텼다는 것은 천장금왕의 무공이 그만큼 가공하다는 뜻이었다.

'이자를 막을 자는 천하에 대법왕님 말고는 없겠구나.'

동천비의 오른손이 연거푸 세 번을 쳐냈다. 일 장과 마지막

삼 장까지 펼치는 데 걸린 속도가 번개였다. 누가 보면 일초의 장법을 펼친 것으로 착각할 정도였다.

파아아!

천장금왕 역시 물러서지 않고 정면으로 받았다.

꽈가가강!

두 사람의 장력이 충돌하면서 엄청난 굉음이 울렸고 산더미 같은 파도가 생성이 되면서 시야에서 서로가 사라졌다. 천장금왕은 뒤로 튕겨 나갔고, 그 바람에 진법은 깨졌다. 진기를 채 끌어올리지 못해 무릎까지 강물 속으로 빠져 있는데, 두 사람 사이를 가로막고 있던 엄청난 크기의 파도가 좌우로 쩌억 갈라지더니 그 속에서 동천비가 쏘아져 나왔다.

한 마리 거대한 호경(虎鯨)이 덮쳐 오는 듯했다.

무릎까지 물속에 잠겼다. 그것은 천장금왕의 신속한 움직임을 붙잡는 최악의 상황이었다. 천하에 그 누구도 무릎까지 물에 잠긴 상태에서 뜻대로 원활한 움직임을 가질 수는 없다.

몸을 뽑아 올릴 틈이 없었으므로 그 상태에서 쌍장을 뿌렸다.

콰앙!

"크웍!"

피를 토했고 강물은 벌겋게 물들었다. 뒤로 밀려난 천장금왕의 몸은 허리까지 잠겼다.

나머지 세 사람이 필사의 각오로 동천비를 덮쳤지만 그의 왼손이 뻗어낸 묵곤혈참기에 튕겨 나갈 뿐이다.
"호호호! 멋있다. 이건 내 진심이다."
동천비의 오른손이 대각선으로 뻗어 내렸다. 자신은 위에 떠 있고 천장금왕은 물속에 반쯤 잠겨 있기 때문이었다.
뭐든지 위에서 내려가는 것이 쉽다. 반대로 밑에서 위로 올리는 건 내리는 것보다 어렵다.
퍼어억!
천장금왕의 모습이 완전히 물속으로 사라졌다.
"사… 사형!"
"금왕님!"
"엇!"
세 사람이 다급히 외쳤다.
"포달랍궁의 문훈이 살아도 같이, 죽어도 같이라고?"
콰아아!
쌍장을 좌우로 쳐냈다. 진은 깨졌고 장시간의 결투로 인해 지쳤다. 그러나 동천비는 전혀 지치지 않은 듯 처음과 전혀 다름없는 위력의 묵곤혈참기를 쏟아내고 있었다.
'괴… 괴물이다.'
'아… 아미타불!'
절망이 느껴진다.
파파팍!
물 위로 밀려가는 천검은왕을 향해 동천비의 오른손이 매정하게 찍어 내려갔다.

팍!

빡!

찍고 받았는데 천검은왕의 모습 또한 물속으로 사라지고 없었다.

출렁거리는 파도 위에 세 사람이 흔들거리며 서 있었다. 그 중 천권동왕과 천지철왕의 옷은 누더기가 되어 있었다.

"흐흐흐! 놈은 지금 어디 있느냐?"

동천몽의 행방을 묻는 것이었다.

천지철왕이 웃었다.

"아미타불! 대법왕님은 구름 같은 분이시오."

"크크큭! 지놈이 찾아올 일이지 아랫것들을 시키다니."

"대법왕님께서는 우리더러 싸우라 하지 않았소. 단지 행방만 잘 지켜보라고 했지요. 그대의 상대가 되지 않을 것이라는 걸 알고서 말이오. 그러나 우린 나섰소. 그 이유를 알고 싶지 않소?"

동천비가 이마를 찡그렸다.

천지철왕이 말했다.

"그분은 지나칠 만큼 다정다감한 분이오. 겉은 한없이 거칠고 투박하며 차가워 보이지만 속에는 불덩이를 끌어안고 계시지. 그대를 만나면 간단히 죽일 것이 뻔하오. 우린 그래서 나섰소. 대법왕님 손으로는 절대 당신을 찢어 죽이지 못할 것 같았기에."

자신을 찢어 죽이기 위해 싸운다는 말에 동천비가 눈살을 더욱 찌푸렸다.

"난 너희들과 아무런 은원이 없다. 있다면 그놈뿐."

"아미타불! 세존께서는 악을 외면하는 것 또한 씻지 못할 죄업이라고 했소. 모친을 겁탈한 그대의 죄는 천 번을 죽여도 부족하오. 아무리 제정신이 아니었더라도."

"그래서 날 찢어 죽이겠다는 것인가? 좋아. 어디 한번 찢어 죽여보도록."

동천비가 날아왔다.

쏴악!

바람이 불어왔다. 두 사람은 좌우로 갈라서며 합공을 취했다.

파아아!

동천비가 뒤로 후퇴를 했다가 두 사람의 장력이 교차하는 지점에 대고 우장을 뻗었다.

뻐엉!

세 사람의 장력이 동시에 부딪쳤고 두 사람은 힘에 밀렸다. 그때를 노리고 동천비의 좌장이 뻗어갔다. 단순한 장법인데도 두 사람은 엄청난 충격을 받았고 채 몸의 감각과 내력을 완전히 추스르기 전에 또다시 검은 장강이 밀려들었다.

쾅쾅!

강이 아우성을 쳤다.

두 사람의 옷은 젖었고 허리까지 빠졌지만 동천비의 흑의에는 물방울 하나 묻지 않았다.

하늘과 땅 차이다. 포달랍궁의 사대법왕이 절망을 느낄 정도로 동천비의 마공은 이미 인간의 한계를 초월해 있었다.

"가라!"

오싹한 살성이었다.

마공이 극에 이르면 목소리 자체만으로도 살인을 한다고 했는데 온몸이 오그라드는 것 같았다.

빡! 뻐억!

두 사람의 장력을 깨뜨리며 동천비의 묵장이 가슴을 때렸다.

그런데 놀랍게도 고통은 의외로 작았다. 대신 가슴속이 무척 차가웠다. 얼음덩이를 막 씹어삼킨 듯 얼얼했는데, 두 사람의 눈이 부릅떠졌다.

온몸이 조금씩 마비가 되고 있었다.

마공은 음기가 강하다. 동천비의 마공이 워낙 극성에 이르렀기 때문에 얼려 버린 것이었다.

마비는 사지부터 시작해 심장 쪽으로 몰려왔다. 몸이 마비가 되면서 서서히 강물 속으로 잠겨들었고, 두 사람은 나란히 목만 내놓고 있었다.

두 사람의 얼굴이 굳어 있었다.

죽음이 두렵거나 공포를 느껴 굳은 것이 아니었다. 워낙 동천비가 강했기에 미래가 염려된 탓이었다.

'송구하옵니다. 대법왕님, 소승들은 이만 가옵니다.'

스르르!

두 사람의 몸이 물에 잠겼다.

동천비가 웩 하는 소리와 더불어 피를 토해냈다. 스스로 마신지체가 되었음을 알고 있었다. 그런데 네 사람과 격투를 벌이며 내상을 입은 것이다. 사대법왕의 무공이 그만큼 강했다는 증거였다. 그리고 한 가지 생각이 머리를 스쳤다. 과연 동천몽이라면 사대법왕과 겨루어 어떤 결과를 낳았을까 하는 거였다.

선뜻 계산은 떠오르지 않는다. 그러나 결코 자신과 같은 이런 결과는 아닐 것이다. 자신은 마신지체인 반면 그는 단순한 불가의 승려일 뿐이었다.

촤아악!

물결이 흔들리면서 발목이 빠졌다. 기력이 급속히 끓고 있다는 뜻으로 빨리 뭍으로 나가 운기조식을 취해야 했다. 동천비의 신형이 물 위를 떠나 한 개의 점이 되어 사라졌다.

갑자기 사라졌다. 모든 정보망을 동원해 천하를 이 잡듯 뒤지고 있지만 백쾌섬의 행방은 눈에 띄지 않았다. 심지어 검문산 제하궁에 사불각 승려가 목숨을 걸고 위장 잠입해 백쾌섬을 찾았지만 흔적은 없었다.

'어디로 갔을까?'

동천몽의 이마가 잔뜩 찌푸려져 있었다.

백쾌섬은 천하를 안정시키기 위해 노력했다. 각 성마다 목와북천의 분타를 세워 통치하도록 했으며 정도무림을 말살하는 보복전을 금지시켰다. 죽어야 할 수뇌들이 대부분 죽었기 때문에 쓸데없는 살상이라는 것이었다. 하나 그가 서둘러 복수극을 가로막은 것은 민심이반 때문이었다.

아무리 강한 집단도 민심을 얻지 못하면 오래가지 못한다.

사실 이번 싸움에서 목와북천이 강해 승리했다기보다는 어딜 가든 호의적으로 자신들을 맞이해 준 군소문파와 떠돌이 무사들, 그리고 일반 백성들의 힘이었다. 무림맹의 오만과 독선에 신물이 난 그들로서는 목와북천이야말로 유일한 대안 세력이었다.

"뭔가 못다 한 일을 이루기 위해 잠적한 것 아닐까요?"

자정경이 눈을 빛내며 말했다.

"자세히 말해보거라."

"그동안 천하패업을 위해 잠시 뒤로 미루고 있던 일 말예요. 예를 들자면 흑도대종사만이 익히는 가공할 무예가 있는데 사부님과 도망친 남궁천을 의식해 그것을 수련하러 떠났는지도 모르잖아요."

동천몽이 눈을 좁혀 떴다.

충분히 가능성있는 얘기였다. 한시름 놓자 이제 일신을 단련하기 위해 잠적했을 수도 있었다. 사실 지금 백쾌섬의 무예는 남궁천은 물론 동천몽과의 정면 승부는 힘들었다. 아무리 본인이 제 실력을 감추고 있었다고 해도 지난 시절 그와 함께 적지 않은 생활을 했던 동천몽으로서는 그를 적수로 여기고 있지 않았다. 일반 고수들에게는 강한 상대이겠지만 자신은 항상 그를 눈 아래로 두고 있었다.

"내가 보기에 백쾌섬은 절대 사부님의 적수가 못 돼요. 물론 본인이 더 잘 알겠지만."

동천몽은 고개를 끄덕였다.

자정경의 생각처럼 부족한 무공을 수련하기 위해 숨어들었을 가능성 높았기 때문이다.

"남궁천의 행방은 아직도 오리무중이더냐?"

화악!

자정경이 눈을 크게 떴다.

부릅뜬 자정경을 보며 동천몽이 놀라 물었다.

"왜 그러느냐? 뭔가 잘못되었느냐?"

"아, 아닙니다. 별것 아니니 신경 쓰지 마십시오. 그에 대한 정보 또한 아직 아무것도 없습니다."

그러면서 자정경은 고개를 갸웃했다.

요즘 동천몽이 책을 보고 있다는 사실을 알고 있었다. 그렇지만 곧바로 오리무중이라는 말을 들이밀자 놀란 것이다. 사실 말은 하지 않고 있지만 동천몽의 학문은 처참하리만큼 보잘것없었다. 대법왕이고 많은 중생들을 면담하고 어루만지려면 아는 것이 많아야 한다면서 몇 번 책 읽을 것을 종용했지만 책만 펼쳐 들면 잠이 온다는 것이었다. 거기에 그치지 않고 자신은 세상에서 책이 가장 싫다고 노골적으로 선언까지 해버렸다.

그런데 웬일인지 요즘 서재에 묻혀 있는 시간이 길어졌다.
슬쩍 몰래 엿봤는데 진짜로 공부를 하고 있었다. 그리고 지금 오리무중이라는 말을 사용했다.
"반드시 찾아야 한다."
남궁천은 불씨였다. 그것도 엄청난 불씨였다. 한 번 일어나면 누구도 막지 못할 만큼 강한 뿌리를 갖고 있었다.
동천몽이 자리에서 일어나자 자정경이 물었다.
"어디 가시려구요?"
"어험, 책을 보려 한다. 책을 보기에는 아주 좋은 날씨로구나."
근엄하게 몸을 돌리는 동천몽을 보며 자정경이 입을 삐쭉거렸다.
"제자 심심해요."
"그럼 너도 책을 보거라. 책을 보면 마음이 편안해지고 아주 기뻐지느니라."
"저와 놀아요."
자정경이 어느새 앞을 막아섰다.
반짝이는 눈빛으로 동천몽을 올려다보며 말했다.
"다 나았어요?"
동천몽이 무엇을 말하느냐는 듯 눈을 크게 떴다.
"사부님 병 말이에요. 그것 다 나았느냔 말이에요."
동천몽은 가벼운 한숨을 쉬었다.
"나 이제 신경 쓰지 않기로 했다."

"네엣?"

"모든 것은 부처님의 뜻 아니겠느냐? 차라리 잘됐는지도 모른다. 만약 기능이 상실되지 않았다면 아마 지금쯤 난리가 나도 한바탕 크게 났을 것이니라."

자신의 왕성한 욕망과 성격 등에 비춰 다른 사람은 몰라도 자정경만큼은 절대 가만두지 않았을 것이 뻔했다.

"사부님, 신경을 쓰지 않다뇨? 어떻게 사내로서 가장 중요한 능력을 잃었는데 신경 쓰지 않을 수가 있단 말인가요? 그건 아니죠? 절제하고 사용하지 않는 것과 기능이 버려져 사용 못하는 것과는 큰 차이가 있어요."

자정경이 침을 튀기며 말했다.

"돈이 있어도 쓰지 않는 것과 없어서 못 쓰는 것과 차이가 있듯이 말예요. 자칫 사고칠 것을 염려해 차라리 잘됐다는 생각은 아주 비겁하고 잘못된 거예요. 기능을 갖추어야 백성들, 특히 젊은 제자들의 욕망을 이해하고 잘 다스려 줄 것 아닌가요?"

"그렇긴 하지만……."

"살려야 해요. 겪어보지 않고 하는 말은 신뢰성과 진실이 결여되어 있을 위험이 다분해요. 동병상련이라고, 서로 같은 처지가 돼봐야 서로의 기분을 잘 이해한단 말예요."

"그래서 사부의 기능을 기어코 살리겠단 말이냐? 난 이대로가 좋은데."

"안 된다니까요!"

자정경이 버럭 소릴 질렀다.

핏대까지 올리며 쳐다보자 동천몽이 놀란 눈으로 쳐다보았다.

"하, 하지만……."

"아무튼 반드시 살리도록 해요."

"아, 글쎄 쓸데가 없다니까 그러느냐."

"왜 쓸데없어……."

자정경이 얼른 입을 다물었다.

자신도 모르게 왜 쓸데가 없느냐. 바로 면전에 있는 날 상대로 쓰면 되지 않느냐고 말하려다 얼른 입을 다문 것이다.

자신은 이미 동천몽을 사랑하고 있었다. 물론 눈치가 빠른 동천몽이니 그 마음을 모르지는 않을 것이다. 어쩌면 이루어질 수 없다는 것을 알기에 더욱더 상실된 기능을 내버려 두려고 하는지도 모른다.

하지만 절대 안 될 일이었다. 지난 세월 자신은 오로지 동천몽 한 남자만 바라보고 살아왔다고 해도 과언이 아니었다.

첫눈에 반했었다. 그래서 앞뒤 가리지 않았고, 대법왕이 혼인할 수 없다는 것을 알았지만 개의치 않았다. 남녀 간의 사랑은 하늘도 막지 못한다는 소신을 갖고 있는 자정경이다. 정히 안 되면 아무도 몰래 사랑할 각오까지 했다.

즉, 비밀 첩 생활도 마다하지 않을 각오가 되어 있었다. 물론 동천몽만 좋다면.

자신은 그렇게 생각하고 있는데 동천몽이 기능 회복에 열정을 보이지 않자 화가 났고 안달이 난 것이었다.

자추동은 문짝이 떨어져 나가는 소리에 잠을 깼다. 무공을 전혀 모르는 것은 아니지만 누가 다가오고 하는 미미한 기척까지 알아차릴 정도는 아니었다.
"누… 누구요?"
침상에서 몸을 일으킨 자추동이 잔뜩 경계한 눈으로 입구를 노려보았다. 어둠 속에서 누군가가 문설주에 기대서서 이쪽을 노려보고 있었다.
갑자기 가슴이 콩닥거렸고 두려움이 일어 주위를 살폈지만 마땅한 방어책이 될 만한 물건은 보이지 않는다. 하는 수 없이 두 주먹을 비장하게 말아 쥐고 맞설 태세로 물었다.
"어떻게 경계가 삼엄한 이곳을 들어왔는지 모르지만 번지수를 잘못 짚었소. 내가 외치기만 하면 엄청난 고수들이 떼거리로 몰려올 것이오."
휘청!
비틀거리며 검은 인영이 다가왔다.
"가… 가까이 오면 소리친다."
그러나 흑의인영은 멈추지 않았다.
자신의 말을 콧등으로 흘리는 듯 다가왔고, 한순간 자추동의 눈이 커졌다. 어깨까지 드리워진 긴 흑발과 불룩 솟아난 앞가슴은 틀림없는 딸이다.
"아… 아버지."

자정경이 한 소리 부르더니 그대로 침상 위로 쓰러졌다.
"저… 정경아!"
자추동이 놀라며 부축을 했다.
자정경의 입에서는 지독한 술 냄새가 풍겼다.
"도, 도대체 이게 어찌 된 일이냐? 무슨 술을 이렇게 떡이 되도록 마셨느냐?"
"아버지."
자정경이 부친의 품을 더욱 파고들었다.
기억에 없는 행동을 하자 자추동의 눈이 떨렸다. 본능적으로 좋지 않은 일이 생겼음을 직감했다.
"개자식."
자추동의 눈이 커졌다.
자신을 향한 욕이 틀림없었다. 여기서 개자식이 될 사람은 자신뿐이다.
"저… 정경아, 아무리 술을 마셨다고 아버지에게 그 무슨 말버릇이란 말이냐?"
"호로새끼."
자추동의 눈이 더욱 커졌다. 그리고 급기야 인상이 와락 우그러졌다. 아무리 술을 마셨다고 해도 용서할 수 없는 일이었다.
"네 이놈, 감히 아비에게 호로새끼라고 했더냐? 이것이 오냐오냐해 줬더니 아예 갔구나."
"사, 사부님… 나쁜 놈."

"으헉!"

자정경의 입에서 동천몽을 향해 욕설이 거침없이 터져 나왔다.

"벼엉신, 환관새끼… 웁!"

자추동이 잽싸게 자정경의 입을 막아버렸다. 혹시라도 누가 들을까 봐 두려웠다.

입을 막자 자정경이 세차게 뿌리쳤다.

"놔두세요! 그 자식은 벼락을 맞아야 해요."

자추동은 막지 않고 내버려 두었다.

인사불성이 되도록 술을 마시고 들어와 동천몽을 욕할 정도면 둘 사이에 심각한 뭔가가 있었음을 뜻하기 때문이다.

"대… 대법왕님께 무슨 서운한 점이 있느냐? 아비에게만 말해보거라."

"뭐… 뭐라구요? 그 자식이 대법왕이라구요? 홋홋홋! 우리 아버지 정말 웃긴다. 걘 대법왕이 아니라 양아치예요."

"그만."

다시 입을 막았다.

타악!

사정없이 손을 때리며 치웠다.

일류고수의 경지를 넘어선 딸의 손 힘을 피하기란 불가능했다.

자정경은 망설임없이 욕을 퍼부었다. 차마 듣고 있기가 민망할 정도로 원색적이고 노골적이었다.

"잡놈, 나쁜 놈, 치사한 새끼."

둘 사이에 뭔가 단단한 충돌이 있었음이 분명하여 물었지만 자정경은 술이 취해 자기 말만 했다.

"정경아, 제발 정신 차리고 말 좀 해보거라. 왜 그러느냐? 대법왕님과 서운한 일이 있었다면 말을 하거라. 말을 해야 이 아비가 돕던지 할 것 아니냐?"

"그 새끼는 대법왕 아니라니까요! 양아치예요, 그것도 쌩 양아치."

흠칫!

자추동이 소스라치며 놀랐다.

자정경이 울고 있었기 때문이다.

"아… 아버지."

"오냐. 그래, 말해보거라."

자정경이 콧물을 닦으며 말했다.

"나 사부님 좋아해요."

"알고 있다."

"그냥 좋아하는 것이 아니라 혼인할 생각까지 갖고 있었단 말이에요."

"호… 혼인."

좋아하는 줄은 알았다. 자신 또한 혼인을 전혀 생각해 보지 않은 것은 아니었지만 막상 딸의 입으로 듣자 충격이었다.

"남녀가 좋아하면 당연히 혼인을 생각하는 거잖아요."

"그래, 네 말이 맞다. 계속 해보거라."

"혼인을 하면 뭐가 가장 중요한가요?"
"그야 당연히 이세이지."
"그런데 사부님께서는 아버지께서도 알다시피 사내 기능이 죽어버렸잖아요."
"맞아, 그래."
"아이를 낳지 못하기 때문에 소녀는 그동안 물심양면으로 사부님의 기능 회복을 위해 노력했어요. 사랑하는 사람의 아이를 갖는 것은 여인으로서 당연한 소망 아닌가요?"
"물론이지. 아이를 턱 낳아야 더 행복해지느니라."
"그런데 사부님께서 기능 회복을 않겠다고 하지 뭐예요."
"기능 회복을 않겠다면?"
"그 말은 곧 혼인을 않겠다는 말씀 아니겠어요? 혼인을 않겠다는 건 곧 날 차버렸다는 뜻이구요. 물론 대법왕이란 신분이 혼인에서 자유롭지 않다는 건 나도 알아요. 하지만 마음만 먹으면 불가능한 것도 아니고 내 맘 또한 모르는 건 더욱 아닐 텐데."

화악!
자추동의 눈이 커졌다.
"저… 정말로 채였단 말이냐?"
"채였으니까 이렇게 열받는 거죠."
자추동의 얼굴이 까맣게 변했다.
흥분하면 이상하게 얼굴이 검게 변한다. 동천몽의 입장과 그가 처한 위치를 모르는 건 아니었다. 그래서 뻑적지근한 혼인은 꿈도 꾸지 않았고 단지 자정경을 챙겨주고 사랑해 주면 하는 마음은 갖고 있었다. 그것이 설혹 눈에 띄는 혼인이든 비밀스러운 혼인 생활이든 말이다.

자세히 조사해 보지 않았지만 포달랍궁 역대 대법왕 중 혼인을 한 사람이 있다는 소문도 들었다. 정식으로는 아니지만 부부의 인연을 맺었으면 하는 소망을 갖고 있음은 사실이었다.

그런데 채였다는 말을 듣자 피가 거꾸로 솟는다.

"이럴 수가. 어찌 내 딸을 대법왕께서……!"

동천몽의 도움을 적지 않게 받았지만 자신 또한 상당한 도움을 주었다. 소월담 생활비 전액을 자신이 대고 있다. 어디 그뿐인가? 돈 없으면 움직임도 좁아진다면서 정보를 캐기 위해 나가는 사불각 승려들에게 적지 않은 은자를 쥐어주었다. 능 씨가 잠든 비취옥관도 자신이 직접 주문했다. 가격만 해도 어지간한 장원 한 채 값이었다. 한마디로 할 만큼 했는데 자정경을 찼다는 말에 자추동은 더 이상 앉아 있을 수가 없었다.

"이런 씨벌놈이!"

침상을 내려왔다.

다 참아도 자식을 우습게보는 건 못 참는다. 목숨을 주어도 아깝지 않은 자식이다. 마누라를 잃고 혼자서 지금까지 키워왔다. 홀아비의 자식이란 말을 듣지 않기 위해 나름대로 얼마나 혹독하게 키웠던가. 회초리를 들고 자신도 울고 자정경도 울었다. 다른 건 몰라도 자정경을 우습게보는 놈은 절대 가만

두지 않겠다고 다짐했다.

"실컷 갖고 놀다 이젠 별 볼일 없다 이거지. 이게 완전히 날 물로 봤다는 얘긴데."

콱!

방 한쪽 구석에 놓인 칼을 들었다. 초저녁에 능금을 깎아 먹는 데 사용한 칼이었다.

"너와 나, 오늘 죽자."

칼을 쥐고 뛰쳐나가자 침상에 쓰러져 있던 자정경이 몸을 날려 바짓가랑이를 잡고 매달렸다.

"아버지, 어디 가요?"

"어딜 가긴, 몰라서 묻느냐? 오늘 그 자식 죽고 나도 죽겠다. 이것 놔라."

"안 돼요, 그러지 마세요."

"놔라."

자추동이 발을 뿌리치며 나아갔다.

한번 화가 났다 하면 앞뒤 안 가리는 자추동이었다. 자정경은 몇 번이나 쫓아갈까 하다 내버려 두었다. 자신의 힘으로 안 되는 일이라면 아버지 힘을 빌어 어떻게 될지도 모른다는 생각을 떠올린 것이다. 그만큼 동천몽은 이제 지울 수 없는 자신의 남자가 되고 말았다.

어둠 속에서 푸른 두 개의 불길이 나타났다. 야수라면 미끄러지듯 움직여야 하고 땅에 붙다시피 키가 작아야 했는데 두 개의 불길은 땅에서 제법 높았다.
"유난히 시퍼렇군?"
"살벌한 것이 혹 동호(童虎) 아닐까?"
이따금 호랑이 새끼들이 침입한다. 이제 막 사냥 맛을 알기 시작한 호랑이 새끼들은 겁이 없다.
"엇!"
동천몽의 거처를 지키던 두 명의 승려가 기겁했다. 다가오는 불빛은 사람이 뿜어낸 눈빛이었다.
"아미타불! 당주님 아니십니까?"
자추동을 보며 두 승려는 아는 체했다.
자추동은 시퍼런 눈빛을 폭사하며 말했다.
"그 자… 대법왕 있지요?"
그 자식 있느냐고 말하려다 잽싸게 말을 바꾸었다. 괜히 시비조로 나갔다가 눈치를 채고 못 들어가게 하면 만사 끝장이었다. 솟구쳐 오르는 분노를 억제하고 점잖게 말을 뱉으려니 속에서 뜨거움이 치민다.
"물론 주무시옵니다만, 이 야심한 시각에 어쩐 일로?"
"긴히 뵙고 드릴 말씀이 있소이다. 그러니 양해하시오."
"들어가십시오."
일반 백성도 아니고 포달랍궁의 가장 강력한 시주 집단인 흑수당의 당주이다. 한밤중에 찾아온 것이 약간 마음에 걸리긴 하지만 그의 주머니에서 나오는 막대한 자금을 고려하면 절대 막아서도 안 되고, 특히 딸인 자정경과 동천몽의 관계를 생각하면 신속히 통과를 시켜야 했다.

자추동은 돌아서자마자 가래침을 뱉었다.

자추동의 기세에서 뭔가 이상한 기운을 감지했지만 두 승려는 그다지 크게 염려하지는 않았다. 자신들이 개입하거나 관여할 만큼 위치가 낮은 사람이 아니기 때문이었다.

스르륵!

복도를 걸어 문 앞에 이르자 천장으로부터 한 사람이 떨어져 내렸다.

어둠 속에서 유난히 번쩍이는 일목의 눈빛이다.

"당주님, 어디 가십니까?"

일목이 눈을 크게 뜨고 물었다. 심상치 않은 기운을 느낀 듯 자추동의 전신을 훑었다.

자추동은 가급적 감정을 자제하고 말했다.

"대법왕님께 긴히 상의드릴 일이 있어서 말이오. 기별해 주겠소?"

"아무리 당주님이라지만 지금 제정신이오? 지금 몇 시인 줄이나 아느냔 말이오. 자시가 넘은 지 오래요."

"누가 그걸 모르오. 얼마나 급했으면 이 시간에 대법왕님을 찾아왔겠소. 서둘러 기별 좀 넣어주시오."

"돌아가시오. 무슨 일인지 모르겠지만, 대법왕님께서는 주무실 때 누가 깨우는 것을 제일 싫어하오. 자칫하다간 맞아 죽는 수가 있단 말이오."

"내가 왔다고 하면 이해하실 것이오."

"웃기는 소리 하지 마시오. 흥분했다 하면 조부뻘 되는 사대법왕들도 두들겨 패는 대법왕님이거늘 당주님 정도는 우습지요. 나 맞고 싶지 않으니 내일 아침에 오시오."

그러면서 일목이 슉 하는 바람 소리를 내며 사라져 버렸다.

"잠깐!"

크게 소리쳤지만 일목으로부터는 아무런 반응이 없었다.

잠시 화난 얼굴로 천장을 노려보던 자추동이 그대로 들어가 문고리를 잡아갔다.

탁!

어느새 일목이 나타나 자추동의 손을 잡았다. 실로 섬뜩할 만큼 무섭고도 놀라운 솜씨였다. 많은 무림인들의 솜씨를 보았지만 일목에 비하면 아무것도 아니었다.

"죽고 싶소?"

일목은 살인의 자격을 갖고 있다.

십이법신회의에서 내려진 명령으로 동천몽을 호위하면서 침입자가 있을 때는 일단 죽이고 뒤에 보고할 수 있었다. 이름하여 선조치 후보고이다.

"돌아가시오."

마지막 경고라는 듯 조금 전의 목소리와는 천지 차이였다.

식은땀이 흘렀다. 인정사정 없는 자이다. 안면이 있다고 봐줄 위인이 아니다. 오로지 동천몽의 신변에 위해가 되거나 방해가 된다 싶으면 가차없는 인물이다.

자추동은 속에 터질 듯 끓었지만 조용히 물러나기로 했다. 일목이 안된다면 안된다. 어떤 말도 통하지 않는 것이다.

방으로 돌아오자 자정경은 곯아떨어져 있었다. 한참 동안 자신의 침상에 네 활개를 펴고 누워 자는 자정경을 내려다보았다. 엊그제까지 갓난아이였던 딸이 벌써 장성하여 남자를 알고 그로 인해 속상해한다.

스윽!

자정경의 손을 쥐었다. 어려서부터 타고난 미모로 숱한 사내들의 표적이 되었다. 내로라하는 서장의 명가 후예들이 청혼을 해왔지만 누구도 받아들이지 않았다. 자신이 거절한 것이 아니라 자정경 스스로가 탐탁지 않게 여겼다.

그러던 자정경이 좋아하는 남자를 만났다. 얼마나 좋았으면 스스로 제자 되기를 자청했고 그 남자의 곁에서 수발을 마다하지 않았겠는가. 그런데 그 남자로부터 청혼을 거절당했으니 그 심정이 오죽할까.

'하필 장가도 들 수 없는 사내를 좋아했단 말이냐!'

동천몽에 대한 분노는 끝내 자추동의 입에서 탄식으로 바뀌어 흘러나왔다.

동천몽은 잠자리에서 일어나자마자 자추동이 찾아왔다는 보고를 받았다. 그가 무슨 목적으로 찾아왔는지 알고 있다는 듯 걱정스럽게 쳐다보는 일목과는 달리 동천몽은 느긋하게 가사를 걸치더니 자추동을 불러들였다.
"편히 주무셨나이까?"
자추동은 크게 허리를 숙였고, 동천몽은 고개를 두어 번 끄덕였다.
"앉으시오."
동천몽이 자리를 권하자 자추동이 무릎을 가지런히 모으고 앉았다.
동천몽이 의자에 앉아 목을 좌우로 돌렸다. 잠자리가 불편했던 듯싶었다.
"그래, 무슨 일로 이렇게 날 찾아왔소? 일목에게 듣자 하니 어젯밤에도 찾아왔다가 돌아갔다던데."
털썩!
주저함이 없었다.
자추동은 그 자리에서 무너지듯 무릎을 꿇었고 동천몽이 깜짝 놀라며 화들짝 일어섰다.
"다… 당주."
"대법왕이시여, 소인을 살려주십시오."
"무슨 말이오? 누가 당주를 죽이기라도 한단 말이오?"
딸 가진 부모가 죄인이었다.
딸이 저토록 좋아 못 사는데 어찌하란 말인가? 바짓가랑이를 붙잡고서라도 매달려야 했다.
"저… 정경이가……."
"정경이에게 무슨 일이라도 생겼소?"

자추동의 눈자위가 떨렸다.

 모르는 듯 시치미를 떼는 모습이 가증스러웠다. 자신도 남자지만 어찌 이렇게 능청을 떨 수 있단 말인가.

 "대법왕님과 혼인을 하지 못하면 죽겠다고 합니다."

 "크헉!"

 동천몽 또한 경악한 표정으로 두 걸음이나 물러섰다. 안색이 창백하게 변한 것이, 상당한 충격을 받은 얼굴이었다.

 "부디 소인을 여식을 불쌍히 여기시어……."

 "정경이 어딨소? 어제 안 보이던데 말이오."

 "어지간해서는 속상해하지 않는 아인데 어제는 견딜 수 없었는지 술을 마셨더군요. 아직 잠자리에 있을 것입니다."

 "당주, 혹시 결자해지라는 말을 들어보았소?"

 "어큭!"

 자추동이 사레가 들린 듯 재채기를 해댔다. 두 눈이 찢어질 듯 커져 동천몽을 보았는데 도저히 믿을 수 없다는 표정이었다.

 "소… 소인의 귀에 결자해지라고 들렸사온데?"

 "그렇소. 결자해지라고 했소. 한데 뭐가 잘못되었소이까?"

 "아… 아니옵니다. 소인이 알기에 결자해지라 함은 매듭을 묶은 사람이 풀어야 한다는 뜻으로……."

 "그렇소이다. 일을 저지른 사람이 해결해야 한다는 뜻이오. 부모 된 입장에서 정경이의 아픔을 염려하고 적극 나서는 것은 당연하겠지만 이런 일은 당사자가 알아서 하는 게 가장 좋소이다. 무슨 말인지 알았으니 너무 염려 마시오."
 그러면서 등을 돌려 문을 향해 걸어갔다.
 "어디 가시옵니까?"
 "해결하려면 정경이를 만나야 할 것 아니오?"
 "지금 정경이를 만나러 가신단 말씀입니까?"
 "너무 염려 마시오. 폭력으로 위협하거나 협박하여 내게서 멀어지게 하고 싶은 맘은 추호도 없으니까."
 탁!
 문이 닫히고 동천몽이 사라졌다.

第三章
살아난 기능

방 안에 들어서자마자 술 냄새가 코를 찔렀다. 침상 위를 바라보던 동천몽이 흠칫했다. 자정경은 아직까지 침상에 누워 자고 있었는데 속옷 바람이었다. 눈부신 속살을 훤히 드러내 놓고 잠에 빠진 자정경의 모습은 무서운 유혹이었다.

'아미타불!'

동천몽은 불호를 외우며 음심을 눌렀다.

사실 동천몽의 몸은 이미 정상으로 돌아와 있었다. 며칠 전 갑자기 잠결에 아랫도리에 통증이 느껴져 눈을 뜨고 살폈는데 놀랍게도 통나무처럼 곧추서 있었다.

그런데 기쁨도 잠시뿐 갑자기 찬물을 끼얹은 것처럼 기분이 가라앉았다. 그토록 살아나길 간절히 소망했고 그래서 살아났으면 펄쩍펄쩍 뛰어야 정상이었다. 살아나기만 하면 아무리 누가 뭐라고 해도 당장 유곽으로 달려가 밤새 계집을 품고 나뒹굴어 봐야겠다고 마음까지 먹었는데 예상치 못한 우울한 감정에 스스로도 뜻을 헤아리기가 쉽지 않았다.

그리고 오래지 않아 우울한 감정의 원인을 찾아냈다.

그것은 깨달음이었고 자신도 모르게 이미 대법왕으로서 모든 사고가 깊이 물들어 있었다.

동천몽은 길게 한숨을 내쉬며 자정경이 걷어찬 이불을 덮어주며 의자에 앉아 기다렸다.

자정경은 반 시진쯤 지나자 눈을 떴다.

아무도 없는 줄 알고 길게 하품을 하며 일어나더니 옷을 갈아입기 위한 듯 홀라당 속옷을 벗었다. 동천몽은 차마 볼 수가 없어 헛기침을 했고, 자정경은 소스라치게 놀라며 그에게로 고개를 돌렸다. 하지만 이내 동천몽이라는 것을 알아차리고서는 가릴 생각도 않고 돌아섰다.

"사… 사부님!"

그러더니 그대로 달려와 목을 끌어안았다.

"아미타불! 이게 무슨 짓이냐. 어서 놓거라."

동천몽의 눈이 커졌다.

목을 끌어안고 매달린 자정경이 눈물을 흘리고 있었기 때문이다.

동천몽은 당황했다.

"정경아, 왜……?"

"우느냐구요? 가슴이 아파서 우는 거예요. 사부님과 혼인을 못하게 될까 봐 울고 있어요. 제자의 소원은 사부님과 혼인하는 것인데 뜻이 이루어지지 않으면 어떡하나 하고 생각하니 눈물이 나오는군요."

화악!

말을 하던 자정경의 눈이 어느 순간 커졌다.

그러더니 눈물이 흘린 채 고개를 숙여 동천몽의 아랫도리를 쳐다보았다.

"사… 사부님, 이게……."

아랫도리에 감촉이 느껴진 것이다. 그래서 내려다보았는데 동천몽의 상징이 곧추서 있었다. 금방이라도 자신을 덮칠 듯 가사 자락을 치켜올리고 서 있었는데 언뜻 독사와 같았다.

"이게 꿈은 아니죠? 틀림없는 현실이죠? 진짜 아미타불이네요, 사부님."

그러면서 더욱 세차게 끌어안았다.

"언제부터였어요? 지금은 아니었죠? 여태 숨기고 있었죠?"

매달린 자정경은 어찌할 바를 몰라 했다. 동천몽은 더 이상 이 상태로 있다가는 자신의 의지가 무너질 수 있음을 깨닫고 자정경을 밀어냈다.

"그만."

"싫어요. 이대로 있을래요."

자정경은 악착같이 매달려 있으려 했고 동천몽은 기어코 떼

살아난 기능 77

어내려 했다. 두 사람의 실랑이는 치열하게 지속되다가 끝내 자정경이 물러났다.

그러나 자정경은 도발적으로 알몸을 보이며 섰다.

"옷부터 입거라."

"네, 사부님."

자정경이 순순히 따랐다.

남자의 기능이 회복되었으니 오늘은 아니더라도 앞으로 자신이 있다는 표정이었다.

자정경이 환한 얼굴로 말했다.

"정말 기뻐요. 그런데 아침부터 이 제자는 왜 찾아오셨어요?"

동천몽이 빤히 쳐다보았다.

자신의 기능 회복을 확인해서인지 자정경의 얼굴 표정은 햇살처럼 밝았다. 그런 자정경에게 모든 것을 포기하라고 말을 하려니 갑자기 말문이 막힌다.

자정경은 한창 들떠 있었다. 자신의 기능 회복을 확인한 이상 앞으로 틈만 나면 매달리고 유혹할 것이다. 워낙 영리한 여자이니 어쩌면 꾀에 넘어갈지도 모른다.

혼인은 포기해라. 이 사부의 신분은 네가 더 잘 알지 않느냐, 하고 말을 하려다 결국 삼키고 말았다. 언젠가는 해야 할 말이지만 오늘은 아니라 생각하고 길게 한숨을 내쉬었다.

"내 정신 좀 봐. 모처럼 사부님께서 오셨는데 아직 아침 드시지 않았죠? 잠시만 기다리세요. 이 제자가 맛있게 해서 올리겠어요."

밀릴 틈도 없이 옷소매를 걷어붙이고 밖으로 나간다.

동천몽은 다시 한 번 길게 한숨을 내쉬었다.

"무슨 일이세요?"

그때 밖으로부터 자정경의 목소리가 들려왔다.

"대법왕님께서 계시옵니까?"

무미 선사의 목소리였다.

문이 열리고 무미 선사가 모습을 드러냈는데 표정이 돌덩이처럼 굳어 있었다. 직감적으로 좋지 않은 일이 일어났음을 간파한 동천몽이 의자에서 일어났다.

"왜 그러느냐?"

무미 선사가 조용히 무릎을 꿇었다.

고개를 쳐들고 느릿하게 아주 통분한 목소리로 말했다.

"버… 법왕님들의 행방이 밝혀졌사옵니다."

동천몽의 눈썹이 찌푸려졌다.

사대법왕의 행적을 추적하라 일렀고, 사불각은 총력을 쏟고 있었다. 얼마 전까지 보름에 한 번 꼴로 연락이 왔었는데 한 달째 감감무소식이었기 때문이다.

"유감스럽게도 모두 시신으로 발견되었사옵니다."

동천몽의 눈썹이 더욱 찌푸려졌다.

두 눈을 지그시 감았는데 눈썹이 파르르 떨리고 있었다. 소식이 단절되면서 불길한 생각을 떠올리지 않은 것은 아니었다. 사대법왕은 강하지만 그들이 쫓는 동천비는 더 강했다. 그래서 어쩌면 최악의 사태에 빠졌는지도 모른다는 생각을 했었지만, 사실로 밝혀지자 가슴이 무너져 내린다.

세수 백에 가까운 노승들이면서도 자신이 명령을 내리면 그것이 설혹 부당할지라도 하늘처럼 떠받들었다. 인상을 쓰고 금방이라도 한 대 갈길 듯 노려봐도 불손한 언행 한 번을 보이지 않았다. 그들이야말로 살아 있는 부처였고 스승들이었다.

아침을 준비하러 나갔던 자정경 또한 무미 선사로부터 심상치 않은 기운을 느낀 듯 문밖에 서 있다가 그 말을 듣고 안으로 다시 들어섰다. 그리고 그녀는 동천몽의 눈에 눈물이 흐르는 것을 보고야 말았다.

가느다란 여인의 것과 달리 사내의 눈물은 굵었다. 그리고 부하의 죽음을 애절하게 생각하는 눈물은 붉었다. 동천몽은 소리 죽여 한참을 흐느꼈고 자정경도 따라 눈물을 흘렸다. 동천몽 대신 자신의 무공 지도를 가장 많이 해주었던 사대법왕들이었다. 어쩌면 진짜 사부들인 것이다.

사대법왕의 시신은 안휘성 오강에서 발견되었다. 오강은 화현에서 북동쪽으로 사십 리 떨어진 곳에 있다. 오강은 저 유명한 항우와 우미인묘가 있는 곳으로 더욱 유명한데 아침 일찍 고기를 잡으러 나왔던 어부에 의해 발견된 것이다.

워낙 시신들이 자주 떠내려 오기 때문에 그저 그런 인물들쯤으로 여기고 무시하던 어부의 발길을 잡았던 것은 그들의 행색이었다. 그것은 중원의 승려들이 아닌 서장 포달랍궁의 법의였다. 더구나 그들의 품에서 사대법왕임을 알리는 신분패가 나타나자 어부는 곧바로 포달랍궁의 중원 말사에게 연락을 했다.

오강에 사는 포달랍궁의 불자들이 갈대 숲 인근을 가득 메웠다. 대법왕이 친히 온다는 소문을 듣고 달려온 것이다. 대법왕의 얼굴을 한 번 본다는 것은 더없는 소원이자 평생 두 번 다시없는 영광이었다.

오강에서 수십 리 떨어진 곳에서까지 사람들이 몰려왔고, 포달랍궁의 승려들은 밀려드는 사람들을 정리하며 진땀을 빼고 있었다.

"오신다!"

몰려든 인파 속에서 누군가 외쳤고, 모든 시선이 일제히 돌아갔다.

멀리 강둑을 따라 한 대의 마차가 다가오고 있었다. 거대한 황금 깃발이 바람에 펄럭거렸고, 대설산의 눈보다 더 흰 백색의 마차였다. 마차가 가까워지고 전면에 거대한 코끼리 문양이 드러나자 사람들이 일제히 외쳤다.

"배… 백상거다!"

"오오! 진짜 대법왕님께서 납시다니……!"

사람들은 감동과 흥분으로 더욱 끓어올랐다.

백상거의 마부석에는 일목이 앉아 있었고, 뒤로는 덕배 선사를 비롯한 천룡구십구불이 엄숙히 따르고 있었다.

"맙소사! 마부 좀 보게. 세상에, 눈이 하나뿐일세그려."
누군가 일목을 보며 놀라 말했다.
"눈이 하나면 어떻고 둘이면 어떤가? 얼마나 불심이 깊으면 대법왕님을 모시겠는가? 눈을 두 개 가진 우리가 부끄럽네."
"하긴."
이윽고 백상거가 멈췄고, 사람들은 숨을 죽였다.
일목이 뒤로 돌아가 문을 열었다.
삐이익!
백상거 뒷문이 열리고 황금빛 가사를 걸친 동천몽이 모습을 드러냈다. 그러자 운집한 사람들이 일제히 불호를 외우며 땅에 무릎을 꿇었다.
"아―미―타―불!"
장중한 목소리가 장강 너머로 퍼져 나갔고, 동천몽이 군중들을 향해 손을 흔들었다. 비록 비극의 현장을 찾아왔지만 자신을 보겠다는 일념 하나로 몰려든 사람들을 못 본 체할 수는 없었다.
"세존의 자비가 함께하길."
"오오!"
"대법왕님이시여, 만수무강하소서!"
군웅들이 흥분하여 외쳤고, 일부는 끓어오르는 감격을 주체 못하고 통곡을 했다.
"자비가 그대들 가정에 가득하길 바라노라."
"대법왕님 또한 행복하소서!"

사람들이 더욱 가까이 다가들려 하자 승려들이 악착같이 가로막았다.

동천몽은 천천히 시신이 있는 곳을 향해 걸어갔다. 시신은 이미 수거하여 붉은 장포 위에 뉘어 있었다.

척!

동천몽이 시신을 뉘어 놓은 곳에서 걸음을 멈췄다.

잠시 무거운 얼굴로 시신을 내려다보던 동천몽이 쭈그리고 앉아 붉은 천을 걷었다.

스르르!

네 사람의 모습이 드러났다.

크게 다친 곳도 없어 보였고 얼굴도 평온해 보였다. 고수들이 싸워 죽은 시신의 전형이었다. 고수들과 싸우면 시신에 훼손은 그다지 발생하지 않는다. 그러나 내부는 완전히 잿더미로 변하거나 처참하게 뭉개진다.

동천몽이 손을 뻗어 천장금왕의 얼굴을 만졌다.

무척 차가웠다. 강물에 오랫동안 잠겨 있어 더욱 차가워진 것이다. 부패가 적었는데 냉기 때문이 아니다. 워낙 내력들이 심후하기 때문이었다. 내공이 고절하면 숨이 끊어진 이후에도 스스로 발기하여 썩는 것을 둔화시킨다.

동천몽이 손목과 곳곳을 매만졌다. 몸속 상태를 알아보기 위한 동작이었다. 무공이 어느 경지를 넘어서면 몸속의 상태를 자신의 기를 발출하여 알아낼 수가 있었는데, 동천몽이 지금 그러했다.

살아난 기능 83

"음!"

동천몽의 굳어진 표정을 보며 덕배 선사 또한 얼굴이 굳어졌다.

동천몽이 굳어질 정도라면 몸속 상태가 예상보다 처참하다는 뜻이며 그건 곧 동천비의 마공이 더욱 높아졌다는 뜻이었다.

한참 사대법왕의 몸을 만지며 살피던 동천몽이 천천히 몸을 일으켰다.

"의심산 산자락에 고이 묻거라."

산자락에 묻으라는 뜻은 포달랍궁의 풍습대로 풍장을 지내라는 뜻이었다.

주위를 지키고 있던 승려들이 신속히 네 사람의 시신을 법의에 감싸 준비한 마차에 싣고 떠났다.

군웅들은 여전히 떠나지 않았고 어떻게 해서라도 동천몽을 가까이서 보고자 다가왔고 승려들은 막았다.

쿠쿠쿵!

그때 한 척의 커다란 배가 띄워졌다. 아니, 처음부터 둑 한쪽에 매여져 있었는데 동천몽이 나타나자 닻이 풀린 것이다.

동천몽이 배 위를 향해 몸을 날렸다.

부우우!

황금빛 가사를 걸치고 배를 향해 날아가는 동천몽의 모습은 세존의 재림을 보는 것 같았고, 군웅들이 거대한 외침을 터뜨렸다.

"아미타불!"
"무공이 천하제일이라시더니 과연!"
동천몽의 뒤를 따라 천룡구십구불이 배에 올랐고, 자정경과 일목이 그 뒤를 따랐다.
"출발하라."
덕배 선사의 명령에 배가 움직이기 시작했다.
촤아아!
배는 거센 바람을 맞받으며 강을 거슬러 올라갔고, 멀어져 가는 동천몽을 향해 사람들이 연신 아미타불을 외치며 합장을 했다.

조금 전까지 거칠게 몰아치던 파도가 바람이 잦아들자 조용해졌다. 강은 유유히 흘렀고 햇살은 따갑게 내리쬐었다. 동천몽이 탄 배는 침묵 속에서 강을 거슬러 올라갈 뿐이었다.
선수에서 잔잔한 장강을 바라보며 서 있던 동천몽이 어느 순간 기척을 느끼고 고개를 돌렸다.
자정경이 다가와 있었다. 그녀는 몇 번이고 나타났다 사라졌다를 반복했다. 동천몽에게 뭔가 말을 붙이고 싶었지만 하도 딱딱한 표정을 짓고 있었으므로 연신 돌아서기만 했던 것이다. 그러다 용기를 낸 듯 입을 열었다.
"사부님, 이제 마음이 조금 평안해지셨는지요?"
동천몽이 강을 보며 말했다.
"네가 보기엔 어떠냐?"

"제자가 보기엔 큰 분노를 갖고 계신 것 같습니다."

"헛헛! 그렇게 보였더냐? 사실이다. 난 지금 엄청나게 분노하고 있다. 그러나 다른 한편으로는 한 가지 의문에 시달리고 있었느니라."

"그게 뭔가요?"

"인간에게 악이란 어디까지인지를 잠시 생각하고 있었느니라. 정녕 악은 인간 스스로 걷어내지 못하는 무서운 존재인가를 묻고 답하고 있었지."

자정경이 눈을 크게 떴다.

"그래서 답을 얻었나요?"

"얻었다."

자정경의 눈이 더욱 커졌다.

"어떻게 말인가요? 말씀해 주세요."

어느새 덕배 선사까지 다가와 듣고 있었다.

동천몽이 말했다.

"어렵지 않느니라. 악을 없애는 유일한 방법은 악인을 모두 죽이면 되느니라."

"으헉!"

덕배 선사가 소스라쳤다.

동천몽의 입가에 미소가 더욱 짙어졌다.

"악은 용서를 해서는 안 된다는 것이지. 모조리 찾아 제거하는 것만이 악을 줄이고 선을 쌓는 일인 것이다. 알겠느냐?"

자정경의 표정이 하얗게 변해 있었다.

동천몽의 말에서 가혹한 살기를 느꼈기 때문이다.
 자신이 보고 느낀 동천몽은 무척 정이 많은 사람이었다. 그런데 강호의 사건에 휘말리면서 동천몽은 갈수록 잔인해져 가고 있었다. 그를 그렇게 만든 대표적인 인물들이 바로 동천비를 비롯한 형제들과 백쾌섬 남궁천과 상관량 등이었다.
 "덕배."
 "하명하소서."
 "그를 죽였느냐?"
 "그러시면……?"
 동천몽이 돌아보았다.
 "그 미친놈 말이다. 동천혁."
 덕배 선사가 깜짝 놀라는 표정을 지었다.
 자신의 손으로 죽이라고 했지만 아랫사람에게 떠넘겼다. 그리고 확인 결과 끝내 누구도 동천혁을 죽였다는 사람은 나타나지 않았다.
 덕배 선사는 설마 동천몽이 확인을 하리라고는 꿈에도 생각하고 있지 않았으므로 당황했다.
 "그… 그것이……."
 "데려와라. 사흘 이내로 내 앞에 끌고 오너라."
 동천몽은 이미 알고 있는 듯했다.
 "예!"
 덕배 선사가 돌아섰다.
 신속히 부하 다섯을 불러 동천몽의 명령을 하달했고, 세 명의 승려가 초상비를 펼치며 장강을 가로질러 갔다.

그때 갑자기 파도가 밀려왔다.

물론 큰 파도는 아니었고 조그만 물살에 가까웠다. 그러나 물을 조금만 볼 줄 아는 사람이라면 물살은 멀리서 밀려오고 있다는 것을 알아차릴 수 있었다. 다시 말 해 전방 어딘가에 거대한 물결이 생겼고 파장이 밀려오고 있는 것이었다.

파앗!

그런데 물결을 보던 동천몽의 눈이 이채를 띠었다.

"멈춰라!"

동천몽이 손을 들어 배를 세울 것을 지시했고, 배는 금방 전진을 멈췄다.

"나무토막 한 개를 가져오도록."

덕배 선사가 신속히 나무토막 한 개를 가져왔다.

휙!

동천몽이 나무토막을 물 위에 던졌다. 물 위로 떨어진 나무토막은 물살에 흔들거리며 떴다.

부웅!

동천몽의 몸이 솟구쳤다. 깃털처럼 천천히 나무토막 위로 날아 내렸고, 지켜보던 덕배 선사를 비롯한 사람들의 눈이 빛났다. 무공이 어느 경지를 넘어서면 물 위에 뜬 나무토막 위에쯤은 누구든지 날아 내릴 수 있다. 문제는 나무토막의 상태였다. 무거운 사람의 체중이 올라가 있는데도 잠기거나 하지 않았다. 더욱 놀라운 것은 나무토막의 움직임에 맞춰 동천몽의 몸이 흔들린다는 것이었다.

꽃잎에 앉은 나비가 바람에 흔들리는 것과 같은 것이었다. 그것은 모든 중심을 나무토막에 맞췄다는 것이었고, 나무토막에는 어떤 무게도 전혀 실리지 않고 있다는 뜻이었다.

"……."

"……!"

모두가 할 말을 잃었다.

처음 보는 신기에 그저 충격을 받은 표정만 짓고 있었다.

"천천히 따라오도록."

배가 앞서면 물결이 사라질 것을 염려하여 뒤따라오도록 조치를 한 것이다.

동천몽은 흔들거리며 앞으로 나아갔다. 나무토막은 밀려오는 물살에 뒤로 나가려 했지만 동천몽은 조금씩 발에 힘을 주어 앞으로 나아가게 했다.

촤아아!

배는 나무토막과 십여 장의 거리를 두고 따랐다.

물결은 조금씩 두꺼워졌다. 이제는 누구라도 물결이 밀려오고 있음을 알아볼 수 있을 정도로 커졌다.

파장이 최초 생긴 중심 지점에 가까워 오고 있다는 것을 증명했고, 한 시진쯤 더 나아가자 동천몽이 멈춰 섰다.

파크르르!

한 지점에서 물살이 계속 일어나고 있었다. 수면 아래로부터 기포가 생기며 계속 파장이 생성되고 있었다. 그때 다른 나뭇조각을 타고 다가온 덕배 선사와 일목, 자정경이 놀란 표정을 지었다.

도대체 무슨 현상이냐는 듯한 얼굴이었다.

"내분파기(內分波氣)라는 것이니라."

세 사람 모두 뜻을 알지 못하겠다는 듯 쳐다보았고 동천몽의 설명은 계속되었다.

"물 위에서 강한 고수들이 싸우면 내력의 충돌로 엄청난 파도가 생기느니라. 이때 내력의 일부가 물속을 뚫고 들어가게 된다. 물속으로 들어간 내기는 시간이 흐르면서 조금씩 물 밖으로 뿜어 나오지."

"하면 지금까지 우리가 봐왔던 물결은 그렇게 뿜어져 나온 내기가 만들어낸 것이란 말씀이옵니까?"

동천몽이 고개를 끄덕였다.

그러자 자정경이 물었다.

"도대체 얼마나 강한 내력의 고수들이 싸워야 충돌에 튕겨 나온 기가 물속으로 잠긴단 말인가요?"

일반적으로 내기가 충돌하면 강한 폭풍이 발생하며 대부분 얼마 지나지 않아 공기 중으로 소멸되고 만다. 더구나 물이라는 벽을 뚫고 잠긴다는 것은 도무지 상상이 되지 않았다.

그러나 세 사람은 한 가지 사실만을 확실히 깨우쳤다. 물속으로 내력이 파고들 만큼 사대법왕의 내력이 강했다는 뜻이었는데, 덕배 선사의 표정이 다소 굳어졌다.

사대법왕은 자신과 동문들이다. 연륜 또한 엇비슷했다. 한 번도 그들을 자신의 위에 두지 않았는데 여러 징후가 자신보다 하수는 아니라는 것이었다. 밀종대수인을 완성한 이후 말을 하지 않았지만 대법왕을 제외하고는 누구도 자신의 적수가 되지 않는다고 자부했는데 오늘 동천몽의 설명을 듣고 보니 약간의 오만이 있었음을 느꼈다.

그리고 또 하나 가슴을 짓누르는 것은 동천비의 능력이었다. 그토록 강한 사대법왕을 죽인 그의 능력이 도무지 계산이 되지 않았다.

동천몽이 사방을 두리번거렸다. 강의 곳곳에서 온천물처럼 하얀 거품이 올라왔다. 그건 이곳에서 사대법왕과 동천비가 격돌을 벌였다는 것을 증명하고 있었다.

"덕배, 당장 천룡구십구불을 동원해 인근을 수색하라. 일목 너도."

"존명!"

덕배 선사가 멀리 떠 있는 배를 향해 날아갔고 일목 또한 사라졌다. 동천몽 곁에는 자정경만 떠 있었는데 조금씩 나무토막이 물속으로 잠겨들고 있었다. 무릎까지 올라온 가죽 장화를 신은 까닭에 괜찮았지만 치맛자락이 물에 젖고 있었다.

내력으로 몸을 띄우는 부운등공도 한계에 온 것이다. 그대로 두면 물에 빠지거나 아니면 배로 날아가야 한다. 하지만 자정경은 이를 악물며 떠나지 않으려 했고 그로 인해 몸은 점점 더 빠져들고 있었다. 동천몽은 그런 사실을 아는지 모르는지 주위만 연신 살피고 있었다.

"사… 사부님."

동천몽이 돌아보았다.

장화 끄트머리까지 물에 잠겼다. 조금만 지나면 장화 속으로 물이 들어갈 판이었다.

동천몽이 이마를 찌푸렸다.

"빨리 배로 돌아가지 않고 뭐 하느냐?"

"싫어요."

"싫다니. 그럼 날더러 어찌하란 말이냐?"

"씨이!"

휙!

동천몽의 말도 듣지 않고 자정경은 그대로 나무토막에서 몸을 날려 동천몽 곁으로 날아 내렸다.

갑자기 한 사람의 무게가 더해지자 나무토막이 잠겨들었다. 그러나 곧바로 동천몽이 내력을 운기하여 나무토막을 띄우며 자정경을 노려보았다.

"네 이놈! 뭐 하는 짓이냐?"

자정경이 입술을 삐죽거렸다.

"제자가 빠져 죽으면 좋겠어요? 다른 사부님들은 그런 상황이면 서둘러 내게로 오너라, 하고 말씀하신다는데."

"누가?"

"다른 사부님들요."

"그러니까 다른 사부님들 누구?"

자정경이 매섭게 소리쳤다.

"아무튼요!"

두 사람이 나무토막에 서 있기 위해서는 몸을 바짝 붙여야 했다. 그래서 하는 수 없이 서로 얼굴이 맞닿을 만큼 바짝 붙어 있었는데, 자정경의 머리에서 풍겨나는 향기가 코끝을 자극했다. 더구나 자정경은 나무토막이 좁다는 핑계로 동천몽의 가슴으로 더욱 파고들려 했고, 그러다 보니 아랫도리가 뻐근해졌다.

자정경의 속셈을 읽은 동천몽이 한숨을 내쉬었다.

가만있다간 무슨 일이 생길지 아무도 모른다. 동천몽은 그대로 몸을 뽑아 올려 좌측 강변을 향해 빠르게 날아갔다.

동천몽이 떠나자 자정경은 대번에 물에 빠졌고, 소리쳤다.

"사… 사부님! 어딜 가시는 거예요!"

촤악!

잽싸게 몸을 뽑아 올려 동천몽의 뒤를 따라갔다. 그러나 이미 내력 소모가 컸기에 삼십여 장을 날지 못하고 물 위에서 비틀거렸다. 더 이상 초상비를 펼칠 내력이 되지 않은 것이다.

첨벙!

"어푸! 사아아~부님!"

아무리 무공이 높아도 내력이 소모되면 보통 사람과 다를 바 없다. 자정경은 완전히 물에 빠졌고 목만 내놓고 양손을 허우적거리며 외쳤다.

"어푸! 사부니~임! 사부님!"

그러나 동천몽은 돌아보지도 않고 강변 갈대 숲을 향해 날아갈 뿐이었다.

쏙!

급기야 자정경의 머리가 물속으로 잠겼다가 다시 솟구쳤다.

"어푸, 으왁!"

물을 마시면서 계속 허우적거렸는데 금방이라도 빠져 죽을 것 같았다.

"제… 제자, 수영 못해요! 살려주세요."

쏙!

또다시 그녀가 물속에 잠겼다. 그리고 이번에는 조금 오래 시간이 걸려 물 위로 고개를 내민 그녀의 안색은 파랗게 변해 가고 있었다.

"으… 으엑! 어버버버."

그때였다. 그녀의 몸이 자석에 끌리듯 위로 뽑혀 올라갔다. 허공으로 올라간 그녀의 몸에서 물이 마구 쏟아졌다.

촤아!

그녀는 그렇게 어디론가 끌려갔는데, 방향이 동천몽이 사라진 곳이었다.

완전히 물에 흠뻑 젖어 끌려가는 자정경의 눈은 다시 공포에 빠졌다. 아무도 보이는 사람은 없는데 자신의 몸이 끌려가자 기절초풍할 노릇이었다. 허공섭물이라는 것이 있어서 가벼운 물건 정도는 누구든지 끌어당기거나 날릴 수 있고 무공이 신의 경지에 이르면 사람 정도, 그러나 십여 장가량 움직일 수 있지만 이렇게 간단히 끌고 갈 수 있다는 건 듣도 보도 못했기 때문이다.

팟!

그녀의 눈이 커졌다.

장강 어딘가에 가면 지나가는 배를 끌어당기는 괴이한 곳이 있다는 소문을 들었다.

이름하여 오강와흡지대(烏江渦吸地帶).

반년 전에도 일백 명을 싣고 가던 거대한 범선이 갑자기 오강 상류에서 사라졌다는 말을 들었다. 아무리 봐도 그곳이 분명했고, 사람을 이렇게 가볍게 끌고 갈 정도면 오강와흡지대였다. 마침내 자신 또한 끌려 들어가 죽는다고 생각할 때 눈앞으로 갈대 숲이 나타났다. 오강와흡지대는 강 중앙이라고 했는데 자신은 강가로 끌려온 것이다. 그제야 뭔가 잘못됐다는 생각을 했고 두리번거릴 때 저만치 한 척의 낡은 배가 있고 그 위에서 동천몽이 뭔가를 살피고 있는 게 보였다.

꽈당!

그런데 자신의 몸이 사정없이 배 위로 내동댕이쳐졌다.

"아악!"

패대기치듯 바닥에 나뒹그라졌으므로 무척 아팠다.

벌떡!

그녀는 몸을 일으켜 주위를 다시 한 번 휘둘러보았다. 아무리 봐도 사람이라고는 동천몽뿐이었다.

자정경의 눈살이 찌푸려졌다. 결국 자신을 가공할 흡인력으로 끌어온 사람은 동천몽이라는 뜻인데, 이해가 되지 않는 것은 어디에서도 자신을 끌어당긴 자세나 흔적이 발견되지 않았다는 것이었다.

사람 한 명을 끌어당길 정도면, 더구나 그토록 먼 거리를 이동시킬 정도면 제대로 자세를 잡고 온갖 인상을 쓰고 있어야 정상이었다.

그녀의 눈은 커졌다.

아무런 자세나 동작을 취하지 않고서 백여 장이 넘는 거리를 끌어낸 동천몽의 능력이란 혀를 내두르기에 부족하지 않았다. 강하다는 것은 알고 있었지만 이건 놀라운 일이었다.

"사……."

사부님, 감사해요, 하며 말을 하려는데 동천몽이 손을 들었다. 조용히 하라는 뜻이었으므로 잽싸게 입을 다물었다.

동천몽은 배를 살피고 있었는데 전형적인 낚싯배였다. 그런데 배 안에 낚싯대와 도구 몇 개가 놓여 있었다. 그것은 얼마 전까지 낚시꾼이 배를 띄웠다는 의미였다.

'피!'

그녀의 시선이 배 한쪽에 말라 있는 피에 멎었다.

"무슨 피죠? 물고기의 몸에서 나온 것이겠죠?"

동천몽이 쭈그리고 앉아 피를 살폈다. 한참을 살피던 동천몽이 한쪽에 있는 낚싯대를 주워 들었다.

스윽!

낚싯대는 오죽으로 만들어져 있었다. 오죽은 일반 대보다 훨씬 강하면서 탄력이 좋고 불에도 강하다. 그래서 낚시광들은 오죽으로 된 낚싯대를 선호한다. 특히 강호인들 중에선 낚싯대를 애병으로 사용하는 사람이 있었는데, 가장 대표적인 인물이 동정어은이었다. 그는 고기를 낚는 것이 아니라 사람을 낚는다는 소문이 돌 만큼 능숙했다.

멈칫!

낚싯줄을 따라가던 동천몽의 눈이 빛났다.

거기에는 낚싯바늘 대신 손가락 굵기의 커다란 무쇠로 만들어진 갈고리가 달려 있었다.

"무슨 낚싯바늘이 저래요. 무슨 용이라도 잡으려 했나?"

탁!

동천몽이 갈고리를 살피더니 중얼거렸다.

"애초부터 사대법왕을 잡기 위해 준비를 철저히 했군."

자정경이 놀라며 물었다.

"무슨 말씀이죠? 자세히 말씀 좀 해주세요."

동천몽이 쏘아보았다. 말 시키지 말라는 의미였으므로 자정경은 얼른 입을 다물었다.

동천비는 사대법왕이 자신을 쫓고 있다는 것을 눈치 챘다. 그것은 바로 이 낚싯바늘이 그 사실을 증명한다. 무공이 강한 고수가 용 아니라 용보다 더 큰 괴물을 잡는다고 해도 갈고리 바늘 따위는 사용하지 않는다. 어차피 물고기를 잡는 데는 바늘이지만 끌어 올리는 데는 철저한 내공이기 때문이다.

동천비는 사대법왕이 가장 취약점을 갖고 있는 환경을 생각하다 물을 선택했다. 다시 말해 사대법왕을 사로잡기 위해 치밀한 준비를 했고 사대법왕은 대처를 못했다는 차이가 승패를 갈랐다. 강하기도 했지만 준비에서 앞선 것이었다.

사대법왕을 물리친 동천비는 큰 부상을 입었는데 그 증거는 바로 뱃전에 묻은 피였다. 그는 한달음에 장강을 건너지 못할 만큼 중상을 입고 힘들게 배로 올라와 피를 토하며 일차적으로 이곳에서 몸을 다스렸다.

파팟!

동천몽의 눈이 더욱 타올랐다.

뭔가 확신을 잡은 듯했다. 그때 덕배 선사가 날아와 배 위로 내려섰다.

"이걸 보소서."

덕배 선사의 손에 옷가지 몇 개가 들려 있었다.

그것은 사대법왕이 걸치고 있던 가사였고 또 하나는 속의였는데 길이가 한 자 가까이 될 만큼의 크기였다.

슥!

동천몽이 흑의 조각을 주워 들었다.

"앞가슴 옷자락이로군."

이리저리 살피던 동천몽이 덕배 선사에게 말했다.

"근처 오십 리 이내를 철저히 수색해라. 단, 수상한 인물을 발견하면 절대 시비를 붙지 말고 본왕에게 연락을 해라."

"명을 받사옵니다."

덕배 선사가 다시 날아가 사라졌고, 동천몽이 갈대 밭 너머 둑으로 내려섰다. 자정경이 뒤를 따라 내렸다.

자정경이 동천몽을 쳐다보았다. 묻고 싶은 것이 많았지만 또다시 면박을 당할까 봐 자제하고 있었다. 물에 빠져 걸치고 있던 흑의가 몸에 착 달라붙어 자정경은 더욱 요염했다.

동천몽은 고개를 돌리며 말했다.

"동천비는 매우 심각한 중상을 입었다."

자정경이 흠칫 놀라는 표정을 지었다.

여태껏 한 번도 동천비라는 평대를 하지 않았다. 그런데 지금은 동천비라고 가차없이 말하고 있었다. 그건 곧 이미 동천비 처리에 관해 나름대로 어떤 결정을 내렸다는 뜻이었고 죽음도 그냥 내릴 것 같지 않는 가혹한 비극을 예상할 수 있었다.

"워낙 상처가 깊어 사흘이 지났지만 아직 몸은 정상으로 회복되지 않았을 것이다. 오십 리 이내에 있다는 것이 내 판단이니라."

동천몽이 다시 갈대 숲 사이로 보이는 낚싯배를 쳐다보았다. 자신이라면 어떤 길을 택해 안전한 곳으로 도피했을까를 생각해 보려는 것이었다.

상처를 입은 대호는 나약한 토끼나 여우보다 더 철두철미하게 천적을 피하려는 본능을 갖고 있다. 강하기 때문에 더욱더 적에게 짓밟힐 것에 대한 두려움을 갖는 것이다. 그래서 아주 움직임이 조심스럽고 경계가 철저하다.

일단 물 밖으로 나왔을 것이고 가장 먼저 가고 싶은 곳은 사람 눈에 띄지 않는 곳일 것이다. 대호가 숨을 수 있는 가장 좋은 곳은 숲이 우거진 곳이다. 숲이란 대호의 몸을 가려주는 가장 훌륭한 구실을 하고 있기 때문이었다.

화다닥!

들려오는 소리에 동천몽이 고개를 돌렸는데, 깜짝 놀라는 표정을 지었다. 자정경이 젖은 옷을 벗고 있었기 때문이다. 비록 주위에 다른 사람은 없었지만 그녀의 행동은 거리낌이 없었다. 속옷만 남기고 완전히 옷을 벗은 그녀가 볕에 젖은 흑의를 펼쳐 놓았다.

"무엇 하는 짓이냐?"

"보면 몰라요. 옷 말리고 있잖아요. 젖은 옷을 걸치고 있으니 춥잖아요."

사실 젖은 옷을 걸치고 있으면 한여름이라도 한기를 느낄 때가 있다. 한겨울에도 젖은 옷을 입고 있는 것보다는 벗는 것이 잠시 체온을 느리게 떨어뜨리는 효과를 볼 수도 있었다.

그렇지만 조금만 참으면 될 것을, 그것도 툭 트인 강가에서 물이 오를 대로 오른 여인이 옷을 벗고 있는 모습을 보기 좋지 않았다. 물론 다른 사람들 눈에는 미치도록 좋은 그림이겠지만.

"다시 입거라."

"춥다니까요? 벗고 있는 제자의 모습이 싫으시면 가사 자락이라도 벗어주세요."

동천몽이 어이가 없다는 표정을 지었다.

자신이 걸치고 있는 황금 가사는 단순한 승복이 아니었다.

대법왕임을 알리는 금려상불의(金麗象佛衣)였다. 찢어지지도 않을 뿐더러 수화가 불침하고 아무리 추운 겨울에도 냉기가 뚫지 못하고 여름에는 화기가 뚫지 못한다. 더구나 단순히 걸치고 있는 옷만이 아니기 때문에 아무리 제자가 어려움에 처해 있다고 해서 마음대로 덥석 벗어줄 수 있는 의복이 못 된다.

그녀가 어깨를 떨었다. 탐스런 가슴이 물결처럼 일렁거렸고 넘어가는 석양을 정면으로 받은 하반신이 붉게 타올랐다. 집 안이 아닌 밖에서 드러난 그녀의 몸은 짐승적인 욕구를 불러일으키기에 부족함이 없는 뜨거운 유혹이었다.

동천몽이 벗어놓은 그녀의 의복을 향해 오른손을 뻗었다. 그러자 강한 열기가 뻗어가더니 이내 의복에서 수증기가 피어올랐고 순식간에 빳빳하게 말랐다.

"입거라."

휙!

옷을 던져 주었다.

옷을 받아 든 자정경의 눈이 커졌다. 젖은 옷이 바싹 말라 있었다. 분명 삼매진화와 비슷한 극양의 장력으로 옷을 말렸을 것이다.

"흥!"

코웃음을 치며 자정경이 의복을 걸쳐 입었다.

"너, 돌아가 있거라."

한쪽 팔을 끼워 넣던 자정경이 동작을 멈추고 돌아보았다.

살아난 기능 101

"돌아가라뇨?"

"귀궁하는 제자들과 같이 서장으로 돌아가라는 얘기니라."

지금 포달랍궁의 무사들은 일부만을 제외하고 전부 서장으로 환궁 중에 있었다. 어차피 전쟁은 장기전이 될 것이었고, 그래서 중원에 남아 있을 필요가 없었다.

"제… 제자더러 돌아가라구요?"

"당장 가거라. 부지런히 가면 따라잡을 수 있을 것이니라."

자정경의 얼굴이 표독해졌다.

"사부님이 되면 제자의 사생활까지 간섭하시는 건가요?"

멈칫!

동천몽이 놀란 눈을 했다.

자정경이 다부지게 말했다.

"무예를 가르치고 안 가르치고는 사부님 마음이겠지만 집에 가고 안 가고는 제자의 마음이에요. 그러니 가라 마라 명령하지 마세요. 갈 때가 되면 제자가 알아서 갈 거예요."

동천몽의 눈이 커졌다.

도발적이고 무엄하리만치 냉정한 말투에 어안이 벙벙해졌다.

자정경이 팔을 끼우고 옷차림을 대충 차린 후 말했다.

"죄송하지만 사부님 곁에 있을 거예요. 물론 이 제자가 꼴보기 싫다면 사제의 연을 끊으셔도 돼요. 하지만 그렇게 돼도 소녀는 떠나지 않을 거예요. 왜냐하면 내 맘이니까요."

동천몽이 더욱 눈을 크게 뜨고 보다가 이내 길게 한숨을 내쉬었다. 잘못 건드렸다는 생각이 머리를 지배했다. 여자가 한을 품으면 오뉴월에 서리가 내린다고 했는데, 자정경은 이제 막 나가고 있었다. 완전히 기분이 상해 사부의 말 따위는 더 이상 먹혀들지 않을 것 같았다. 이제 자신의 맘대로 하겠다는 것인데, 필시 앞으로 아주 괴로울 것 같다는 예감이 들었다.

第四章
반전과 반격

大대法법
왕王

동천몽은 다시 한 번 길게 한숨을 내쉬고 몸을 날렸다.
　대호가 숨어 있을 숲을 향해 날아간 것이다.
　동천몽이 날아가자 잠시 쏘아보던 자정경이 뒤를 따랐다. 예전처럼 나란히 따르지 않고 십여 장의 거리를 두고서였다.
　동천몽은 장강을 따라 내려가더니 반 각쯤 지나 관도로 접어들었고 일각이 조금 안 되어 오강으로 접어들었다.
　대호가 숨어 있을 곳으로 우거진 산속을 생각했던 자정경은 눈살을 찌푸렸다. 부상을 입고 강한 적들의 시선을 피하기 위해 숲 속으로 숨어야 할 대호가 이렇게 사람 많은 곳으로 숨을 리는 절대 없었기 때문이다.
　이유가 궁금했지만 묻고 싶지는 않았다. 사제지연을 끊을 것은 아니지만 동천몽에게 말을 붙이고 싶지는 않았다.
 그런데 자신의 궁금증을 읽기라도 한 듯 동천몽이 걸음을 멈추었다. 그리고 자정경이 가까이 다가오자 입을 열었다.
 "대호는 호랑이지만 동천비는 사람이다. 호랑이라면 당연히 숲이 좋겠지. 그러나 사람은 이렇게 인파가 많은 곳이 숨기에 가장 좋은 법이니라."
 "······."
 자정경은 고개를 돌려 버렸다. 누가 물어봤어요, 라는 비아냥이 목구멍까지 치밀어 올랐지만 꾹 눌러 참았다. 그런데 고개를 돌린 자정경의 눈은 무척 커져 있었는데, 속으로는 무척 놀라고 있음을 의미했다.
 '귀신이다, 귀신.'
 사람이 사람 속으로 뛰어들면 티가 나지 않는다. 더구나 변장술까지 능하다면 더욱 찾기란 쉽지 않다. 동천몽의 놀라운 지혜에 충격을 받은 것이다.
 '누가 사부님을 멍청하다고 했지?'
 강력하게 피어나는 의문이었다.
 학문이 부족할 뿐 본능적인 생각과 두뇌회전은 천하제일이라고 하기에도 부족하지 않았다.
 동천몽이 용천주루라고 간판이 걸린 삼층 건물로 들어갔다.
 자정경 또한 뒤를 따라 들어갔지만 같이 앉지는 않았다. 동천몽은 창가에 앉았고 자정경은 구석진 곳에 자리를 잡았다. 그런데 사람들 시선이 일제히 동천몽에게 쏠렸다. 처음에는 약간 어리둥절했지만 동천몽은 이내 그 이유를 알아차렸다. 사람들의 시선이 모여진 것은 자신이 걸치고 있는 금려상불의 때문이었다. 금려상불의가 화려해서가 아니라 앞가슴에 새겨진 코끼리를 보며 모두가 그의 신분을 알아차린 것이다.

"대범왕이시다."

"어찌 이런 천하고 누추한 곳으로 대범왕님께서 왕림을 하셨단 말인가."

사람들이 소곤대더니 일제히 자리에서 일어났다.

그리고 누가 시키지도 않는데 큰 소리로 말하며 허리를 숙였다.

"생로병사를 주관하시고 인세의 덕과 화를 결정하시는 대범왕님을 뵈오나이다!"

"뵈오나이다!"

일제히 무릎을 꿇고 절을 하자 주문을 받기 위해 동천몽의 탁자 곁에 다가와 있던 점원 또한 황급히 무릎을 꿇었다.

동천몽이 눈살을 찌푸렸다.

'대범왕!'

자신이 잘못 들었나 하고 귀를 기울였지만 사람들은 분명히 대범왕이라고 불렀다.

아무튼 동천몽은 사람들이 자신을 향해 예를 취했으므로 미소를 띠며 말했다.

"그만들 일어나 즐겁게 식사들 하라."

"대범왕님의 은혜에 감사드리옵나이다."

사람들이 일제히 일어나 각자 자리로 돌아가 술과 음식을 계속 먹었다. 그러나 그들의 시선은 동천몽에게서 떠나지 않고 있었는데, 하나같이 존경을 듬뿍 담고 있었다.

"뭐… 뭘 드… 드릴까요?"

대범왕이라는 것을 알고 난 점소이가 무척 공손해졌다.

동천몽이 웃으며 말했다.

"제갈채(諸葛菜)를 주거라. 그리고 저기 구석에 앉은 여인에게는 청돈비압을 주거라. 물론 계산은 본왕이 할 것이니라."

점소이가 힐끔 구석진 곳에 앉은 자정경을 보았는데 흠칫했다. 그러더니 한순간 점소이의 눈빛이 요사하게 변했다. 동천몽을 살피고 다시 자정경을 보더니 뭔가 감이 왔다는 듯 미미하게 고개를 끄덕였다.

'말세야, 말세!'

돌아서는 점소이가 속으로 중얼거렸다.

점소이 생활 이십오 년이다. 이젠 딱 보면 안다. 필시 대범왕이라는 것 때문에 주위 눈을 의식하여 따로 행동하고 있는 것이 분명했다. 점소이가 자신의 새끼손가락을 힐끔 보았다.

'이것이라는 건데……'

이 땅의 모든 종교가 이미 오염될 대로 오염되었다는 것을 알고 있지만 눈앞에서 이런 일이 벌어지자 놀라우면서도 한 가지 생각이 퍼뜩 스쳤다.

'왔다, 때가 마침내.'

점소이의 얼굴에 묘한 웃음을 떠올랐고, 동천몽과 자정경을 다시 한 번 훑어본 뒤에 천천히 주방을 향해 걸어갔다.

"제갈채 청돈비압, 특으로요."

동천몽은 특으로 시키지 않았는데도 점소이의 목소리에는 힘이 넘쳤다. 점소이는 음식이 나오는 주방 입구에 떡 양팔을 기대며 돌아서서 동천몽과 자정경을 부지런히 살폈는데 입가에 미소는 더욱 짙어졌다.

'호호호!'

연신 알 수 없는 미소를 짓는 점소이 얼굴에 탐욕의 그림자가 너울거렸다.

"제갈채 청돈비압 특입니다."

주방으로부터 음식이 나왔고 점소이는 먼저 동천몽에게 제갈채를 내려놓고 청돈비압을 들고 자정경에게 다가갔다.

"뭐죠?"

자정경이 눈을 치켜떴다.

누가 봐도 놀란 시선이었는데 점소이가 씨익 웃었다.

'이년아, 다 알아.'

물론 속으로 중얼거린 후 목소리를 낮췄다.

"대범왕님께서 보내셨습니다."

"대법왕이 왜 내게 음식을 보내요?"

점소이가 또다시 웃었다.

'이년아, 다 안다니까.'

하지만 밖으로는 다르게 속삭였다.

"대범왕님께서 베푸는 자비 아니겠습니까? 워낙 마음이 넓고 중생들을 사랑하는 분이시잖아요."
 자정경이 음식을 보더니 한마디를 빼놓지 않았다.
 "나 돈 없어요."
 "염려 마십시오. 계산 또한 대범왕님께서 하시겠다고 했습니다."
 "흥! 주는 것이니 먹지 뭐."
 우드득!
 자정경은 닭다리를 찢어 입 안에 넣고 씹었다.
 "이봐요. 죽엽청 한 근 주세요."
 돌아선 점소이가 더욱 능물스럽게 웃었다.
 "알겠습니다, 낭자."
 그러면서 동천몽 옆을 지나면서 힐끔 내려다보았다. 동천몽은 근엄한 얼굴로 제갈채를 먹고 있었다.
 '지는 중이라고 야채 먹고 애인은 고기를 준단 말이지. 으음.'
 점소이가 자정경에게 죽엽청을 가져다 주고 동천몽 앞에 섰다.
 동천몽이 음식을 먹다 말고 고개를 쳐들었다.
 "왜? 본왕에게 할 말 있나?"
 "있지요."
 점소이가 주위를 살피며 고개를 더욱 숙였다.
 "저 뒤에 있는 여자는 대범왕님과 어떤 관계입니까?"
 동천몽이 술을 마시고 있는 자정경을 돌아보며 말했다.

"난 또 누구라고. 본왕의 제자이니라. 그런데 그건 왜 묻느냐?"

점소이가 목소리를 가다듬었다.

"존경하는 대범왕님, 소인의 점소이 생활 오늘로 이십오 년입니다. 흔히 십 년이면 강산이 변한다고 하지요. 점소이 생활도 어느덧 강산이 두 번 반 변할 만큼 오래되었습니다."

동천몽의 입가에 얇은 미소가 걸렸다. 점소이가 무슨 말을 하고자 하는지 눈치를 챈 표정이었다.

점소이는 더욱 목소리를 낮춰 말했다.

"대범왕님 같은 분 자주 뵙니다. 관부의 거물급에서부터 내로라하는 분들의 특징을 대범왕님도 그대로 지니고 계시군요?"

"특징이라는 게 뭔가? 그렇고 그런 사이면서 주위 눈을 의식해 남인 양 따로 들어와 자리를 잡는 것을 말하느냐? 지금 나처럼 말이다?"

"이상하게 대범왕님과는 말이 통할 것 같군요. 이곳에는 지금 대범왕님을 존경하는 분들이 많이 와 있군요. 만약 저분들께서 대범왕님이 여자를 끼고 들어와 있다는 것을 알면 어떤 반응을 보일까요?"

"아마 날 가만두지 않겠지."

"잘 아시는군요."

동천몽도 목소리를 낮췄다.

"원하는 게 뭐더냐?"

"별것 아닙니다. 백 냥만 주십시오. 그럼 입을 다물어 드리겠습니다."

"은화?"

"에이, 금화죠."

동천몽이 고개를 끄덕였다.

"알겠다. 일단 배는 채우고 자세한 얘길 하자꾸나."

"좋습니다. 천천히 드십시오. 필요한 것 있으면 마음 놓고 시키십시오."

점소이를 보며 동천몽이 웃었다.

음식을 비운 동천몽이 트림을 하며 입구로 다가가 계산을 치렀다.

점소이가 곁으로 다가와서 말했다.

"자세한 얘길 하자면서요? 따라오시죠."

점소이가 밖으로 나가더니 옆 골목으로 들어갔다. 동천몽이 따라 들어가자 목소리를 높였다.

"조용히 주십시오."

동천몽이 미소를 지으며 물었다.

"아까부터 날 자꾸 대범왕이라고 하는데 무슨 말이냐? 대범왕은 또 누구냐?"

점소이가 눈을 치켜떴다.

"아니, 대범왕이면서도 대범왕을 모른단 말입니까? 대범종 종정스님 말입니다. 당신이 바로 그 대범종의 종정이신 대범왕님 아냐."

그제야 동천몽은 점소이가 말끝마다 대범왕이라고 했던 말 뜻을 알아차렸다.

대범종은 안휘성 일대에 퍼져 있는 불가의 한 종파이다. 포달랍궁처럼 코끼리를 신성시하며 법의와 불경 또한 비슷하고 또 하나의 특징이라면 혼인이 가능하다는 것이었다. 포달랍궁과는 달리 그들은 무예를 배우지 않는다.

"이름이 뭐냐?"

"이름은 알아서 뭐 해. 국표상. 어서 내놔. 까발리기 전에."

점소이가 노골적으로 나왔다.

힐끔!

국표상의 고개가 좌측으로 돌아갔다. 나오자마자 점소이와 골목 입구로 들어가자 자정경이 궁금한 듯 보고 서 있었다.

점소이가 히죽 웃었다.

"기다리지 말고 이리 오쇼, 다 알고 있으니까."

"표상아."

"왜?"

"너 올해 나이가 몇이냐?"

"아이씨, 나인 또 왜? 마흔일곱이야."

"나이가 많은 것을 생각해 한 대만 때리겠다."

빠악!

동천몽이 머리를 쥐어박았다.

국표상의 눈이 커졌다. 가볍게 때린 것 같았는데 엄청 아팠기 때문이다.

"뭐야. 이 자식이! 대범왕이라고 존경해 줬더니."

대번에 흉흉한 기세를 뿜었다. 주루의 점소이로 닳고닳은 기세를 어김없이 드러낸다.

"난 대범왕이 아니라 멀리 포달랍궁의 대법왕이니라. 무슨 말인지 알겠느냐?"

그러니 썩 꺼지라는 얘기였다.

하지만 이미 독이 오른 국표상의 귀에 동천봉의 말이 들어올 리 없었다.

확!

그대로 멱살을 잡아 쥐더니 으르렁거렸다.

"안 되겠소. 주루로 갑시다. 당신의 가면을 낱낱이 벗겨 드리지."

"이 새끼가 말로 했더니 도저히 못 알아듣는구만."

빠악!

동천봉이 그대로 낭심을 걷어찼다.

"껵!"

국표상이 곧바로 눈을 뒤집었다. 양손을 감싸고 엉거주춤 섰는데, 안색이 여러 번 변했다.

"뭘 봐, 이 멍청한 자식아! 봐주려고 했더니, 이 새끼가."

다시 낭심을 걷어찼고 국표상은 그대로 주저앉았다.

"난 대법왕이다, 네까짓 놈 정도는 얼마든지 죽일 수 있는 포달랍궁의."

콰앙!

골목 바닥에 움푹 솟아난 바위를 향해 일장을 날렸다.

산산조각이 나는 바위를 보고 국표상이 꺼륵 소리를 내며 기절해 버렸다.

동천몽이 피식 웃으며 지나가다 다시 걸음을 멈추었다. 한 가지 생각이 떠올랐다.

기절한 국표상의 혈도 세 군데를 쳤다.

끄르륵!

입으로 음식물을 토하며 국표상이 깨어났다. 눈을 뜨자마자 동천몽이 미소를 지으며 내려다보고 있다.

국표상이 화들짝 무릎을 꿇었다.

"주… 죽여주십시오. 소인이 큰 실수를 했습니다. 자비를 베풀어주십시오."

국표상은 두 손을 싹싹 빌었다.

동천몽이 일어나라는 듯 손가락을 까닥거렸고, 몸을 일으켜 세우고서도 국표상은 고개를 들지 못했다.

"잘못했습니다. 잘못했습니다."

포달랍궁의 대법왕은 이곳의 대범왕과는 차원이 다르다. 하나 국표상을 굴복하게 만든 것은 동천몽이 대법왕이라는 것 때문이 아니었다. 솔직히 그 말도 믿지 않았고. 오로지 그를 두렵게 만든 것은 바위를 가루로 만든 무공이었다. 오랫동안 수많은 강호고수들을 보아왔지만 화강암을 단번에 박살 내는 사람은 처음이었다.

"한 가지 묻고 싶구나."
"얼마든지 물어주십시오."
"점소이 생활을 이십오 년 했다고 했더냐?"
"이십오 년은 만이고 한 달만 더 지나면 이십육 년입니다. 한눈팔지 않고 오직 한 구멍만 팠기 때문에 이제 손님 얼굴만 봐도 외상인지 아닌지 알아냅니다."
"이 지역에서는 터줏대감이라고 해도 과언이 아니겠구나."
"물론입니다. 오강주점단 단장이기도 합니다."
"오강주점단?"
"오강주루점소이연합단의 줄임말입니다."
"호오!"
"오강주점단원은 현재 백팔십 명이며 최소한 점소어 생활 삼 년 이상 된 사람만 가입할 수 있습니다."
동천몽의 눈이 영활하게 빛났다.
"가까이."
손가락을 까닥이자 주춤거리며 다가왔는데 양손을 낭심 쪽으로 내렸다. 또다시 맞을까 봐 방어한 것이다.
동천몽의 입술을 움직였다. 전음을 보내는 것이었는데, 갑자기 귓속으로 조그만 말소리가 들리자 점소이가 소스라쳤다. 말로만 듣던 전음이라는 것을 깨달았는데 완전히 흥분된 표정이었다.

부지런히 동천비의 뒤를 추적해도 모자랄 판인데 이틀째 용천주루 삼층에 방을 얻어놓고 두문불출하자 자정경은 안달이 났다. 당장 쫓아가 묻고 싶었지만 자존심상 차마 그렇게 할 수는 없었다. 대신 동천몽더러 들으라는 듯 부지런히 방을 들락거렸다. 자정경은 동천몽을 따라 옆방을 얻었다. 물론 눈길이 마주쳐도 일체 모른 체했다.

"으음!"

동천몽은 침상에 길게 누워 있었는데 흑의로 갈아입은 차림이었다. 겉으로는 누가 봐도 세상에서 가장 팔자 좋은 사람처럼 보인다. 그러나 동천몽의 머릿속은 누구보다도 복잡하고 빠르게 회전하고 있었다.

동천몽이 인적이 드문 산을 찾아들지 않고 오강으로 들어온 것은 동천비가 사람 속으로 스며들었을 가능성 때문이었다. 복잡한 인파 속이야말로 도망자나 위급한 상황에 처한 사람이 가장 숨기 좋은 곳이었다. 물론 역으로 산을 찾아 들어갔을 수도 있었다. 그러나 가능성은 떨어졌지만 어쨌든 숲은 천룡구 십구불이 뒤지고 있다.

문제는 오강으로 스며들었다면 어디에 숨어 있을까 하는 것이었다.

강호의 모든 정보는 뒷골목에서 시작된다. 또한 중요한 일일수록 뒷골목의 은밀한 곳에서 싹트기 때문에 정사 흑백 양도를 막론하고 도박장을 비롯해 유곽과 기루 한두 곳쯤 비밀분타로 거느리고 있지 않은 곳이 없다.

동천몽은 한때 중원오랑의 수장이었다. 비록 몰락했지만 씨까지 말린 것은 아니었다. 일부 고수들과 측근은 살아 있는 것이다.

중원오랑 정도면 한두 곳이 아니라 여러 곳에 비밀 분타를 갖고 있을 것이고 장강을 중심으로 수로와 육로가 천하로 뻗어나가는 오강이라면 필시 존재하리란 것이 동천몽의 확신이었다.

오강에서 영업 중인 기루를 비롯한 유흥주점은 대략 삼백여 곳이다. 삼백여 곳을 혼자 찾는다는 것은 불가능하다. 그렇다고 사람을 동원해 봤자 소용없는 일이었다. 동천비가 부상을 입었다고 해도 그의 적수가 될 만한 사람이 드물기 때문이었다. 그래서 생각해 낸 것이 국표상이 단장으로 있는 오강주점단이었다. 그의 한마디면 오강 내 점소이들이 빠르게 움직일 것이고 금방 어떤 단서가 포착될 것이었다.

꿈틀!

누워 있던 동천몽의 눈썹이 움직이는 그때 문이 거칠게 열렸다.

벌컹!

동천몽이 고개를 돌려보자 자정경이 표독스런 모습으로 입구에 떡 버티고 서 있었다. 금방이라도 독살스런 욕을 내뱉을 듯 험상궂다.

"왜 그러느냐?"

동천몽이 허리를 세우며 물었다.

자정경이 예상대로 거칠게 쏘아붙였다.

"언제까지 제자를 모른 체할 셈이죠?"

"무슨 말이냐? 난 모른 체한 적 없구나. 오히려 네가 모른 체했지 않느냐?"

자정경이 눈을 크게 떴다.

"마… 말도 안 돼! 제자가 언제 모른 체했다고 그러세요?"

"넌 저녁을 먹을 때도 사부더러 같이 가자는 말 한마디 없었지 않느냐? 너 혼자 달랑 내려가 먹고 왔고 복도에서 마주쳐도 고개를 돌렸지 않느냐?"

자정경이 실룩거렸다.

동천몽의 말은 틀림이 없었기 때문이다.

사실 동천몽이 아는 체해주기를 기대했는데 반응이 없자 이후 자신이 먼저 고개를 돌렸고 모른 체했다.

"흐— 흐흑!"

자정경이 눈물을 흘렸다. 어깨까지 들썩거리며 더욱 소리 높여 울자 동천몽이 눈을 휘둥그레 떴다.

"흑… 호호홍!"

자정경의 흐느낌은 더욱 커졌고 급기야 동천몽이 다가갔다.

"왜 갑자기 우느냐? 누가 보면 이상하게 생각하겠구나."

"으와아앙!"

봇물 터지듯 소리 지르며 동천몽의 품으로 안겼다. 마음 같아서는 밀어내고 싶었지만 하도 서글프게 울어 동천몽은 엉거주춤 그대로 내버려 두었다.

자정경의 울음은 쉽게 그치지 않았다. 동천몽의 앞가슴 의복이 푹 젖도록 울었고 가만 내버려 두면 한도 끝도 없을 것 같았으므로 동천몽은 가볍게 끌어안으며 토닥였다.

"그만 울거라. 이 사부가 잘못했구나."

"으어어엉!"

대성통곡으로 바뀌었다.

동천몽은 길게 한숨을 내쉬며 등을 토닥거렸는데 자정경의 속셈을 알고 있었다. 지금이라도 마음 같아서는 자정경을 미치도록 끌어안아 주고 싶었다. 하지만 자신은 이미 혼인이 불가한 대법왕의 신분이다. 이것은 자신의 뜻이 아닌 세존의 배려이며 운명이었다. 한순간의 감정으로 판단할 문제가 아니었다. 자신은 이미 초월자가 되어 있었다.

자정경이 울면서 더욱 동천몽을 끌어안자 물컹한 젖가슴이 자극적으로 앞가슴을 비볐다.

'아미타불!'

동천몽은 속으로 연신 불호를 중얼거렸다.

결코 그녀를 탓해서는 안 되었다. 그녀를 제자로 받아들인 순간부터 이미 오늘의 비극을 예정했어야 했다. 그때 진지하게 고민하고 자신의 운명과 신분을 깊이 통찰하며 인과를 계산해 보았어야 했다. 굳이 핑계를 대자면 당시는 자신의 불심이 깊지 못했다. 그때까지는 세상의 인연과 감정에 더 충실했었다. 그 대표적인 예가 기능 회복을 위한 몸부림이었다.

자신의 우유부단한 행동이 자신을 사랑하도록 자정경을 더욱 부추겼다고 해도 지나치지 않았다.

　자신을 향한 자정경의 사랑을 탓해서는 안 된다. 그녀는 자신의 그런 매끄럽지 못한 행동에 더욱 용기와 자신을 갖고 희망을 가졌을 것이다. 그런데 지금 와서 갑자기 모든 인연을 냉정하게 돌려놓으려 하니 그녀가 받아야 할 고통과 충격은 적지 않을 것이었다.

　동천몽이 착잡한 마음으로 자정경을 토닥거리고 있을 때 밖으로부터 음성이 들려왔다.

　"존경하옵는 대법왕님 계시옵니까? 소인 국표상이옵니다."

　동천몽이 슬며시 밀어내자 자정경이 떨어졌다.

　"들어오너라."

　문이 열리고 들어선 국표상의 눈이 화등잔만 해졌다.

　이십오 년 점소이 생활 중 여자가 울고 있는 광경을 숱하게 보았다. 경험에 의하면 여자가 우는 경우는 두 가지였다. 하나는 사랑하는 남자의 품에 하룻밤을 보냈다는 행복에 우는 것이고 또 하나는 이루어질 수 없는 사랑 때문에 우는 것이다. 대개가 부인이 있는 남자가 유혹한 처녀와 하룻밤을 자고 났을 때 보이는데, 이 또한 두 가지 부류가 있다. 지금처럼 흐느끼며 말없이 우는 여자가 있는 반면 고래고래 악을 쓰며 행패를 부리는 여자가 있다.

　'후자 첫 번째 이유다!'

　국표상은 나름대로 결론을 내렸다.

대법왕은 혼인할 수 없다. 물론 포달랍궁의 법으로 정해진 것은 아니지만 지금까지의 관례를 보면 그러했다. 그런데 막상 뜨거운 정을 통하고 나자 마음이 서글퍼지는 것이다. 알고 사귀었지만 막상 정을 주고 나니 혼인할 수 없다는 것에 서러운 것이다.

"그래, 뭣 좀 알아냈느냐?"

국표상이 정신을 차리며 말을 이었다.

"대법왕님께서 찾으시는 사람인지는 알 수 없지만 의심스러운 사람이 발견되었사옵니다."

"그래, 말해보거라."

자정경까지 눈을 빛내며 돌아보았다.

"와상루라고 있사옵니다. 오강에서 손가락에 꼽을 만큼 오래된 기루인데, 사흘 전부터 부쩍 손님들이 많아졌다는 그곳 점소이인 철용한의 귀띔입니다."

명문의 비밀 분타일수록 점소이까지 속인다. 오로지 주인과 몇몇 간부들만이 교류할 뿐이다. 더구나 사흘 전이면 싸움이 크게 벌어진 날이다.

동천몽은 지체없이 국표상을 따라나섰다.

멈칫!

동천몽이 놀란 표정을 지으며 걸음을 멈췄다.

어느새 자정경이 경장 차림으로 검까지 옆구리에 꿰차고 문밖에 서 있었기 때문이다. 조금 전 자신의 가슴에 얼굴을 묻고 서럽게 울던 그녀의 모습은 오간 데 없었다.

"뭘 보고 있느냐? 당장 와상루로 가자."

"예, 낭자."

국표상이 앞장을 섰고 그 뒤를 자정경이 따랐다.

동천몽이 어이없다는 표정을 지었는데 자정경은 혀를 낼름거렸다. 동천몽은 가볍게 웃었다. 혀를 낼름거렸다는 것은 그녀의 감정이 다시 원래대로 회복되었다는 말이었다. 동천몽은 속으로 대단하다고 생각했다. 어지간한 여자 같으면 단순간에 그토록 커다란 충격과 서러움에서 벗어나지 못한다. 자신의 모든 것을 바쳐 사랑한 남자가 혼인을 거절하는데 쉽게 감정을 회복시키기란 쉽지 않다. 그런데 자정경은 가벼운 웃음으로 모든 것이 정상임을 선언한 것이다. 그러나 동천몽은 알 수 있었다. 웃고 있는 자정경이 가슴속은 찢어지고 새까맣게 타들어가고 있음을.

사부 앞에서 웃음을 지어 자신을 좀 더 편안하게 해주려는 배려였다.

"정경아."

조용히 부르자 그녀가 돌아보았다.

동천몽이 옆구리의 검을 보며 말했다.

"그렇게 티를 내면 되겠느냐?"

자정경이 멋쩍은 표정을 지었다.

한껏 멋을 내는 데 치중한 나머지 검을 휴대함으로써 무림인이라는 사실을 고백한 꼴이 된 것이었다.

"죄송해요, 사부님."

자정경이 앞서 가는 국표상에게 검을 건넸다.

갑자기 검을 건네자 국표상이 놀란 표정을 지었고 자정경이 나직이 말했다.

"네가 갖고 있거라."

국표상이 울상을 지었다.

"시… 싫은데요. 자칫하다간 소인의 목숨이……."

경험 많은 점소이답게 국표상은 상황을 읽었다. 괜히 검을 갖고 있다가 만약 와상루가 동천몽이 찾는 곳이라면 오해로 인해 자신이 공격을 받아 당할 수가 있기 때문이었다.

"그럼 아는 곳에 잠시 맡기거라."

국표상이 길가에서 호객행위를 하는 점소이를 불렀다.

"어이, 우철이."

우철이란 점소이가 고개를 돌리더니 국표상을 발견하고 빠르게 달려와 넙죽 절을 했다.

"대백관 점소이 우철이가 삼가 단장님을 뵈옵니다."

국표상이 검을 내밀자 우철이 흠칫 놀랐다.

"잘 보관하도록."

"다… 단장님께서 검을 잡으셨단 말입니까?"

"잘 지켜."

국표상이 앞으로 지나갔고 우철이 깍듯이 허리를 숙였다.

해가 떨어지려면 아직 시간이 남았는데도 와상루를 찾는 사내들의 모습이 빈번했다. 반 시진 가까이 골목 어귀에 몸을 숨긴 채 와상루를 살피던 동천몽은 고개를 끄덕였다.
 동천몽이 끄덕이자 기다렸다는 듯 국표상이 물었다.
 "어떻습니까? 의심스럽지요?"
 "고생했다. 넌 그만 가보거라."
 그러면서 품에서 은자 한 닢을 건네주었다.
 국표상이 거절했다.
 "아닙니다. 거두어주십시오."
 "괜찮다. 가진 게 많으면 한 줌 쥐어주겠다만 보다시피 출가인이 어디 돈이 있느냐?"
 "압니다. 대법왕님께서 주신 것이니 기쁘게 받겠사옵니다."
 국표상이 은자 한 닢을 받아 들고 골목 너머로 사라졌다.
 "수상해요. 출입하는 자들 모두가 무공이 높군요."
 자정경이 눈을 빛냈다.
 이미 일류를 넘어 절정에 이른 고수의 안목답게 그녀는 출입자가 단순한 손님이 아니라는 것을 간파한 눈치였다.
 동천몽이 예리한 눈으로 기루를 살폈는데 이마를 찡그리고 있었다. 그걸 본 자정경이 물었다.
 "왜요?"
 동천몽이 자정경을 빤히 쳐다보았다. 빤히 쳐다보았을 뿐 아니라 긴 머리와 불룩 솟은 젖가슴을 보자 자정경이 당황하며 옷깃을 여몄다. 빨개진 자정경의 얼굴을 보며 동천몽이 말했다.

"당장 옷을 갈아입거라. 남장을 하라는 얘기니라."

자정경이 눈을 크게 떴다.

"갑자기 남장은 왜……?"

자정경의 두 눈에 이채를 띠었다. 남장을 요구하는 동천몽의 계산을 읽은 것이다.

기루에 여인이 들어서면 결코 바르게 보아주지 않을 것이다.

자정경은 알았다는 듯 모습을 감췄다. 잠시 후 반 각쯤 지나 다시 나타난 그녀는 완전히 사내의 모습이었는데, 흠이라면 지나칠 만큼 얼굴이 잘생겼다는 것이었다.

동천몽은 속으로 탄식을 했다.

여인일 때도 그랬지만 남장을 하자 빼어난 미모가 더욱 돋보였고 갑자기 가슴까지 울렁거렸다.

"뭘 봐요."

오히려 그녀가 인상을 찌푸렸다.

한 시진 전까지만 해도 방으로 찾아와 울던 여인이다. 그녀 또한 이제는 확실히 어느 정도 마음을 다잡은 듯해 보였다.

"예쁘구나."

"듣기 싫어요."

자정경이 뾰로통해 말했다.

동천몽은 또다시 한숨을 몰래 쉬었다. 무림쌍미 중 한 명인 그녀의 반응치고는 차갑다. 그것은 이제 동천몽의 가슴에서 자신의 흔적을 조금씩 걷어내겠다는 뜻이다. 한 번에는 자신도 자신없지만 조금씩 걷어내면서 여인으로서 멀어지겠다는 선전포고인 셈이다.

두 사람은 와상루를 향해 걸어갔고 문을 열고 들어서자마자 점소이 한 명이 다가왔다. 객점의 점소이와 달리 차림새가 화려했다. 기루의 특성을 살린 행색인 것이다.

"두 분이십니까? 단골 낭자는 있사옵니까?"

"처음일세. 자네가 잘 알아서 보내주게."

"염려 마십시오. 우선 이쪽으로."

점소이가 두 사람을 데리고 이층으로 오르는 계단을 밟았다. 그 순간 동천몽은 계단 뒤쪽으로 조그만 복도에서 싸늘한 냉기가 풍겨옴을 알아차렸다. 자정경 또한 기세를 읽은 듯 무거운 침음성을 흘렸다.

점소이는 두 사람을 이층 끝 방으로 데려갔다.

방은 화려했고 넓었다. 가운데 하나의 창이 있었는데 너머에는 기녀들이 들어와 악기를 다루고 춤을 추는 방일 것이다.

두 사람을 앉혀놓고 점소이가 사라졌다. 점소이가 사라지자마자 동천몽이 자리에서 일어났는데 자정경도 같이 일어섰다. 따라가겠다는 의사표시였는데 동천몽이 제지시켰다.

"넌 여기 있거라. 혹시 점소이가 찾거든 뒷간에 갔다고 말하거라."

모든 정황이 드러나지 않았는데 적극적으로 움직였다가 전혀 다른 집단일 경우면 골치만 아프다. 상대 또한 비밀이 누설될 것을 우려해 그냥 보내지 않을 것이고 그렇게 되면 쓸데없는 싸움만 벌이게 된다.

자정경이 입을 삐쭉거리며 못마땅해했지만 더 이상 이의를 제기하지는 않았다.

방을 빠져나온 동천몽은 복도를 이용하지 않고 창밖으로 나갔다. 복도를 이용하다 점소이와 마주치면 성가시다. 창밖으로 나간 동천몽은 서서히 몸을 띄워 일층 창을 통해 안으로 들어섰다.

창을 통해 들어선 곳은 계단 뒤쪽 복도였고, 동천몽은 안쪽을 쳐다보았다.

쭈욱 뻗은 복도와 그 끝 어두컴컴한 곳에 한 개의 문이 있는데 굳게 닫혀 있었다.

스으으!

일체의 기척도 없고 공기의 파장도 일어나지 않은 신법이었다. 유령이 이동하는 것 같은 완벽한 몸놀림이었고, 문 앞에 이른 동천몽이 내력을 끌어올렸다. 안에 몇 명이 있는지 기척으로 알아차릴 요량이었다.

한참 귀를 기울이고 있던 동천몽의 눈이 차가워졌.

'다섯 명이로군!'

말은 세 명이 주고받았지만 온기는 두 명의 것이 더 느껴졌다.

동천몽이 문안으로 막 들어가려는 순간 문이 거칠게 열리며 한 개의 흑영이 날아 나왔다.

뻐어억!

빠르게 들어가려던 동천몽과 정면으로 충돌했다.

사내는 안에서 동천몽의 기척을 느끼고 침입자임을 발견하고 달려나왔다. 그에 반해 동천몽은 신속히 들어가기 위해 몸을 움직였기에 피할 수가 없었는데 사실은 이 모든 것이 나름대로의 안배에 의한 작용이었다.

어차피 들어가면 싸워야 한다. 어떤 형태가 되든지 적수가 될 수는 없었지만 한 명을 불러내 부딪쳐 죽이므로 기선을 제압하고, 아울러 그들에게 자신의 신위를 보여주어 쓸데없는 잡담이나 절차를 피하고 싶었다. 그래서 일부러 기척을 내 한 명을 불러냈고 때를 맞춰 거칠게 들어가 부딪친 것이다.

나오던 흑영이 비명을 지르며 튕기듯 방 안으로 다시 날아가더니 맞은편 벽에 사정없이 부딪쳤다.

퍽!

둔탁한 소리와 더불어 바닥으로 나뒹굴었는데, 흑영은 꿈틀거릴 뿐 쉽게 일어나지 못했다. 충돌하는 순간 전신의 내장이 자리를 이탈했을 뿐 아니라 뼈마디가 어긋난 것이다.

꿈틀! 꿈틀!

일어나지 못하고 허우적거리는 동료를 보는 나머지 네 사내의 얼굴이 납덩이가 되었다. 단순히 부딪쳤을 뿐인데 중상을 입은 것이다. 모두가 동천몽을 보며 눈알을 굴렸다. 동천몽 또한 어디쯤엔가 상처를 입어야 정상이었기 때문에 찾는 것이었다. 그러나 아무리 눈이 아프도록 눈알을 굴렸지만 멀쩡해 보였다.

"꿀꺽!"

여기저기서 마른침 삼키는 소리가 들렸다.

동천몽이 엄청난 고수임을 깨달은 것이었다.

"뉘… 뉘시오?"

자신들보다 강하다는 것을 인정한 말투였다. 낮았다면 곧바로 욕설을 뱉었거나 검을 뽑아 들었을 것이다.

"동천비 어딨냐?"

곧바로 치고 들어가는 질문이다.

알고 왔다는 추궁도 되었다.

예상대로 네 사내가 당황하는 빛을 띠었고 동천몽이 다그쳤다.

"동천비? 너희는 필요없다."

모른다고 하거나 엉뚱한 소릴 지껄이면 곧바로 살수를 펼칠 기세였다. 그렇지만 자신들의 상관인 동천비의 행방을 말해줄 수는 없었다. 그것은 절대 있을 수 없는 불충이고 배신이었다.

"무슨… 컥!"

좌측 사내가 채 말이 끝나기도 전에 목에서 피를 뿜었다. 목젖에 엄지손가락 세 개가 들어갈 만한 구멍이 생겼는데, 어떤 수법을 썼는지 보지 못했다.

사내는 무슨 말을 하느냐고 시치미 떼려다 죽었다. 그런데 말을 다 듣지 않고 죽였다는 것은 조금만 기대에 어긋난 말을 해도 바로 살수를 펼치겠다는 독한 의지였다.

"동천비?"

재차 다그쳤다.

"동천비가 누……."

데구루루!

두 번째 사내는 목이 잘렸다.

방 가운데로 굴러가는 목을 보며 두 사내의 안색이 흙빛으로 변했다.

"동천비가 있다는 것을 알고 왔다. 말해라."

두 사내는 입을 다물었다.

동천비가 누군지 모른다고 시치미떼려던 동료가 죽었으므로 차라리 입을 다무는 게 낫다고 판단한 것이었다.

그런데 동천몽의 손은 가만있지 않았다. 우측 사내의 명치에 오른손이 박혔고 그 자리에서 즉사했다.

너무 빨라 동천몽의 공격이 왔다 갔다는 것을 느꼈을 뿐이다. 그것도 동료의 비명이 아니었다면 전혀 알지 못했을 만큼 눈부셨다.

쿵!

조금 전까지 옆에 서 있던 동료가 죽었다. 이제 산 사람은 자신과 바닥에 있으나마나한 동료뿐이었다.

"또 물어야 하느냐?"

흠칫!

사내가 경련을 일으켰다.

말하기도 귀찮으니 고개로 의사표시를 하라는 뜻이었다. 사내가 침을 삼켰다. 사십.년을 애써 길러온 생명이 자신의 한순간의 판단에 달려 있었다.

모른다고 고개를 저으면 죽을 것이고 안다고 끄덕이면 살 것이다. 그토록 목숨에 애착이 없다고 자부하고 큰소리쳤는데 이상했다. 막상 죽음이 코앞에 닥쳐오자 미치도록 살고 싶었다. 대륙을 떠돌며 돈 되는 일은 마다하지 않았고 죽음과 늘 가까이 있었던 삶이었기에 더욱 죽음 앞에서 당당할 자신이 있다고 여겼는데 이 무슨 두려움이란 말인가.

슈욱!

필살의 기예였다.

태어나 이토록 혼신의 힘을 다해 단 일초에 모든 것을 걸어보긴 처음이었다. 말 그대로 몸속의 모든 기력을 끌어내어 힘차게 공격을 퍼부었다.

동천몽의 무공이 뛰어난 것은 사실이었지만 거리도 가깝고, 더구나 동료들이 썩은 짚단처럼 쓰러진 마당에 자신이 반격을 하리라고는 전혀 생각지 못할 것이라는 사실을 역으로 짚어 펼친 공격이기에 약간의 자신감도 있었다.

따악!

검끝이 딱딱한 물체에 닿았다.

순간적으로 이게 아니다 싶었다. 사람의 몸에 닿으면 약간은 푹신하다.

"헉!"

눈을 똑바로 뜬 사내는 기겁했다. 자신의 검끝이 동천몽의 손바닥에 막혀 있었다. 딱딱한 느낌은 손바닥이 전해주는 것이었다. 다시 힘을 써봤지만 푹신하기는커녕 무쇠에 닿은 듯했다.

'어떻게!'

이해 못하는 눈초리를 만들 때 동천몽의 오른손이 뱀처럼 반 바퀴 돌더니 검끝을을 거머쥐었다.

쉬익!

사내는 그대로 검을 밀었다.

악착같이 미는 힘에 검날은 동천몽의 겨드랑이 사이로 빠져나갔지만 손은 어느새 손잡이 근처에 도달해 있었다.

"크헉!"

너무 뜨거운 나머지 사내는 잽싸게 검을 놓아버렸다.

동천몽의 손에서 뿜어져 나온 극양의 장력이 검을 달궈 버린 것이다.

도무지 상대가 되지 않는 완전한 패배였다.

"한 번만 더 말하지. 원래는 곧바로 죽이려 했는데 너무 성급한 느낌도 들고 말이야. 동천비는 어디 있느냐?"

사내의 표정이 짧은 순간 여러 차례 변했다.

그러더니 입을 열어 말했다.

"떠났습니다."

"한발 늦었다는 얘기냐?"

"아실 것 아닙니까?"

흠칫!

동천몽이 눈을 빛냈다. 사내의 말은 시사하는 바가 컸는데 그중 가장 확실한 것은 대법왕의 능력 정도면 마신지체가 된 동천비의 사악한 기운이 이 안에 있는지 없는지 알 것 아니냐는 질문이었다.

동천몽은 신속히 전신의 공력을 끌어올렸다.

이들에게 지나치게 집중하느라 미처 동천비의 몸에서 뻗어 나오는 마기를 감지하지 못한 것이다.

사실 마기가 강하면 쉽게 노출되지만 마신지체가 되면 거의 사라진다. 강이 극에 이르면 부드러워지고 평범한 사람으로 돌아가는 것과 같은 이치였는데 극한으로 내공을 끌어올리자 아지랑이 같은 미약한 기운이 잡힌다.

파아!

동천몽이 그대로 밖을 향해 뛰쳐나갔다.

마기가 희미하지만 아직 공기 중에 있다는 것은 동천비가 이곳을 떠난 지 얼마 되지 않았다는 뜻이었다.

슈아아!

뒤늦게 자정경 또한 동천몽을 따라나섰지만 집 밖으로 나갔을 땐 이미 사라지고 없었다. 그동안 오랫동안 동천몽과 같이 다녔지만 이토록 빠른 신법은 처음이었다. 자정경은 그저 아연한 표정으로 서 있을 수밖에 없었다.

마기는 미약하게나마 허공을 흐르고 있었다. 배가 지나가면 물 위로 자국이 남듯 마기는 한쪽을 향해 계속 가고 있었는데 오강을 벗어나고 있었다.

"저기다!"

동천몽이 외쳤다.

한 개의 검은 인영이 일위도강의 수법으로 강을 건너고 있었다. 단지 일반적인 일위도강과는 달리 손에 한 움큼의 갈대 잎을 쥐고 있다가 한 걸음씩 뗄 때마다 수면에 뿌려 그 위를 징검다리처럼 밟고 가고 있었다.

제대로 된 일위도강은 수면 위에 갈대 잎 한 개를 띄우고 내기를 이용해 배처럼 미끄러지는 것이다. 그런데 한 줌 쥐고 한 개씩 뿌리며 걷는다는 것은 시전자의 무공이 일위도강을 펼치기에 조금 부족하거나 부상을 입었다고 봐야 했다.

파아아!

일위도강도 필요없었다.

동천몽은 단숨에 강을 가로질러 갔고 흑영 옆으로 다가섰다.

화악!

동천몽의 눈이 커졌다.

흑영은 동천비가 아니었다. 그런데도 그의 몸에서는 계속 마기가 흘러나오고 있었다. 일위도강을 펼치며 도주하던 흑의 사내가 놀란 표정을 지었다.

"강을 거의 건넜을 쯤에 만날 것이라고 했는데……."

흑의사내는 동천비가 시키는 대로 하고 있다는 것을 고백하고 있었다.

동천몽의 눈알이 빠르게 회전하고 있었다. 속은 것은 분명한데 어디서부터 문제가 생겼는지 정리해 보는 것이었다. 동천비가 눈앞에 있다는 생각에 조급히 서둘렀고, 그러다 보니 모든 것이 엉망진창이 되고 있었다.

팟!

'전이대법!'

동천비가 마기를 사내에게 적당량 주입했다. 그리고 사내를 도주시켜 자신이 도주하는 것처럼 동천몽을 유인해 버린 것이다.

휙!

동천몽은 다시 돌아섰다. 멀리 사라지는 동천몽을 보며 죽었다 생각하고 있던 사내는 한숨을 내쉬었다. 지옥에서 살아난 것이다. 하나 한순간 다시 고개를 갸웃했다. 어떻게 자신은 한마디도 하지 않았는데 동천몽이 되돌아갔는지 놀라웠다. 동천몽이 자신을 죽이지 않고 돌아갔다는 것은 동천비와 자신과, 그리고 방에서 싸웠던 마지막 생존자 사이에 일어난 일을 알고 있다는 의미였다.

와상루로 뛰어든 동천몽의 눈에 가장 먼저 들어온 것은 중상을 입은 자정경이었다. 자정경은 안색이 파랗게 변해 있었는데 똑바로 서 있지 못하고 구석에 웅크리고 있었다.

"정경아!"

자정경이 고통스러운 듯 더듬거렸다.

"속았어요. 동천비였어요."

자정경은 동천몽이 사라지고 난 이후 상황을 설명했다.

동천몽을 놓친 자정경은 다시 주루로 돌아왔다. 동천비를 잡으면 결국 데리고 주루로 돌아올 것을 믿고 느긋하게 기다린 것이었다. 그런데 도망친 것으로 알고 있던 동천비가 나타난 것이다. 놀랍게도 동천비는 지하실에 숨어 방 안의 상황을 훤히 지켜보고 있었다. 물론 감각으로 모든 상황을 알아차린 것이다. 그리고 사내에게 전음으로 도망친 것으로 말하도록 명령하였고, 동천몽은 너무 성급하게 서두르다 그만 속아 넘어가고 만 것이다.

동천비는 생각보다 부상이 깊었다. 혼자서는 걷기조차 힘들어했는데 놀랍게도 자정경을 생포하려고 했다. 자정경을 생포하여 인질로 잡고 동천몽의 추적을 벗어나려는 생각이었던 것이다.

자정경은 전력을 다해 맞섰다. 다행히 그동안 놀지 않고 부지런히 무공을 수련한 덕에 동천비와 사내의 합공을 받아냈지만 중상을 입고 말았다.

"금방 돌아오겠다!"

동천몽이 몸을 일으켰다.

부상인데다 자정경와 싸움까지 했으므로 몸 상태는 더욱 나빠졌을 것이다. 아무리 멀리 갔다고 해도 십 리는 벗어나지 못했으리란 것을 확신하고 몸을 날리려던 동천몽이 그만 땅으로 다시 내려섰다.
 그리고 자정경을 돌아보았는데 그녀가 벌벌 떨고 있었다.
 마기에 전신이 지배당하고 있었다.
 마신지체가 된 사람에게는 한 가지 무서운 기세가 있다. 그것은 다름 아닌 마정(魔精)이라 하여 독기처럼 상대를 중독시킬 수 있다는 것이었다. 뿜어낸 마정을 흡입하거나 마정에 부상을 입으면 전신이 차가운 마기에 점령당해 죽는다.
 덜덜덜!
 자정경의 입술이 떨렸고 그녀의 얼굴은 조금씩 파란색으로 변해가고 있었다. 가만 내버려 두면 한 시진을 넘기지 못하고 전신이 파랗게 물들어 죽을 것이다.

第五章
광란의 밤

독이나 마기의 치료법은 여러 가지다. 그중 가장 확실하고 간단한 것은 극양의 내기를 이용해 독기나 마기를 몸 밖으로 배출하는 것이었다.

문제는 독기나 마기 모두 음의 기운이라는 것이었다. 음의 기운은 남녀의 교합 말고는 달리 몸 밖으로 몰아낼 방법이 없다는 것에 동천몽의 얼굴이 심각해진 것이다.

"어… 어서 쫓아가세요. 얼마 못 갔을 거…예요."

자정경은 엄청난 한기에 시달리고 있었다.

입술은 메말랐고 얼굴은 곤충처럼 푸르게 물들었는데, 점차 괴물처럼 변해가고 있었다.

"사… 사부님!"

그녀의 얼굴엔 죽음의 그림자가 덮이고 있었다.

"뭐… 뭐 하세요. 빨리 가세요. 설마 그를 살려두려는 건 아니죠?"

자정경의 호흡이 거칠어졌다.

그녀의 두 눈은 진정으로 그가 어서 동천비를 쫓아가기를 원하고 있었다.

"빠… 빨리요."

동천몽은 두말도 않고 쭈그리고 앉아 웅크리고 있는 자정경을 아이 안듯 훌쩍 들어 안았다.

"뭐… 뭐 하는 거예요."

"널 살려야겠다."

"거짓말 마세요. 마신지체를 이룬 사람이 쏘아낸 마기에 중독되면 살아날 수 없다는 것쯤은 나도 알고 있어요."

"나는 살려낼 수 있다."

자정경이 웃었다.

자신을 안정시키기 위해 거짓으로 뱉어낸 말인 줄 아는 모양이었다.

동천몽은 자정경을 안고 방 안으로 들어갔다. 조금 전 사내들이 모여 앉아 회의를 하고 있던 곳이었는데 방 안에 있는 시신을 모조리 밖으로 내다 버렸다.

화악!

곧바로 자신의 옷을 벗기자 자정경이 기겁했다.

"사부님, 뭐 하시는 거예요!"

"이럴 때는 아무 말 하지 않는 것이 좋다. 널 살리기 위해서는 이것뿐이다."

가볍게 몸짓으로 거부 의사를 표현했지만 소용없었다. 동천몽은 이미 결심을 한 듯 거침이 없었다. 어느새 자정경은 속옷만 걸치고 있었는데 우윳빛 피부는 사라지고 파랗게 물들어 있었다. 마치 나복의 잎사귀를 파먹는 애벌레는 보는 것 같았다.

뚝!

하의를 벗기기 위해 손을 뻗어가던 동천몽이 잠시 멈칫거렸다. 차마 그곳은 손이 쉽게 가지 못했다. 그러나 그것도 잠시뿐, 숨을 길게 한 번 내쉬고 곧바로 벗겼다. 완전히 속옷까지 벗긴 동천몽은 곧바로 자신의 옷을 벗었다.

방바닥에 토끼 눈을 하고 누워 있던 자정경이 갑자기 무엇을 봤는지 얼른 눈을 감아버렸다. 동천몽은 어느새 알몸으로 서 있었는데, 사내의 상징이 거칠게 꿈틀거리고 있었다.

잠시 눈을 감고 누워 있는 파란색의 자정경을 내려다보던 동천몽이 무릎을 구부리기 시작했다.

스으으!

누가 시키지 않았어도 자정경은 양다리를 벌렸고, 그 사이로 동천몽이 무릎을 꿇었다. 자꾸 시선을 다른 곳에 두려고 했지만 자꾸 그곳으로 돌려지는 것은 사내의 본능이리라.

조금씩 뜨거운 열기가 전신을 지배하기 시작했다. 냉철해지기 위해 불사심법을 운용하던 동천몽이 중도에 멈추었다. 이

광란의 밤 145

런 일에 굳이 냉철해지고 싶은 마음은 없었다. 치료를 목적으로 하는 행위지만 사랑하는 여인이었다. 한때는 어떻게 해서라도 자정경을 눕혀보기 위해 얼마나 머리를 굴렸던가.

마침내 꿈에도 소원하던 일이 벌어지고 있었다. 그러나 그때와 지금의 차이라면 그때는 단순한 본능이었고 지금은 자비와 사랑이 본능을 압도하고 있었다.

자정경이 가슴을 짓누른 무게에 눈을 떴다.

면전에 동천몽의 얼굴이 있었고 두 사람은 잠시 어색한 표정을 지었다. 자정경이 빤히 올려다보자 동천몽은 더욱 어찌할 바를 몰랐고 헛기침을 해댔다.

그러자 자정경이 눈살을 찌푸렸다.

"왜 헛기침만 하는 거죠? 이거 진짜 날 살리는 일 맞아요?"

"무… 물론이지."

"어… 언제까지 그렇게 있을 거예요?"

그제야 퍼뜩 정신을 차린 동천몽은 자정경의 안색이 더욱 파래지고 있음을 발견하고 정신을 차렸다.

자정경의 얼굴에 부끄러움은 없었다. 이미 자신의 몸이 위급한 상황이라는 것을 간파한 그녀는 서둘러 엉덩이를 움직여 동천몽이 쉽게 진입하도록 했다.

"음!"

뜨거운 불기둥이 하반신을 밀고 들어왔다. 그것은 생전 처음 느껴보는 고통이었다. 그러나 자정경은 입술을 깨물고 하체로부터 뜨겁게 달아올라 오는 통증을 참아냈다.

"아아!"

동천몽이 움직이기 시작했는데 그때마다 엄청난 아픔이 밀려왔다. 아플 거라는 것을 알고 있는 듯 동천몽이 서서히 움직여 주었지만 통증은 상상을 초월했다.

"으으!"

자정경은 이를 깨물었고, 목에 힘줄이 튀어나올 듯 굵어졌다.

동천몽의 몸놀림은 조금씩 빨라졌다. 그런데 그때 놀라운 일이 벌어졌다. 시간이 흐를수록 고통은 소멸되었고 반대로 은은한 쾌감이 밀려오기 시작했다.

꾸욱!

그러자 자정경은 양팔로 동천몽의 목을 끌어안았다.

물결이 사방으로 퍼져 나가는 듯한 쾌감은 하반신에서 시작하여 발과 머리끝으로 퍼져 나가며 온몸을 지배했다.

"아아!"

끝내 꽉 물렸던 자정경의 입술이 열리고 신음이 흘러나왔다.

동천몽 또한 달아오르는 쾌감에 더욱 빠르게 움직였는데, 한순간 그의 눈이 커졌다.

지금까지 가만히 누워 있기만 하던 자정경이 마주 하체를 움직여 보조를 맞추기 시작한 것이다. 가만히 있을 때보다 그녀가 함께 조율하자 쾌감은 더욱 배가되었다.

"사… 사부니임."

자정경의 입에서 뜨거운 신음이 터져 나왔다.

한 가닥 남아 있던 이성이 흩어졌다. 오로지 동물적인 본능만이 두 사람을 감쌌고, 동천몽이 자정경의 입술을 덮었다.

자정경의 혀가 입 안을 휘저었다. 그녀의 혀는 부드러우면서도 끈적하여 동천몽을 더욱 자극했다.

"하아악!"

갑자기 자정경의 입이 쩌억 벌어졌다. 두 다리가 부르르 떨렸고 열 개의 발가락이 벼락을 맞은 사람처럼 뒤틀렸다. 뜨겁고 거센 폭포가 몸 안으로 쏟아져 들어온 것이다.

한번 불붙은 사랑은 좀체 식어들 줄 몰랐다. 특히 동천몽은 오랫동안 굶주린 사람처럼 끝없이 탐닉했고, 밤이 늦었는데도 자정경을 놔주지 않았다.

자정경 또한 자제력을 완전히 잃었다.

더 이상 미래는 생각하지 않았다. 오로지 지금의 현실에만 충실하기로 마음을 먹고 동천몽의 요구를 거절하지 않았다. 그동안 시달렸던 마음의 상처가 너무 컸기에 그녀의 움직임은 폭발적이었다.

마기는 이미 몸 밖으로 배출되었지만 그녀의 아름다운 모습은 동천몽에게 더욱 거센 욕구를 일으키게 했다. 한번 터진 봇물은 그동안의 자제에 대한 복수라도 하듯 새벽녘이 되어도 멈출 줄을 몰랐다.

멀리서 인시를 알리는 북소리를 듣고서야 두 남녀는 떨어졌고, 곧바로 곯아떨어졌다.

아침에 먼저 눈을 뜬 사람은 자정경이었다.

누운 채 고개를 옆으로 돌리자 동천몽이 큰대 자로 뻗어 자고 있었는데 그토록 자신을 괴롭힌 남성도 다소곳하게 잠들어 있었다. 처음 볼 때는 그토록 무섭게 느껴지던 것이 이미 몇 차례에 걸쳐 느낀 탓인지 친숙해 보인다.

상체를 일으킨 자정경이 한참 동안 쳐다보더니 가벼운 미소를 지으며 일어났다.

"악!"

일어나 걸음을 떼려던 자정경이 자지러지며 벽을 손으로 짚었다. 하반신으로부터 엄청난 통증이 전해져 왔기 때문인데, 비명 소리에 곯아떨어졌던 동천몽이 벌떡 일어났다.

적의 침입 정도로 생각한 듯 주위를 휘둘러보았지만 아무런 위험도 발견되지 않았다.

"왜 그러느냐?"

"아… 아파요."

그러면서 왼손으로 하체를 가렸다.

그제야 이유를 알았다는 듯 동천몽이 빙긋 웃더니 벌떡 일어났다.

한 손으로 벽을 짚고 이마를 가볍게 찡그리고 서 있는 알몸의 자정경을 재미있다는 듯 쳐다보았다.

"뭘 봐… 헉!"

광란의 밤 149

그녀가 말을 하다 말고 놀란 표정을 지었다.

조금 전까지 다소곳이 있던 동천몽의 상징이 폭발할 듯 일어나 꿈틀거리고 있었다.

와락!

동천몽이 그녀를 잡아당겼다. 자정경은 힘없이 동천몽의 품 안으로 쓰러졌는데, 갑자기 찢어지는 듯한 비명을 흘렸다. 동천몽의 몸이 어느새 밀고 들어오고 있었다.

와상루에는 개미 새끼 한 마리 없었다. 동천몽의 습격으로 모두가 도망친 것이었다. 사람만 도망쳤을 뿐 모든 건 그대로 있었고 동천몽과 자정경은 탁자를 놓고 마주 앉아 음식을 먹고 있었다. 자정경이 몇 가지 재료를 찾아내 요리를 한 것이다.

어느 때보다 그녀의 얼굴은 행복해 보였다.

"사부님, 이것 좀 드세요. 이것 적령초라는 것인데 많이 먹으면 불로장생하는 나물이에요."

자정경이 나무를 젓가락으로 집어 동천몽의 밥 위에 올려놓았다.

"쓰긴 해도 몸에 좋다니까 많이 드세요."

동천몽은 별로 내키지 않는 표정이었다.

사실 이미 포달랍궁에서 신물나도록 먹었던 나물이다. 자정경의 말처럼 불로장생에 효과가 있지만 너무 쓴 나머지 모두가 고개를 절레절레 흔든다.

"정경아."

어쩔 수 없이 쓰지만 거절할 수 없어 씹으며 입을 열었다.

"너에게도 말했지만 이 사부의 속세 시절의 별호가 무엇이었더냐?"

자정경이 기다렸다는 듯 대답했다.

"소주의 개고기요."

동천몽이 고개를 끄덕이며 말했다.

"그렇다. 어린 나이였지만 이미 수십 년 산 사람처럼 놀았다. 다시 말해 여자 경험도 풍부했다는 뜻이다."

"알고 있어요, 이미."

자정경이 샐쭉해서 대답했다.

동천몽이 꿀꺽 나물을 삼키며 말했다.

"어젯밤 너와 사랑을 나누면서 너무 놀란 것이 있느니라."

"그게 뭔데요?"

"너의 재주가 기가 막히게 뛰어나다는 것이었다."

홱!

자정경이 번쩍 고개를 쳐들었다.

"그래서요. 설마 이 제자를 의심한다는 건가요? 소녀가 사내들을 치마폭에 감추고 흔들기라도 했단 말인가요?"

"아… 아니다. 너무 실력이 뛰어나 내가 몇 번을 기절할 뻔했기에 즐거워서 하는 말이니라. 절대 오해는 하지 말거라."

"이씨, 난 사부님 즐겁게 해드리려고 밤새 온갖 고생 다했는데 이제 와서 한다는 말씀이 고작 그거예요. 흐흐흑!"

자정경이 숟가락을 떨어뜨리며 눈물을 지었다.

그러자 동천몽이 깜짝 놀라며 오른팔로 어깨를 감쌌다.

"울음을 그치거라. 네가 너무 예뻐 농담한 것이니라."

"정말요? 진짜죠?"

"어젯밤 너는 정말 예뻤다."

동천몽이 웃으며 대답했다.

두 사람은 서로를 마주 보았다. 쳐다보는 눈빛은 예전과 확실히 달랐다. 그것은 사랑하는 남녀만이 던질 수 있는 뜨거운 눈빛이었고, 이제 두 사람의 관계는 떨어질 수 없음을 말하고 있었다.

'맙소사!'

그때 막 주루를 들어서던 일목의 발걸음이 그 자리에서 얼어붙었다.

일목의 옷차림은 처참하리만큼 초라했다. 허리 아래로는 물에 빠진 사람처럼 젖어 있었고 곳곳이 찢어져 있었는데 친룡구십구불과 더불어 동천비를 찾아 오강 인근의 산속을 밤새 뒤지고 지금 돌아오는 길이었다.

식사를 하는 두 사람의 표정은 누가 보더라도 범상치 않다는 것을 알 수 있을 만큼 밝았다. 특히 쳐다보는 눈빛이 예전과는 너무 큰 차이가 있었다.

예전에는 이따금 경계의 시선도 있었지만 지금은 완전히 허물어져 있었고 주위의 눈만 없다면 금방이라도 무슨 사고를 칠 듯한 뜨거운 분위기였다.

'사고!'

사고라는 말을 떠올리자 더욱 의심스러워졌다.

자정경이 끈적한 시선을 던지면 동천몽은 뒤로 물러나는 눈빛이 지금까지 자신이 보아온 두 사람의 시선이었다. 그런데 지금 자정경이 뜨겁게 던지자 동천몽이 냉큼 받아들이고 있지 않은가.

남녀 간의 경험은 전무하지만 본능적으로 어젯밤 두 사람 사이에 무슨 일이 벌어졌다는 것을 직감했다.

"다녀왔사옵니다."

두 사람이 깜짝 놀라며 돌아보았다.

특히 동천몽이 놀라는 것에 일목은 더욱 확신을 가졌다. 자정경의 이목쯤은 얼마든지 속일 수 있지만 아무리 다른 곳에 신경을 쓰고 있었다고 해도 동천몽의 감각은 속이지 못한다. 그런데 자신이 다가와 인사를 하고 나서야 존재를 알아차렸다는 것은 완전히 빠지지 않고서는 보일 수 없는 행동이었다.

"사… 사형."

"일목 아니냐?"

일목은 포달랍궁의 제자이다. 대법왕의 적발전인이랄 수 있는 자정경에게는 당연히 사형이 된다. 그런데 평소에는 죽어도 사형이라는 말을 하지 않던 그녀가 능청스럽게 입에 담자 일목은 완전하게 확신했다.

'사고 쳤다!'

"배고플 텐데 식사부터 하거라."

동천몽이 따뜻한 시선으로 쳐다보자 일목이 길게 숨을 삼켰다. 차갑지는 않았지만 그렇다고 보자마자 끼니를 챙겨줄 만큼 지금까지 따뜻하게 대하지는 않았다.

그런데 마치 자식을 대하듯 목소리를 부드럽게 깔아 식사를 챙긴다는 것은 엄청난 심경의 변화가 있다고 봐야 했다. 물론 엄청난 심경의 변화란 밤새 뜨거움이 가져온 변화일 것이다.

"뭘 먹고 싶으냐? 오랜만에 네가 좋아하는 음식을 사주고 싶으니 말하거라."

콱!

일목의 주먹이 쥐어졌다.

기분이 엄청 좋다는 것이 목소리에서 절절히 풍겨 나온다. 아무리 봐도 그 짓 말고는 동천몽이 자신의 식사를 자상하게 챙겨줄 만큼 감정 변화를 가져올 일은 없었다.

동천몽은 여자와 그 짓을 했다!

출가한 승려가 여자와 그 짓을 했다는 것은 무조건 파계를 당할 대형 사고이다. 어떤 이유와 합당한 사정일지라도 그 짓만큼은 용서되지 않는다. 술 몇 잔, 고기 몇 점 정도는 충분히 용서의 사유가 되지만 여자와 그 짓은 죽어도 안 되는 것이 포달랍궁 일반 제자들의 율법이었다.

물론 대법왕에 관한 율법은 있지만 자신은 그 속내용은 잘 모른다. 그러나 일반 제자들에 관한 율법과 큰 차이가 없으리라는 것이 일목의 생각이었다.

와당탕!

일목이 요란하게 맞은편 탁자에 주저앉았다.

자정경과 동천몽이 놀란 표정으로 쳐다보았다. 그런데 일목은 한술 더 떴다.

턱!

두 다리를 탁자 위로 올리며 상체를 뒤로 비스듬히 눕혔다. 신발은 밤새 고생의 정도를 보여주듯 벌건 진흙으로 범벅되어 있었다.

견원지간이라고 했는데 자신과 자정경 사이가 바로 그러했다. 최소한 두 사람이 사제지연을 맺기 전까지는 자신을 향한 동천몽의 관심은 무척 따뜻했고 지대했었다. 그런데 둘이 사제지간이 되면서부터 자신을 향한 동천몽의 태도는 변했다. 동천몽은 절대 아니라고 하겠지만 자신이 보기에는 그렇지 않았다.

"이놈의 집구석은 장사를 않나. 어찌 사람이 들어왔는데도 코빼기도 안 보여. 이봐, 점소이 없나?"

안쪽을 향해 버럭 소릴 질렀다.

와상루가 목와북천의 비밀 분타라는 사실을 일목이 알 리 없었다. 어젯밤 사고로 모두가 떠났고 목와북천 분타와 관련이 없는 점소이 몇 명이 있었지만 그들 또한 어떤 화를 당할까 봐 모두 도망치고 현재 와상루는 텅 비어 있었다.

일목이 동천몽을 찾아올 수 있었던 것은 어떤 약속을 한 것이 아니라 배교의 이령화감 때문이다. 이령화감은 상대가 지닌 고유의 기운을 기억하는 기예로 필요할 때마다 언제든지 찾아 나설 수가 있다.

"이런 개자식들이. 야! 아무도 없어!"

갑자기 나타나 공포 분위기를 조성하는 일목을 보며 동천몽과 자정경은 이마를 찡그렸다. 하지만 일목의 행패에도 두 사람은 선뜻 말리지 못했다.

"오냐, 네놈들이 나같이 눈구멍이 하나뿐인 인간은 손님으로도 보이지 않는단 말이지."

일목이 살기를 띠고 자리에서 몸을 일으켜 세우자 동천몽이 조용히 말했다.

"흥분하지 말거라. 지금 이곳에는 아무도 없느니라."

핵!

일목이 고개를 돌렸다. 그런데 금방이라도 잡아먹을 듯 노려보자 동천몽이 흠칫했다.

일목이 으스스한 목소리로 말했다.

"아무도 없다는 게 무슨 말씀입니까?"

금방이라도 한 대 때릴 듯한 기세였다.

"사실은……."

동천몽이 자초지종을 말해주었다.

일목이 여전히 인상을 펴지 않은 채 말했다.

"그럼 오랜만에 소승이 좋아하는 음식을 사주고 싶다는 대법왕님의 말씀은 뭡니까? 소승을 희롱한 것입니까?"

"……."

"……."

동천몽과 자정경의 눈이 커졌다.

아무 생각 없이 뱉은 인사치레의 말이었다. 그런데 일목의 말을 듣고 보니 자신이 실없는 사람이 되고 만 것이다. 일목뿐만 아니라 누구라도 듣기에 따라서는 기분이 나쁠 수 있는 말이었고 심하게 오해한다면 조롱한 것이라고 해도 할 말이 없다.

"왜 아무 말씀도 없으십니까? 밤새 적을 쫓아 온 산을 헤매고 돌아온 소승을 희롱한 것입니까?"

우려했던 말이 나왔다.

입이 백 개라도 할 말이 없어 동천몽은 더듬거렸다.

"그… 그게 아니고, 아무튼 미안하구나. 정식으로 사과하겠다. 하나 원한다면 옆 객점에서라도 네가 먹고 싶은 것을 사주고 싶구나. 너만 좋다면 말이다."

"사부님."

그때 계속 사태 추이를 관망하고 있던 자정경이 목소리를 깔았다. 더 이상 일목의 오만방자한 행동을 볼 수 없다는 뜻이었다.

"지금 뭐 하시는 거죠? 왜 사부님께서 한낱 시위승에게 쩔쩔매며 사과를 해야 하죠? 사부님께서는 천상천하유아독존이신 대법왕이십니다. 사형은 사부님의 명령에 따라 움직여야 하는 새까만 제자이구요."

자정경은 일부러 새까맣다는 말에 힘을 실었다.

광란의 밤 157

그러자 예상대로 일목의 두 눈이 벌컥 일어섰다. 뭐라고 말을 하려는 것을 보며 자정경이 빠르게 말을 이었다.

"비록 높은 위치에 있더라도 잘못을 인정하고 아랫사람에게 사과를 하는 건 바람직한 일이지만 사부님께서는 지금 전혀 잘못이 없습니다. 오히려 아침을 드시는 사부님의 마음을 불편케 하는 사형의 태도에 심각한 문제가 있습니다. 왜 그러십니까? 제자는 조금만 버릇이 없어도 혼을 내면서 사형은 봐주는 것입니까? 제자는 도무지 이해가 되지 않습니다."

말은 돌려 했지만 당장 혼을 내라는 요구였다.

그것을 모르지 않는 일목이 자정경을 잡아먹을 듯 노려보았다. 자정경은 고개를 돌리고 음식 먹는 데 열심이었다.

"아무튼 옆 객점으로 가거라. 가서 실컷 먹고 있으면 내가 가겠느니라."

일목이 마지못한 듯 자리에 일어나더니 어슬렁거리며 걸어갔다. 그런 일목을 바라보는 동천몽의 인상이 우그러졌다. 이미 일목의 계산을 읽었다.

"저 인간 왜 저래요? 설마 사부님과 제자의 어제밤 일을……."

자정경의 얼굴이 빨개졌다.

동천몽이 숟가락을 놓으며 말했다.

"눈치 챈 것 같구나."

"어떡해요?"

자정경 역시 눈치를 챈 것 같다는 느낌을 지우지 못했지만 동천몽의 입을 통해 확인이 되자 심각해졌다.

"입을 막아야 하잖아요."

언젠가 알게 되겠지만 아직은 안 된다. 모든 건 때가 되어야 하고 나름대로 변명할 준비 기간이 필요하다.

일목은 자신의 존재를 누구보다도 싫어한다. 어쩔 수 없이 같이 얼굴을 마주하고는 있지만 걸핏하면 두 사람은 언쟁을 벌였다.

"어떻게 좀 해보세요."

자정경이 채근해 댔다. 막강한 권한을 가진 사대법왕 또한 자신에 대한 인식이 좋지 않았다. 이런 중요한 문제가 불거지면 곧바로 자신의 신상에 관한 엄한 처벌을 결정할 것이다. 물론 엄한 처벌이란 파문을 말함이다.

"흐흠!"

동천몽의 이마가 찌푸려졌다.

힘으로 입을 막을 수는 있겠지만 그것은 응급처치밖에 되지 않는다. 오히려 나중에 더욱 사건을 크게 만들 가능성이 있다. 일목이라면 반드시 크게 심통을 부리고도 남을 위인이었다.

동천몽이 이마를 찌푸렸다. 그토록 번득이던 재지도 오늘따라 작동하지 않는다.

"일단 가자."

"어딜요?"

"일목에게 가봐야 할 것 아니냐?"

두 사람은 식사를 중단하고 자리에서 일어났다.

이른 아침의 저잣거리는 한산했다. 와상루를 나온 두 사람은 이십여 장 아래에 있는 초망루의 문을 밀고 들어섰다.

"헛!"

"으흡!"

주루를 들어선 두 사람이 기겁했다.

점소이와 주인 및 장사꾼으로 보이는 손님 두 명의 시선이 일목의 탁자에 멎어 있었다.

와구와구!

탁자 위에 음식을 산더미처럼 쌓아놓고 부지런히 먹고 있었는데, 문제는 일목이 먹고 있는 음식 모두가 육류라는 것이었다. 그뿐만 아니라 죽엽청까지 항아리로 가져다 놓고 퍼마시고 있었다.

주인과 점소이가 일목을 쳐다보는 것은 음식 값을 받지 못할까 봐서였다. 행색도 초라한데다 눈도 하나뿐인 일목에게서 금화 스무 냥 어치의 음식 값이 나올 것 같지 않았던 것이다.

"이… 일목아."

동천몽이 다가가 더듬거렸다.

평소 같으면 벌떡 자리에서 일어나 허리를 굽혔을 일목이 힐끔 쳐다보더니 항아리에 담긴 바가지로 죽엽청을 떠 마셨다.

"커어!"

트림까지 했는데 얼굴이 불그스레했다. 이미 상당한 양을 마신 것이 분명해 보였다.

"술을 마시면 어찌하느냐?"

주위 사람들을 의식해 조용히 말했다. 가사는 아니었지만 머리를 깎았고 가슴에 염주를 걸었다. 누가 봐도 승려라는 것을 알 수 있는 행색이었는데도 거리낌없이 술을 마신다.

"마시면 안 되는 것입니까?"

동천몽이 눈을 부릅떴다.

노골적인 시비조였다.

"곡차로 생각하면 한두 잔 해도 괜찮다고 소승에게 말씀하신 분이 대법왕님으로 알고 있습니다만."

"사… 사형, 그 무슨 말버릇이에요. 사부님에게 너무하잖아요."

자정경이 표정을 굳혔다. 어지간하면 참으려고 했지만 일목의 방자함에 불끈한 것이다.

"도대체 사부님에게 무슨 감정이 있죠? 왜 아침부터 이렇게 무례한 행동을 서슴지 않느냔 말예요."

"몰라서 묻느냐?"

일목의 눈이 이글거렸다.

"몰라요. 말해보세요."

자정경이 강하게 치고 들어갔다.

그러자 지켜보던 동천몽이 흠칫하며 말리려 손을 들었다가 내려놓았다. 자정경의 성격은 불같다. 한번 폭발하면 하늘이 두 조각 나도 소용없었다. 차라리 이때 자신은 빠지는 대신 자정경을 이용해 일목을 혼내주고 싶은 마음도 들었다. 자정경의 말솜씨는 당할 재간이 없었다.

"왜 쳐다만 보죠? 말씀해 보라구요. 사부님이 잘못한 것 있으면 어서 지적하라니까요!"

자정경이 강하게 다그쳤다.

일목이 몇 번 입술을 꾸물거리더니 바가지로 술을 퍼서 마셨다.

쾅!

이어 바가지를 던지듯 놓더니 탁자를 치며 말했다.

"좋다. 그렇게 나오니 나 또한 참을 수 없구나, 사제."

"말해요."

"어젯밤 무슨 일이 있었느냐? 난 너와 대법왕님 사이에 있었던 일을 알고 있다."

동천몽이 깜짝 놀라며 주위를 살폈다.

예상대로 모든 시선이 자신에게 집중되어 있었다. 이미 동천몽의 신분이 대법왕이라는 것이 밝혀져 관심은 더욱 집중되고 있었다.

"그게 뭔데요?"

"몰라서 묻느냐?"

"모르니까 묻죠. 말해봐요. 나도 무척 궁금하군요."

"정말 몰라서 그러느냐?"

"모른다니까요!"

자정경이 버럭 소릴 질렀다.
 두 눈에 핏기를 담아 다부지게 말했다.
 "말해봐요. 답답하게 그러지 말고 말하란 말예요. 만약 말하지 못하면 가만있지 않겠어요. 사부님께서도 참지 않으실 거죠?"
 불안한 표정으로 서 있는 동천몽을 향해 느닷없이 물었다. 동천몽은 얼떨결에 그렇게 하겠다고 고개를 끄덕였다.
 일목의 표정이 변했다.
 한순간 자신의 짐작이 틀렸을지도 모른다는 불안감이 엄습했다. 하지만 이내 세차게 고개를 저었다. 먹을 만큼 먹은 나이다. 더구나 눈치에 관한 한 천하제일이라고 자부했다. 자신의 짐작은 티끌만큼도 어긋나지 않았다.
 일목이 이를 깨물었다.
 기호지세다. 여기서 멈출 수는 없었다. 죽든 살든 밀어붙여야 한다. 여기서 이기면 상당 시간 편한 삶을 영위할 수 있다는 생각이 떠올랐고, 비장하게 입을 열었다.
 "좋아, 그럼 말하지. 어젯밤 사제와 대법왕님께선 한 방을……"
 "잠깐."
 자정경이 말을 끊었다.
 더 이상 내버려 뒀다가는 무슨 말까지 쏟아져 나올지 몰랐다. 일목은 확신하고 있었다. 아니, 어쩌면 그는 죽기 아니면 살기로 밀어붙이고 있음이 분명했다.

한번 뱉어지면 소문은 순식간에 퍼진다. 일목은 주위 사람들더러 들으라는 듯 일부러 느리고 큰 소리로 말했고 자정경은 그들이 낼 소문이 신경 쓰였기 때문에 막았다.

일목은 웃었고 자정경은 입술을 깨물었다.

완패였다. 일목의 노련한 수에 자신이 끌려간 것이다.

한 가닥 기대를 걸었던 동천몽 또한 자정경이 물러나자 길게 한숨을 쉬었다. 그리고 앞으로 상당 기간 동안 일목에게 끌려 다닐 생각을 하니 조금 전 먹은 아침이 넘어오려 했다.

"인정하느냐?"

일목은 쐐기를 박고 있었다.

자정경 또한 그 사실을 모르지 않았다. 하나 대답을 해서는 안 된다는 것 또한 알고 있다. 대답까지 하면 빼도 박도 못한다.

"일단 식사부터 하시죠."

자정경이 대답을 기피하자 일목의 눈이 가늘어졌다. 만만치 않은 상대임을 느낀 것이다.

"얼마인가요?"

자정경이 계산을 위해 나섰다.

작은 액수라면 동천몽이 계산할 수 있지만 덩치가 큰 것은 자정경의 손을 빌려야 한다. 흑수당의 미래 주인이어서인지 돈 씀씀이가 일반 사람들과 달랐다.

"모두 금화 스물한 냥 닷푼입니다."

모두가 놀란 표정을 지었다.

한 끼 식사치고는 상상을 초월한 액수이다. 더구나 놀란 것은 그 비싼 음식을 거의 남겼다는 것이었다.

자정경은 눈 하나 깜박이지 않고 품에서 전표를 꺼내주었다.

주루를 나오자 동천몽이 앞장을 섰다.

"어디로 가죠?"

자정경이 물었다.

동천몽이 조용히 말했다.

"궁으로 가자꾸나. 강을 이용해 사천까지 간 다음 육로를 이용한다."

동천몽이 포구를 향해 몸을 날렸고 자정경이 뒤따랐다. 일목은 쩝쩝 소리를 내며 날아가는 두 사람을 바라보며 입가에 야릇한 미소를 지었다.

'흐흐흐!'

쥐구멍에도 볕들 날이 있다던가. 동천몽을 쥐락펴락하게 되었다는 현실이 도저히 믿기지 않았다. 너무 흥분되고 기분이 좋아 감정 통제가 잘 되지 않는다. 일목은 혼자서 입가에 가득 미소를 머금었다. 주위 사람들이 드물었으므로 마침내 웃음을 밖으로 꺼냈다.

"크흐흐흐!"

웃어도 웃어도 즐겁다.

아무리 대법왕이라고 해도 자정경과 부부의 인연을 맺었다는 사실이 밝혀지면 한바탕 폭풍우가 불어닥칠 것이다. 칼자루를 확실히 잡았다는 확신을 하며 몸을 날렸다.

 오강의 포구에 도달한 일목이 아연한 표정을 지었다. 사천으로 향하는 배가 동천몽과 자정경을 싣고 조금 전 막 출항했다는 얘기를 들은 때문이었다. 가까운 거리를 이동하는 배는 많지만 장거리를 이동하는 배는 하루에 아침, 저녁 두 번뿐이다. 너무 좋아 잠시 웃으며 지체한 것으로 배를 놓친 것이었다.
 이제 꼼짝없이 저녁 배를 타야 했다.
 '가만!'
 인상을 쓰며 배가 떠난 부두를 쳐다보고 있던 일목의 눈이 가늘어졌다.
 동천몽 정도 되면 배 하나쯤은 얼마든지 출항을 늦출 수 있었다. 자신에게 무척 중요하다고 생각되는 사람이 오지 않았다면 무슨 수를 써서라도 출항을 저지시켰을 것이라는 생각이 들자 분노가 물밀듯이 밀어닥쳤다.
 '고의다!'
 철저히 고의라고밖에 판단되지 않았다. 자신을 일부러 떨어뜨린 것이 틀림없었다.
 뿌드득!
 동천몽보다 자정경이 더 미웠다.
 어쩌면 그녀가 부추겼는지도 몰랐다. 동천몽은 자신에게 약점이 잡힌 상태라 출발을 저지하고 싶었지만 그녀가 꽁한 마음에 사람들과 더불어 정시에 출발해야 한다고 승객들은 선동하고 이끌었는지도 모른다.

 '못된 것!'

 처음부터 마음에 들지 않았다.

 물론 마음에 들지 않게 어떤 행동이나 말을 함부로 한 것은 아니었다. 자정경이 맘에 들지 않았던 것은 너무 빼어난 용모를 갖고 있다는 것 때문이었다. 이상하게 잘생긴 계집들을 보면 그냥 싫었고 미웠다.

 결정적인 것은 그녀가 모용산과 더불어 무림에서 가장 아름다운 여자 중 한 명이라는 것이었다. 예쁜 여자는 얼굴값을 했다. 유난히 잘난 척하고 콧대가 높았고 자신처럼 신체 일부분에 열등감을 갖고 있는 사내들은 사람으로도 보지 않았다.

 물론 자정경은 그렇지 않았지만 그냥 싫었다.

 '가만두지 않겠다!'

 일목이 강을 따라 몸을 날렸다. 구불구불하여 뱃길보다 더 많은 거리를 이동해야 했지만 하는 수 없었다. 힘은 들지만 느린 배이므로 한두 시진 후면 충분히 따라잡을 자신이 있었다.

 쉬이이!

 동천몽과 자정경의 얼굴이 겹쳐 떠오른다.

 순간 화가 미친 듯이 치솟는다.

 놀라운 속도였다. 한 번 땅을 박찰 때마다 일목의 몸은 십여 장씩 날아갔다. 삽시간에 오강의 포구가 사라졌고 강은 본격적으로 길을 만들고 있었다.

거슬러 올라갈수록 인적도 드물어졌고, 어느덧 길이 끊어졌다. 오로지 강줄기를 따라 몸을 날려야 했는데 길이 없었기 때문에 몹시 힘들었다. 가파른 산비탈을 빠른 속도로 날아가는 일이란 생각처럼 쉽지 않았다. 힘들 때마다 자신이 쥐고 있는 확실한 칼자루를 되새기며 이를 갈았다.

슈욱!

어느 순간 허공 높이 치솟았던 일목의 신형이 갑자기 떨어져 내렸다.

앞길을 누군가 막아섰기 때문이다. 가뜩이나 분노한데다 급한 길인데 앞을 막고 서자 일목은 대노했다.

"뭐 하는 놈이냐? 뒈지기 싫으면 썩 꺼져라!"

사내는 복면을 했는데 백의로 온몸을 칭칭 감고 있었다. 복면 안에서 뿜어져 나온 눈빛이 범상치 않았다. 하지만 일목은 콧방귀를 뀌었다.

"네 이놈! 뭐 하는 놈이냐고 묻지 않느냐! 뒈지기 싫거든 비켜라."

"호호호! 다른 한 개가 다친 흔적이 없는 걸 보니 태어날 때부터 하나만을 갖고 있었다는 건데, 정말 웃기는구나. 두 개 중 하나가 다쳐 사용이 불가능한 인간은 봤지만 남들 다 갖고 있는 두 개의 눈깔을 하나만 갖고 태어난 놈은 처음 본다."

"누… 눈깔!"

일목의 표정이 대번에 차가워졌다. 남들 앞에서는 떳떳한 척했지만 하나뿐인 눈은 항상 그를 괴롭혔다. 백의복면인의 말처럼 두 개 중 한 개가 다쳐 독목이 된 것이 아니라 처음부터 하나뿐인 눈은 그를 지독한 열등감 속에 몰아넣은 것이었다. 아닌 척, 괜찮은 척했지만 눈 얘기만 나오면 신경이 곤두섰다. 그런데 처음 보는 백의복면인의 입에서 다짜고짜 감정을 긁는 얘기가 나오자 일목은 완전히 돌아버렸다.

"끄으으! 너… 널 살려두면 내가 일목이 아니라 쌍목이다!"

일목이 곧바로 달려들었다.

잔뜩 흥분한 일목의 오른손이 갈고리가 되어 백의복면인의 멱살을 잡아갔다.

마간찰립의 식이다. 완맥을 잡거나 멱살을 잡는 데 가장 적절한 수법으로, 배교 전통의 초식이었다. 멱살을 잡아 일단 분이 가라앉을 만큼 두들겨 팬 다음 모가지를 돌려 버릴 생각이었다.

싹!

잡혔다고 기뻐하려는 순간 손이 허전했다.

간발의 차이로 놓친 것이다.

"이 새끼 봐라."

일목이 기분 나쁘다는 듯 더욱 빠르게 오른손을 뻗었다.

슈욱!

전력을 다했지만 또다시 간발의 차이로 잡지를 못했다. 연거푸 이 초가 헛방으로 끝나자 일목의 얼굴이 붉으락푸르락해졌다. 보는 사람은 없지만 큰소리쳐 놓고 낭패를 당하자 화는 더욱 머리끝까지 치솟았다.

"오냐, 이 씨발놈!"

이번에는 양손을 뻗었다. 오른손을 먼저 뻗었다가 놓치자 왼손을 벼락같이 후려쳤다. 잡는 것을 포기하고 강한 공격으로 변환시킨 것이다.

슉!

그러자 백의복면인 또한 오른손을 마주 뻗어왔다.

딱!

"컥!"

일목이 짧은 신음을 터뜨렸다. 하마터면 왼 손목이 부러질 뻔했을 정도로 강한 충격이었다.

그제야 일목의 눈이 커졌고 백의복면인을 보는 눈빛이 달라졌다. 자신의 아래가 아니었다.

"눈이 한 개뿐이면 답답하지 않느냐?"

그러면서 백의복면인이 자신의 한쪽 눈을 감고 한 개의 눈만으로 일목을 보았다.

"맙소사, 무척 답답하잖아."

"이런 씨부랄새끼가!"

감정을 자제하려 했지만 도저히 참을 수가 없었다.

콰아아!

산악이라도 날려 버릴 것 같은 우장이 뻗어갔다.

백의복면인은 가슴을 향해 날아오는 우장을 피해 상체를 좌측으로 눕혔다.

그 순간 일목의 좌장이 벼락같이 뻗어갔다. 피할까 아니면 맞설까 계산했다가 피할 것으로 예상했는데 맞아떨어진 것이다. 그래서 피하자마자 왼손을 뻗었으므로 복면인은 하는 수 없이 맞서왔다. 조금 전 정면충돌로 자신의 아래가 아니라는 건 알 수 있었지만 결코 강하다고는 생각하지 않았기 때문에 자신있게 부딪쳤다.

뻐억!

"커컥!"

일목이 눈을 부릅뜨고 뒤로 물러날 때 백의복면인이 화살처럼 날아왔다. 일목이 비틀거리는 순간을 놓치지 않으려는 동작이었다.

슈악!

일목은 비틀거리면서도 백의복면인의 우장을 받았다.

꽝!

중심을 잃으면 전력을 쏟을 수 없다. 힘이 받쳐 주는 하체가 단단히 고정되지 못하기 때문이다.

"허헉!"

일목이 입을 쩌억 벌리며 비명을 질렀고 백의복면인의 양손이 벼락처럼 치고 들어왔다.

슈— 슈웃!

권의 대가들이 뻗어내는 연타와 흡사한 연장(連掌)이었다. 중심이 잃은 상태에서 피하기란 맞받는 것보다 훨씬 어렵고 위험하다. 만약 신법에 일가를 이루지 못한 사람이 시도했다간 큰 피해를 입는다. 선택이란 없었다.

쫭쫭!

"크헉!"

마침내 일목이 입에서 피를 토했다.

현기증이 일어났고 속이 완전히 뒤집혔다.

백의복면인의 공격은 멈춤이 없었다. 특히 공격과 공격 사이에 조금의 시간 차이나 어색한 연결 동작조차 없었다. 물이 흐르듯 너무도 매끄러워 한 개의 초식이 계속 이어지고 있는 느낌이 들 정도였다.

퍽!

퍼어엉!

복부와 턱에 강한 타격을 입었다.

처음부터 검을 뽑아 들지 않은 것을 후회했지만 이미 늦었다. 백의복면인 또한 검을 뽑을 기회를 주지 않으려는 듯 더욱 빠르고 힘차게 몰아쳐 왔다.

콰르르르!

장의 폭풍이었다. 눈앞으로 손바닥이 쉴새없이 어른거리며 온몸을 두들겨 팼다. 본능적으로 손을 뻗었지만 역부족이었고 순식간에 칠팔 개의 장력을 얻어맞았다.

"컥!"

"헉! 끄으으!"

숨 쉴 틈도 없는 무자비한 공격 앞에 일목은 처참하게 뭉그러졌다. 그리고 처음으로 공포심을 느꼈다.

일목의 무공은 강했다. 사대법왕과 일 대 일로 맞서면 천장금왕을 제외하고는 누구도 적수라고 여기지 않았다. 그런데다 동천몽의 도움으로 인해 내공까지 전이받아 서장은 물론 중원에서도 자신을 위기로 몰아 넣을 사람은 없다고 자신했다.

 동천비라면 모를까 누구도 두렵게 생각하지 않았는데 도무지 상대가 되지 않았다. 아무리 주특기인 검을 사용하지 못하고 있다고 해도 이건 숫제 말이 되지 않았다.

 빽!

 뻐버버벅!

 급기야 일목은 엉덩방아를 찧었고, 눈앞으로 백의복면인의 오른발이 날아왔다.

第六章
집중구타

대法왕
大   王

일목은 이를 악물었다. 이름도 없는 무명소졸에게 죽을 수는 없었으므로 더욱 힘을 뽑아 공격을 받아쳤다.

콰아앙!

벌러덩!

충격에 일목은 그대로 뒤로 넘어졌다. 그 순간 백의복면인이 자신의 가슴 위로 날아 내리더니 자근자근 밟았다. 순식간에 얼굴이 흙투성이가 되면서 코피가 흘렀고 흑의가 걸레조각처럼 찢겼다.

팟!

그 순간 일목의 눈이 빛났다. 사내가 자신을 밟고 있는 틈을 이용해 검을 뽑기로 한 것이다. 이래 죽으나 저래 죽으나 어차피 죽을 거라면 검이라도 뽑아보고 싶었다.

촤악!

백의복면인은 밟는 데 치중한 나머지 일목이 검을 뽑는 것을 미처 제지하지 못했다.

일목은 있는 힘껏 배 위를 밟고 있는 백의복면인을 후려쳤다.

하지만 검끝에는 아무것도 걸리지 않았고, 일목은 화들짝 놀라며 검을 회수했다. 그대로 놔뒀다간 자신의 하반신을 자신의 손으로 자르는 우를 범할 위험이 있었기 때문이다.

벌떡!

검을 쥐고 상체를 일으켰다. 그러나 백의복면인은 사라지고 보이지 않았다.

"어딨어! 나왓!"

일목이 쌍코피를 흘리며 소리쳤지만 숲은 조용했다. 내력을 끌어올려 근처 어딘가에 숨어 있는지를 살폈지만 전혀 감각에 잡히지 않는 것이 사라진 것 같았다.

하지만 쉽게 경계를 누그러뜨리지 못하고 한참을 살핀 후 사라졌다는 확신이 들어서야 검을 회수했다.

"니기미!"

일목이 화를 견디지 못하고 옆에 놓인 바위를 검으로 후려쳤다.

쩍!

바위가 두 쪽으로 갈라져 강물로 빠져들자 거친 물살이 일어났다.

한참을 씩씩거리던 일목이 검을 검집에 꽂아 넣고 강가로 다가갔다.

흠칫!

씻기 위해 고개를 숙이던 일목은 기겁했다. 물속에 한 명의 괴인이 있었다. 분명 자신의 모습인데 어찌나 얻어맞았는지 얼굴이 난장판이었다.

이마가 부풀어 올라 가운데 박힌 눈은 더욱 흉물스러웠고 입술을 찢어졌으며 쌍코피는 마구 쏟아져 내리고 있었다. 의복 또한 완전히 거지꼴이었다.

뿌지직!

또다시 악에 받쳐 이를 갈고 대충 상처를 씻고 코피를 막기 위해 응급조치를 취했지만 의외로 부상이 깊은 듯 멈추지 않았다. 그래서 하는 수 없이 쌍코피를 막기 위해 풀을 뜯어 콧구멍을 틀어막았다.

"개새끼, 만나기만 해봐라!"

다시 한 번 물속에 비친 자신의 초라한 모습에 이를 갈며 몸을 날렸다.

반 각쯤 강을 따라 계속 날아가자 저만치 한 척의 범선이 물살을 헤치며 나아가고 있었다.

투툭!

자세히 보지 않아도 오강포구를 떠난 사천행 범선이었다.

일목은 나뭇잎을 한 줌 뜯어 한 개를 물 위에 던졌다. 물 위에 떠 있는 나뭇잎을 밟으며 몸을 솟구쳤고 두 번째 나뭇잎을 던져 또다시 날아 내렸다.

그런 식으로 대여섯 번 몸을 날리자 눈앞으로 범선이 나타났고, 단번에 솟구쳐 올랐다.

"아이고!"

"허거거걱!"

갑판 위에 앉아 담소를 나누던 사람들이 느닷없는 일목의 등장에 기겁했다.

일목이 매섭게 쳐다보자 모두가 얼른 고개를 돌려 버렸다. 일목은 주위를 살펴 동천몽을 찾았다. 하지만 보이지 않았으므로 선실로 들어갔다.

일목이 들어서자 선실은 완전히 아수라장으로 변했다. 일부는 유령이라고까지 하며 고개를 바닥에 처박았다. 원래 생긴 것도 험상궂었는데 부어 터진 얼굴과 코피를 막기 위해 두 개의 콧구멍에 풀을 쑤셔 박았기에 몰골은 참혹했다.

일목이 노려보자 사람들은 황급히 고개를 돌리고 숨기에 바빴다. 선실을 나온 일목은 선수로 향했고, 그곳에는 동천몽과 자정경이 있었다.

두 사람은 뭐가 그렇게도 좋은지 맨 선두에 서서 불어오는 바람을 맞으며 다정하게 얘길 나누고 있었다.

"험험!"

가까이 다가가도 모르는 듯하자 헛기침을 했다.

처음에는 두 사람 모두 일목을 알아보지 못했다. 자정경만이 어디서 많이 본 사람이라는 듯 몇 번 힐끔거리다가 말았고 동천몽은 처음부터 모르는 사람이라는 듯 시선을 돌렸다.

"저… 저를 모르시겠습니까?"

자정경이 쏘아붙였다.

"댁이 누군데요?"

일목의 안색이 변했다.

'댁!'

완전히 낯선 사람 취급 당한 것이었다.

그런데 동천몽은 한술 더 떴다.

"이 사람이 낯술을 했나? 재수없게 어디서 수작이야. 저리 썩 꺼져라."

그것도 부족하다는 듯 자정경에게 자리를 옮기자고 제안을 했고, 두 사람은 곧바로 이동했다.

일목이 신속히 두 사람 앞을 가로막고 말했다.

"소… 소승 일목이옵니다, 대법왕님. 자세히 봐주십시오."

일목이란 말에 두 사람이 다시 걸음을 세웠다.

자정경이 일목을 살피더니 갑자기 피식 웃음을 흘렸다.

"나도 한심한 년이지. 저런 더럽고 흉측한 자를 내 사형이라고 살피다니."

그것은 절대 일목이 아니라는 선언이었고, 동천몽을 향해 묻는다.

"사부님 보시기에 어때요? 이자가 정말 현명하고 자상한 내 사형 일목 스님 맞아요?"

동천몽이 눈살을 찌푸렸다.

"이런 거지 같은 놈이 어떻게 일목이란 말이냐? 일목은 생김새부터가 다르다. 본왕의 시위인 일목 선사는 일단 생긴 것부터가 준수하다. 한마디로 훤훤장부라 할 수 있고, 학문이 얕지 않기 때문에 눈에선 지혜가 풍겨 나온다. 그런데 이자는 눈에서 탁기가 흐르고 일단 못생겼지 않느냐? 네 이놈! 감히 어디서 나의 사랑스런 제자 일목 선사를 사칭하느냐! 당장 패 죽이기 전에 썩 꺼지거랏!"

동천몽은 금방이라도 살수를 펼칠 듯 노기를 띠며 오른손을 쳐들었다.

일목은 움찔했지만 물러나면 안 되었다.

"사제, 대법왕님, 소승 일목입니다. 제가 원래와 다르게 보인 것은 사실 어느 놈에게 두들겨 맞은 때문입니다. 지금은 제 본모습이 아닙니다."

"그게 무슨 말이시오? 우리 일목 선사가 어떻게 남에게 두들겨 맞을 수가 있단 말이오? 그의 무공은 강호제일이라 할 만큼 뛰어나오. 당신, 가짜 행세를 하려거든 제대로 알고나 하시오!"

이제는 진짜로 확신하는 듯 말투까지 바뀌었다.

일목은 다급했다.

"믿어주십시오. 진짜 일목입니다. 맞아서 그렇다니까요!"

"가만, 사부님."

"왜 그러느냐?"

"그러고 보니 나의 존경하는 사형 같기도 해요. 전체적인 얼굴 틀이 비슷해요."

"그게 정말이냐?"

"소녀의 눈썰미를 알잖아요. 사형을 닮긴 했어요."

자정경의 말에 동천몽이 다시 살폈다.

"그러고 보니……."

"비슷하죠?"

"으응."

일목은 기회를 놓칠 수 없다는 듯 빠르게 말을 이었다.

"창피한 얘기지만 정체 모를 백의복면인과 격투를 벌였습니다. 그런데 부끄럽게도 그만 뒤지게 맞았습니다. 그렇게 무공이 높은 자는 처음 봤습니다. 너무 억울합니다. 소승은 그 개자식의 적수가 되지 않았습니다."

동천몽이 눈을 크게 떴다.

"어떤 개자식이기에 너의 실력으로도 이렇게 얼굴이 마구 주물러졌단 말이냐?"

너라고 표현했다는 것은 자신의 말을 믿는다는 뜻이었으므로 일목은 가슴이 찡해왔다.

"대법왕님, 포달랍궁 무사의 명예를 훼손한 소승을 용서하소서. 하지만 그놈은 진짜 강했습니다."

"세상에! 얼마나 맞았으면 코피까지 흘렸단 말이에요. 그것도 쌍코피를."

자정경이 보드라운 손길로 코를 어루만지자 일목은 눈물이 핑 돌았다. 일목은 이를 악물고 눈물을 참았다.

집중구타 183

너무 기쁘고 좋았다. 이렇게 동천몽이 반갑고 자정경이 아름답게 보인 적이 없었다. 두 사람 앞에 엎드려 절이라도 해주고 싶었다.

장로들을 비롯하여 많은 원로들이 무사 귀환을 환영하는 뜻에서 일주문 밖까지 나와 기다리고 있었다. 노구를 이끌고 아직 공기가 차가운데도 환한 얼굴로 환영하는 그들을 보며 동천몽은 가슴 밑바닥에서 뜨거운 기운이 솟아났다. 그들의 몸과 마음은 이제 완전하게 자신을 대법왕으로 숭배하고 있었다.

백궁에 이르자 수많은 순례객들이 몰려 있었다. 제자들이 다가서려는 그들을 제지하고 있었는데, 그들은 뜨거운 감동과 열정의 눈빛으로 자신을 향해 손을 흔들고 강녕을 외치고 있었다.

"대법왕님이시여, 세존의 자비를 받으소서!"

"무사 귀궁을 마음을 다해 환영하옵니다!"

동천몽이 제지하는 제자들을 향해 손을 내저었다. 내버려두라는 신호였고, 동천몽은 순식간에 순례객들에게 둘러싸였다.

동천몽이 순례객들을 쳐다보았다. 하나같이 삶에 시달려 고생이 가득한 행색들이었지만 자신을 쳐다보는 눈빛만큼은 감동과 기쁨으로 넘쳐 있었다.

"아미타불!"

동천몽은 불호를 중얼거렸다.

결코 평탄한 삶이 아닌데도 그들은 기뻐하며 행복해했다.

불현듯 눈앞으로 형제들의 얼굴이 떠올랐다. 그들은 눈앞의 이들에 비하면 하나같이 선택받은 사람들이라 할 수 있었다. 하지만 그들의 얼굴 어디에도 행복해하는 표정은 찾아볼 수가 없었다. 오히려 더욱 탐욕에 찌들어 자신을 죽이려 했고 끝내는 온 집안이 풍비박산나고야 말았다. 배가 불러도 부르다는 것을 알지 못한 형제들이 있는 반면 평생을 모은 모든 재산을 부처님 앞에 모두 바치고 빈손으로 돌아가는데도 이들은 얼굴에 구김이 없었다.

"그대들 가정에 세존의 자비와 평화가 넘치기를 바라노라."

동천몽은 마음을 담아 축원했고 그들은 감동했다.

동천몽이 백궁 안으로 들어서자 사불각주 무미 선사가 기다리고 있었다.

그는 동천몽이 자리에 앉자마자 곧바로 입을 열어 보고했다.

"백쾌섬의 행방은 여전히 오리무중이옵니다."

"남궁천은 밝혀졌느냐?"

"그 역시 감감무소식이옵니다."

"동천비는?"

묻는 동천몽의 표정이 냉혹하게 변했다. 무미 선사는 이제 동천몽의 가슴속에서 동천비라는 존재는 죽여야 하는 적일 뿐이라는 것을 확신했다.

"오강 근처에서 사라진 이후 행방이 묘연합니다. 아마 상처를 다스리기 위해 몸을 깊이 숨긴 듯하옵니다."

동천몽이 길게 한숨을 쉬었다.

백쾌섬을 비롯해 남궁천과 동천비 모두가 시야에서 사라졌다. 그들이 모두 사라졌다는 것은 형편이 그다지 양호하지 않다는 뜻이었다. 백쾌섬 역시 기존의 자기 무공으로는 동천몽을 상대하기에 부족하다는 것을 깨닫고 충전을 위해 사라졌을 것이다. 남궁천 또한 힘을 모으기 위해 지금쯤 어딘가에 숨어 뭔가를 꾸밀 것이고 동천비 또한 비슷한 상황일 것이다.

"가만!"

동천몽의 잠긴 눈이 불현듯 곤두섰다.

뭔가 중요한 사실을 깨달은 눈빛이었다.

벌떡!

자리까지 박차고 일어나자 무미 선사가 긴장했다.

"왜 그러시옵니까?"

"중원에 남은 본 궁의 제자들이 몇인가?"

"일반적인 정보 수집을 위해 남은 사불각 제자들을 제외하고는 전원 귀궁했사옵니다."

"장로회의를 소집해라, 지금 당장."

"네, 대법왕님."

무미 선사가 곤혹스런 표정을 지었다. 갑자기 장로회의를 열고 중원에 남아 있는 제자들의 숫자를 묻는 것이 심상치 않았던 것이다.

장로회의는 곧바로 열렸다. 백발의 장로들이 느닷없는 회의 소집이 궁금한 듯 서로에게 이유와 사정을 묻느라 여념이 없었다. 그러나 누구도 궁금해만 할 뿐 속 시원한 대답은 해주지 않았고 할 수 없이 동천몽이 들어오길 기다리는 수밖에 없었다.

동천몽은 예정 시간보다 반 각 정도 늦게 들어섰다. 새로 임명된 사대법왕과 동천몽이 자리에 앉자마자 장로들이 질문을 쏟아냈다.

"갑자기 어인 회의시옵니까?"

"궁에 무슨 중대한 변고라도?"

모두가 눈살을 찌푸리며 쳐다보았다.

동천몽이 선뜻 대답하지 않았다. 자신을 쳐다보는 장로들을 한 바퀴 훑어보았다.

"오자마자 귀찮게 해서 미안하구나."

"아… 아니옵니다. 소승들은 이렇게 대법왕님께서 자주 불러주심이 그저 기쁘고 감사할 뿐이옵니다."

"그러하옵니다. 자주 불러주소서."

여기저기서 황공해하자 동천몽이 웃었다.

"정말인가? 마음에도 없는 말들은 아니겠지?"

장로들이 펄쩍 뛰었다.

"대… 대법왕이시여! 소승들이 어찌 감히 거짓을 아뢰겠나이까? 진실이옵니다."

"소승들은 대법왕님의 존안을 뵈옵기만 해도 한없이 감격스럽사옵나이다."

이곳저곳에서 고개를 끄덕이며 동조했다.

동천몽이 표정을 고치더니 불쑥 말했다.

"내가 왜 회의를 소집한 줄 아시오? 천장."

새로 임명된 천장금왕이 고개를 돌려 대답했다.

"부르시옵니까, 대법왕님."

"짐작되는 게 있소? 내가 급작스럽게 이렇게 불러 모은 이유를 말이오?"

"아둔한 소승으로서는 감히 그 뜻을 헤아리기가 어렵나이다. 직접 말씀하시어 깨우쳐 주소서."

동천몽이 헛기침을 두어 번 하며 입을 열었다.

"작금의 강호를 그대들은 어찌 보느냐? 참고로 지금의 천하는 목와북천에 의해 통일되었다."

모두들 표정이 급변했다.

포달랍궁 내의 일로 회의를 소집한 것으로 짐작했는데 갑자기 천하 정세에 대해 말을 하자 당황한 것이었다. 더구나 목와북천에 의해 강호가 흑도천하가 되었음을 모르지 않는데 새삼 가르치듯 말하는 것은 무슨 뜻인가.

"목와북천이 무림맹을 밀어내고 새로운 주인이 되었지만 그들은 허깨비나 다름없다. 천하를 통일하느라 가진 힘을 모두 쏟아버렸다는 것이지. 더구나 그들의 우두머리인 백쾌섬까지 모습을 감추었다. 이를 어떻게 생각하느냐? 그대들이 보기에 말이니라."

천장금왕의 눈이 화등잔만 하게 커졌다.

동천몽이 무엇을 말하고자 하는지 이해가 된 것이었다.

"설마 천하를……."

"혼히 세속에서 즐겨 말하는 기회라는 것 아니겠느냐? 지금은 누구도 우리 상대가 되지 않는다."

천장금왕이 떨리는 목소리로 말했다.

"패업을?"

"굳이 거창하게 패업이란 말을 붙여도 문제될 것은 없지만 어떠냐? 이 기회에 천하를 우리가 다스려 봄이."

천장금왕을 비롯한 장로들의 얼굴이 딱딱하게 굳었다.

지금까지 백과 흑이라는 양 집단에 의해 다스려진 적은 있었지만 한 집단의, 그것도 불가의 집단에 의해 천하가 경영된 적은 없었다. 소림사가 천하제일문으로 군림은 했지만 지배는 하지 않았다. 마교 또한 피를 흘렸지만 천하에 군림은 하지 못했다.

"왜 아무런 말들이 없느냐?"

동천몽이 야릇한 표정으로 물었다.

"언제까지 대설산 골짜기에 파묻혀 염불만 외우다 죽을 것이냐? 한 가지 그대들에게 물어볼 것이 있느니라. 도대체 크게 써먹지도 않을 것이면서 왜 그렇게 미친 듯이 무공 수련에 매달리는 것이냐?"

그러자 천장금왕이 대답했다.

"그야 강해지기 위함이 아니겠사옵니까?"

"강해져서 뭘 하려는 것이냐?"

"강해지려 함은 적으로부터 나를 우습게 보이지 않도록 하기 위함이지요. 대저 인간 세상이란 짐승과 다르지 않아 약하면 강한 자에게 먹히지요."

"단순히 먹히지 않기 위해 강해지려는 것이냐? 아니면 뭔가 더 큰 꿈을 꾸기 위해 강해지려는 것이냐?"

"꾸… 꿈이라 하오시면?"

"그대들은 꿈을 어떻게 생각하느냐? 강호인들이 천하를 장악하려는 꿈을 나쁘다고 말하겠느냐?"

"그렇지는 않지만……."

"부처님의 법을 설파하는 데 가장 빠르고 쉬운 방법이 뭐라고 생각하느냐?"

"말보다는 행이지요. 우리가 몸으로 선함을 증명하고 자비를 베푸는 것보다 더 확실하고 훌륭한 부처님의 설법을 전하는 길은 없사옵니다."

"만약 본 궁이 천하의 주인이 된다면 부처님의 설법을 전하는 데 도움이 되지 않겠느냐?"

"보… 본 궁이 천하패권을?!"

"어… 어떻게 그런!"

모두가 놀란 표정을 지었다.

동천풍이 일어났는데, 입가에 차가운 미소가 걸려 있었다.

"소림은 강하다는 이유 하나로 수많은 제자들이 찾아든다. 강하다는 건 그 무엇보다 더 확실한 부처님의 능력이 된 것이니라. 본 궁 또한 천하를 거머쥐면 그 세력이 더욱 커질 것이고 제자가 되려는 사람들의 발길이 왕성해질 것 아니냐? 강호

평화에 소림의 역할이 절대적임을 천하는 인정하고 있느니라."

천장금왕이 입을 쩌억 벌리며 물었다.

"그… 그래서 대법왕님의 뜻은 본 궁이 이 기회에 천하를 접수하자는 것이옵니까?"

"상황이 너무 좋아 싸우고 말고 할 것도 없느니라. 가서 그냥 포달랍궁의 깃발만 꽂으면 될 상황이 작금이니라. 그대들을 불러 모은 것은 천하를 본 궁의 발아래 두자는 내 생각이 어떤지 알고 싶어서이니라. 좋은 생각들 있으면 허심탄회하게 말해보거라."

아무도 말이 없었다.

너무나 엄청난 뜻이었고 계획이었으며 누구도 예상하지 못한 선언이었다.

"만약 소승들이 반대를 하오면……?"

천장금왕이 말했다.

동천몽이 굳은 얼굴로 돌아보더니 씨익 웃었다.

"아주 즐겁고, 강호평화를 위해 무척이나 좋은 일이거늘 반대를 하는 바보멍청이가 있겠느냐?"

흠칫!

모두가 놀란 표정을 지었다.

반대를 하는 자는 아주 멍청이라는 것이었고, 해석하기에 따라서는 반대한 사람은 가만두지 않겠다는 협박에 가깝기도 했다.

"왜 말들이 없느냐?"

아무도 손을 들지 않았다. 서로가 눈치만 살피고 혹시라도 잘못하여 입이 열릴까 두려워 입술을 꽉 물었다. 우연의 일치인가. 모든 사람들 머릿속으로 처음 동천몽이 포달랍궁에 잡혀 왔을 때 부린 행패가 떠올랐고, 더욱 입술을 깨물었다. 아무리 세월이 흐르고 불심이 깊어져도 본성 한 가닥은 남아 있다는 것이 그들의 공통적인 생각이었다.

유등불이 치지직, 소리를 내며 흔들렸다. 초저녁에 송진을 묻혔는데 벌써 닳은 것이다. 천장금왕이 여분의 송진덩어리를 올려놓자 꺼질 듯하던 불이 다시 커졌고 방 안이 환해졌다.

네 사람 모두 무거운 얼굴이었다. 저녁을 먹고 무려 세 시진 동안 얼굴을 마주하고 의논을 하고 있었지만 뾰족한 결론은 만들어지지 않았다.

"아미타불! 그만들 돌아가게. 내일 다시 의견을 나눠보기로 하세."

천장금왕이 그만 각자의 처소로 돌아갈 것을 권유했지만 누구도 일어날 생각을 하지 않았다.

휘이이!

문틈으로 비집고 들어온 바람에 유등불이 작아졌다.

"아무튼 난 반대합니다. 비록 무예를 갖고 있긴 하지만 본 궁은 신성한 불가입니다. 세존의 말씀을 자비로 전달해야 할 우리가 천하패업을 꿈꾼다는 것은 절대 있을 수 없는 일입니다."

천검은왕이 단호히 말했다.

사대법왕이 되기 전까지의 법호는 미개 선사였다. 대설산과 홍산이 겹친 미왕곡의 조그만 암자에서 불도를 닦다 동천몽의 부름을 받고 출사한 것이다.

"우리의 무공은 생존을 위한 최소한의 방어 위주로, 소극적으로 사용되어야 합니다. 세속의 욕망을 위해 사용되어져서는 안 된다는 것이지요."

"그럼 아까 낮에 그렇게 말씀하시지 왜 그곳에서는 침묵을 지키셨습니까?"

천권동왕이 따지 듯 말했다.

미개 선사의 사제이자 세수 여든아홉으로, 성격이 불같다.

천검은왕이 쏘아보며 말했다.

"말이 지나치군, 사제."

"그 자리에서 반대를 하셨으면 더욱 보기도 좋았을 것이라는 걸 말하는 것입니다."

"분명히 말하지만 당시 그 상황에서는 제지할 수가 없었네. 알지 않는가? 대법왕님의 면전에서 반대를 한다는 건 볼썽사납기도 하고."

"대법왕님의 권위를 존중하려는 사형의 속마음을 모르는 건 아니지만 중요한 일은 어쩔 수 없이 의견 개진을 해야 합니다. 아무튼 여기서 백 마디 떠들어봤자 소용없습니다. 정 그렇게 가로막고 싶으시면 날이 밝는 대로 대법왕님을 찾아가 안 된다고 하십시오. 소승은 대법왕님의 뜻을 따르겠습니다. 천하를 지배하겠다는 대법왕님의 뜻은 여타 속문들과 같은 독선이 기초가 되는 상하 관계가 아닌 포달랍궁의 이름을 좀 더 크고 강하게 전파해 보자는 의미 아니겠습니까? 그렇게만 된다면 필시 본 궁은 제자가 되려는 사람들로 문전성시를 이룰 것입니다. 우리가 세속으로 뛰어들어 백 년을 설파할 것을 단 한순간에 이룰 수 있다는 얘깁니다."

두 사람의 시선이 부딪쳤다.

워낙 냉랭했기에 금방이라도 어떤 충돌이 벌어질 것 같았다.

천장금왕이 서둘러 말했다.

"됐네. 못다 한 얘긴 내일 하기로 하고 그만들 돌아가 쉬게. 밤이 늦었네."

세 사람이 방을 나갔다.

밖으로 나온 세 사람은 각자의 처소를 향해 걸음을 옮겼고, 한참을 걸어가던 천검은왕의 발걸음이 멈췄다. 자신의 처소로 돌아가는 길 한가운데 누군가 서 있었기 때문이다.

"아… 아니, 사제 아닌가?"

가까이 다가간 천검은왕이 놀란 표정을 지었다. 가로막고 선 사람은 다름 아닌 자정경이었다.

"말씀들이 길었나 봐요?"

자정경이 환하게 웃었는데 천검은왕은 흠칫하며 고개를 돌려 버렸다. 칠십 년을 수행했는데도 자정경의 미소에 마음이 흔들린 것이다.

실로 무림쌍미 중 한 명다운 미소가 아닐 수 없었다.
"어인 일로?"
"사부님께서 잠시 뵙자고 하세요."
천검은왕의 눈이 커졌다.
사부님이라면 동천몽이었다.
"대… 대법왕님께서 이 시간에 날?"
"안내하겠어요."

뒤를 따르는 천검은왕의 고개가 좌우로 기웃거렸다. 갑자기 동천몽의 호출에 강한 의문이 생기며 일말의 불안감까지 들었다. 아무리 자신의 지난 행적을 돌아봐도 나쁜 짓을 한 기억은 없다. 그러나 이 한밤중에 조용히 부르는 것을 보면 뭔가 심상치 않은 일임에는 분명했다.

'설마 조금 전 우리끼리 나눈 대화 내용을 엿들었단 말인가?'

만약 대화를 엿들었다면 사태는 심각해진다. 자신은 동천몽의 뜻에 노골적인 반기를 들지는 않았지만 부정적인 말과 행동을 서슴지 않았던 것이다.

"사… 사제, 도대체 이 밤중에 대법왕님께서는 왜 나를 부르신단 말인가?"

자정경이 앞서 가며 대답했다.

"전 몰라요."

"그래도 조금은 알 것 아닌가?"

"정말 몰라요. 전 그냥 불러 오라고 하셔서 심부름만 할 뿐이에요."

자정경이 모른다고 하자 더욱 가슴이 오그라들었다. 이미 동천몽의 세속 행적에 대해 자세한 파악을 끝냈고 환생자로 끌려와서도 온 궁을 발칵 뒤집어놓았다는 것도 알고 있다. 특히 엄히 문초할 일이 있으면 꼭 깊은 밤에 은밀히 부른다는 것을 알고 있기에 더욱 가는 발걸음이 떨렸다. 아무리 나이가 많아도 분노하면 인정사정 봐주지 않는다는 말이 대못처럼 박힌다. 그래서 무척 조심히 행동했고 동천몽의 비위를 상하게 하지 않으려고 노력했다.

'이놈의 주둥이가……'

아무리 생각해도 조금 전 대화 내용을 엿들은 것이 틀림없었다. 워낙 무공이 높기 때문에 슬며시 엿들으면 절대 알 수 없다.

사실 동천몽의 뜻이 나쁘지는 않지만 불가 집단에서 강호를 평정한다는 것은 자칫 볼썽사나울 수도 있었다. 아무리 포교를 위한 길이라지만 말이다. 패업은 불가 집단으로서 온당한 행위가 아니었고 세존의 가르침에도 맞지 않았다.

그러나 어쨌든 이렇게 혼자만 불려 가는 걸 보면 길보다는 흉이 많을 것 같았다. 필시 자신들이 나누는 대화를 엿들었고 반대하는 자신을 불러 아무도 모르게 죽도록 두들겨 패려는 것이 분명했다.

백궁 건물이 어둠 속에서 드러났다.

꿀꺽!

자신도 모르게 마른침을 삼켰다.

"아미타불! 어서 오너라. 기다리고 있었느니라."

방 안으로 들어선 천검은왕의 눈이 커졌다.

동천몽이 자리에서 일어나 크게 웃음을 짓고 있었다. 예상과 전혀 다른 행동에 일단 안심이 되면서도 엉거주춤 섰다. 앉으라고 해서 덜컥 앉았다가 무슨 소리를 들을지 몰라 앉지 않았다.

"앉게. 천장 안 무너지느니라."

다시 권하자 그제야 슬며시 앉았고, 동천몽이 준비해 놓은 차를 따랐다.

"들자꾸나."

찻잔을 들었지만 입으로 가져가지는 않았다. 무슨 일인지 알기 전에는 너무 불편하여 아무것도 입에 들어갈 것 같지 않았다.

"은왕."

"하명하소서."

잽싸게 잔을 내리고 고개를 숙였다.

"할 만하느냐? 사대법왕 자리가 워낙 힘들고 골치 아픈 자리 아니더냐?"

"주어진 임무에 최선을 다할 뿐이옵니다."

"아주 좋은 말이구나. 그래야지."

"감사하옵니다."

다시 고개가 숙여졌고, 그런 천검은왕을 바라보는 동천몽이 마른침을 삼켰다.

"너에게 한 가지 물을 것이 있어 불렀느니라."

"무엇이옵니까? 무엇이든 물어주소서."

"사대법왕 중 천검은왕에게 주어진 권한이 무엇이더냐?"

천검은왕의 눈이 빛을 뿌렸다.

동천몽의 질문이 정확히 무엇을 겨냥하고 있는지 헷갈린 것이었다. 사실 사대법왕에게는 여러 가지 권한이 있다. 그중 천검은왕에게 주어진 대표적인 권한은 뭐니 뭐니 해도 포달랍궁의 모든 계율에 따른 형벌을 집행하는 것이었다.

"여러 가지가 있사옵니다만 그중 가장 중요한 것은 역시 본궁의 계율을 수호하는 권한이옵니다."

"그럼 당연히 본 궁의 계율에 대해서는 훤히 꿰뚫고 있겠구나?"

"그… 그러하옵니다."

"좋다. 그럼 본격적으로 묻겠노라. 대법왕이 지은 죄 중에서 가장 큰 죄가 무엇이더냐?"

"으헉!"

천검은왕이 놀란 표정을 지었다.

자신을 죽도록 두들겨 팰 경우 어떤 죄에 해당하느냐고 묻는 것이 틀림없었다.

동천몽이 물었다.

"왜 그렇게 놀라느냐?"

"대… 대법왕님은 전지전능하신 분이시옵니다. 감히 대법왕님의 죄를 소승이 어찌 논할 수가 있단 말이옵니까? 거두어 주소서."

"아니다. 대법왕도 사람이고 죄를 지었으면 법규에 따라 처벌을 받아 마땅한 것 아니겠느냐? 그러니 어서 말해보아라. 대법왕이 행해서는 안 될 행동 중 가장 큰 것이 뭣이더냐?"

천검은왕이 더듬거렸다.

"글쎄요… 대법왕님께서 하는 일이란 모두 훌륭하고 마땅한 일이기 때문에 굳이 죄랄 것도 없습니다. 사람 한두 명 두들겨 패도 당연한 것이고……."

말은 그렇게 했지만 사람을 두들겨 패면 안 된다고 말해주고 싶었다. 물론 제자들을 두들겨 팼다고 대법왕의 권한을 제한시킨다거나 하는 처벌법은 없다.

"또 말해보거라. 아무것이라도 좋다. 때리는 것 말고 또 말이다."

"이… 입에 담기 송구하오나 역시 그것 아니겠사옵니까?"

"그것?"

"그것 말이옵니다. 여인과 몰래 통하는 것."

자신도 왜 그런 대답이 나왔는지 알 수 없었다. 그냥 긴장이 지나치다 보니 제정신이 아니라고 생각했다.

그런데 동천몽이 침을 삼켰다.

자정경 또한 눈을 빛내며 지켜보고 있었다.

"여인과 통하는 것이라면 혹시 그것을 말하느냐?"

"그… 그러하옵니다."

"만약 그 짓을 하면 어떤 처벌이 내려지느냐?"

"당연히."

말을 하다 말고 고개를 쳐들었다.

대화의 원래 취지가 이것 아니잖습니까, 하는 시선이었다.

동천몽이 물었다.

"왜 말을 하다 마느냐? 계속해 보거라."

"그 행위는 사사로이는 파계이옵고 크게는 아주 나쁜 일이옵니다. 당연히 자격을 박탈해야 하는 줄로……! 그런데 어이 갑자기 그런 부덕한 질문을 하시옵니까?"

"역대 본 궁의 대법왕 중 그 짓을 한 사람이 있었느냐?"

천검은왕이 눈을 깜빡거렸다.

동천몽의 질문이 너무 진지했다.

"소… 소승은 잘 모르옵니다. 다만……."

"그래, 다만 뭐냐?"

동천몽이 눈을 빛냈다.

자정경 또한 혹시나 하는 눈빛으로 숨을 죽였다.

"자세한 조사를 해봐야 알겠지만 전해오는 얘기를 들어보면 아직까지 한 분도 그런 분이 없는 것으로 아옵니다. 대법왕님 정도 되시면 이미 인간의 천한 욕망 따위는 떨쳤을 것으로 사료되옵니다. 그래서 대법왕님은 더욱 신성하시고 함부로 올려다볼 수 없는 위대한 분이시지요."

동천몽의 표정이 굳어졌다.

벌컥!

차를 신경질적으로 비우더니 말했다.

"그럼 지금까지 네 말을 요약하겠다. 대법왕이 그런 짓을 하면 쫓겨난다는 것이구나."

"그건 어디까지나 계율상! 하지만 절대 그런 추악한 일은 행하지 않을 것이기에."

"가보거라."

동천몽이 차갑게 입을 열자 천검은왕이 눈살을 찌푸렸다. 잔뜩 두들겨 맞을 줄 알고 겁에 질렸는데 돌아가라고 하자 살 것 같았다. 하지만 막상 빠져나오려고 하니 뭔가 이상한 생각이 들어 동천몽을 쳐다보았다.

그러자 동천몽이 인상을 썼다.

"가보라는데 뭘 그렇게 보느냐?"

"아, 예!"

천검은왕이 사라졌다.

천검은왕이 사라지자마자 동천몽은 자리를 박차고 일어나 냉수를 들이켰다.

벌컥벌컥!

쾅!

물주전자를 세차게 놓고 입구를 깊은 시선으로 노려보았다.

"그냥 보내면 어떡해요? 죽이 되든 밥이 되든 일단 고백은 하고 봐야 할 것 아니에요."

"그놈 눈빛을 봤느냐? 내가 고백을 하고 아무리 봐달라고 사정해도 씨알도 먹히지 않을 눈빛이었다. 그런데 어떻게 말하란 말이냐?"

"그럼 어떡해요. 큰일이잖아요."

그러면서 자정경이 배를 어루만졌다.

사실 자정경의 뱃속에는 새로운 생명이 싹트고 있었다. 조금 전 초저녁에 갑자기 배가 아프다는 말에 만동승의를 불러와 살피게 했는데 그로부터 청천벽력 같은 선언이 떨어졌다.

아이를 가졌다는 것이었다.

자정경이 속가제자이기 때문에 만동승의는 그다지 놀란 표정을 짓지 않았다. 자정경의 뱃속 생명이 당연히 궁 밖의 인물이라고 믿는 눈치였다.

동천몽은 뒤통수를 한 대 얻어맞는 듯한 충격에서 한동안 헤어 나오지 못했다.

여자를 범해도 큰 대죄인데 아이를 잉태케 했으니 심각했다.

동천몽이 종일 고민하고 내린 결론 중 하나가 일단 천검은 왕을 불러 대법왕이 여자를 범했을 경우 어떤 처벌을 받는지를 알아본다는 것이었다.

나중에 자정경이 출산을 하면 자신의 자식이 아니라고 할까도 생각했지만 자정경이 발끈했다. 절대 그렇게 할 수는 없다는 것이었고, 만약 동천몽이 끝까지 숨기면 자신이 입을 열어 죽이 되든 밥이 되든 매를 맞겠다는 것이었다.

"며칠 기다려 보자꾸나."

"차라리 모든 것을 고백하고 처벌을 기다리는 게 어때요? 그럼 혹시 봐줄지 모르잖아요. 더구나 사부님께서는 소녀를 살리기 위해 희생한 것이니까 사실대로 말하면요."

"네 이놈! 그걸 말이라고 하느냐?"

그건 절대 안 될 일이었다.

당시 상황에서는 그 방법뿐이었지만 자신이 지켜본 포달랍궁의 고승들은 고리타분했다. 아무리 전후 사정을 말하고 피치 못할 사정이었다고 설명해도 절대 인정하려 들지 않을 것이 뻔했다.

"아무튼 제자는 이 아이를 절대 아버지 없는 아이로 만들지 않을 거예요. 날 때부터 아버지의 축복을 받는 아이였으면 해요."

"내 말은 아버지 없는 아이로 만들자는 것이 아니라 당분간 숨기자는 얘기니라. 아주가 아니라 잠깐이니라."

"잠깐도 싫어요. 다른 아이들은 태어나자마자 아버지의 사랑을 독차지하는데……."

자정경이 단호히 고개를 저었다.

동천몽이 굳은 얼굴로 쳐다보았다.

"사랑을 주지 않겠다는 것이 아니라 내 위치와 사정을 감안하여 잠시 숨기자는 것뿐인데도 안 된단 말이냐? 제발 궁 밖으로 나가 사가에서 묵거라. 잠시만 있으면 내가 해결하겠느니라."

"싫어요."

자정경은 단호했다. 이제야말로 뱃속의 아이를 볼모로 자신과 더 떨어지지 않으려고 했다.

그것을 증명이라도 하듯 나오지도 않은 배를 어루만졌다.

"빨리 법을 바꾸어요. 대법왕은 혼인을 할 수 있는 것으로 말예요."

동천몽이 눈을 부릅떴다.

"그걸 지금 말이라고 하느냐? 포달랍궁은 대법왕 한 사람만을 위한 곳이 아니니라. 이곳은 세존의 자비와 그분의 뜻이 숨쉬는 대가람이니라."

"그래서 어떡할 건데요? 끝까지 숨기자는 건가요?"

"좋은 묘책이 나올 때까지만 숨겨야지 어찌겠느냐?"

"전 못 기다려요. 이삼 일 내로 해법을 주세요."

금방이라도 자신이 달려가 고백할 것 같은 표정을 지었다. 그것은 누가 봐도 은근한 압력이자 협박이었다.

누구보다도 자정경에 대해 속속들이 알고 있는 동천몽이다. 시원한 해결책을 내놓지 않으면 그러고도 남을 여인이었다. 어떻게 해서라도 자신을 파계시키기 위해 연구를 거듭하던 자정경이었는데, 이유야 어쨌든 관계를 맺었고 생명까지 얻었으니 이 좋은 기회를 그녀가 그냥 보낼 리 없었다.

"만약 말예요."

"그래, 만약?"

"모든 것을 고백하고 처벌을 받는다면 당연히 대법왕의 위(位)를 박탈하고 쫓아내겠죠?"

자정경의 눈이 강렬해졌다.

동천몽의 눈이 커졌다. 자정경은 자신의 속셈을 더욱 노골적으로 드러내고 있었다. 자신이 대법왕 자리에서 쫓겨나기를 바라고 있었다. 대법왕을 그만두고 파계하여 자신과 오순도순 사는 것을 꿈꾸고 있는 것이었다.

먼동이 떠오고 있었다. 백궁의 아침은 새소리가 연다. 접동새 한 쌍이 백단나뭇가지로 날아와 부지런히 떠들고 있었다. 밤새 잘 잤느냐는 인사 같은 접동새의 지저귐을 보며 동천몽은 길게 한숨을 내쉬었다.

밤새 한숨도 눈을 붙이지 못했다.

자정경을 탓할 수만은 없었다. 그녀의 속뜻은 여인이라면 누구든지 소원할 일이었고 평범한 꿈이었다. 부친이 서장제일의 부호이니 더욱더 자신을 세속으로 끌어내고 싶을 것이다. 세속으로 끌어내기만 하면 얼마든지 행복하게 살 자신이 있다는 것이 자정경의 생각이고 확신이었다. 그녀가 생각하는 행복은 지극히 평범했다. 하지만 동천몽이 생각하는 행복은 달랐다.

처음에는 거부했지만 이제는 스스로가 더욱 운명을 받아들이고 순응할 뿐 아니라 적극적으로 대법왕으로서의 삶을 추구하고 싶었다. 동천몽의 행복은 대법왕으로서 빛나는 업적을 이루는 것이었다. 작게는 서장의 평화에서부터 크게는 강호의 평화였다. 윤택한 삶과 태평스런 세상 말고는 더 바랄 것이 없었다.

"소승이 감히 한 말씀 올려도 되겠사옵니까?"

그때 일목이 들어왔다.

눈에 띄지는 않았지만 이미 모든 것을 밤새 지켜보았고 그 또한 나름대로 고민이 적지 않았을 것이다.

"소승은 긴말을 싫어하기 때문에 간략히 말하겠사옵니다. 한마디로 대법모님은 나쁩니다."

"대… 대법모님, 그는 또 누구냐?"

동천몽이 눈을 휘둥그레 떴다.
일목이 그것도 모르느냐는 듯 핀잔을 주듯 말했다.
"대법모님도 모르십니까? 대법왕님의 여인이 되었으니까 대법모님이라고 불러야 하잖습니까?"
동천몽이 어이없다는 듯 일목을 쳐다보았다.
순전히 일목 스스로가 지어낸 호칭이었는데 제법 그럴싸했다.
"으응, 계속 말해보거라."
"대법왕님은 모든 이의 어버이십니다. 그런 분을 혼자 붙들고 살겠다는 것은 이기적입니다."
"이… 이기적?"
"소승 같으면 대법왕님께서 큰 자비를 베풀도록 멀찍이 물러나 주겠사옵니다."
"구체적으로 말해보거라."
"조용히 은인자중하며 살다가 이따금 찾아오시면 그때 실컷 회포를 풀고."
"회… 회포?"
"그런 것 있잖사옵니까? 오랜만에 남편이 돌아오면."
동천몽이 고개를 끄덕였다.
일목이 말을 이었다.
"어차피 아이가 생겼으니 누가 뭐래도 아버지는 대법왕님입니다. 그 사실은 죽어도 변하지 않지요. 이왕 내 남편이 되었으니 맘 편히 먹고 한 걸음 물러나 열심히 뒷바라지를 해주겠습니다."

척!

동천몽이 일목의 손을 잡았다.

"고맙구나. 너라도 그렇게 말을 해주고 날 이해해 주니 가슴이 뜨겁다. 일목이 너야말로 제대로 득도했다."

"드… 득도라뇨? 그냥 마음을 넓게 쓰려고 노력할 뿐이옵니다."

"어쨌든 좋은 말이로구나. 정경이 그 녀석이 그래만 준다면 얼마나 좋겠느냐?"

"이런 말이 있습니다. 한번 밀리면 계속 밀린다."

"……"

"어려운 말 아닙니다. 말 그대로 한번 밀리기 시작하면 계속 밀린다는 뜻이지요."

"좀 자세히 말해주겠느냐?"

"간단합니다. 절대 대법모님 말씀을 듣지 마십시오. 한두 번 들어주다 보면 자꾸 들어주게 됩니다."

동천몽의 눈이 예광을 뿌렸다.

"그러니까 단호히 내 의사표시를 하라는 얘기구나."

"바로 그것입니다. 냉정하고도 무섭게 대법왕님의 의사를 전달하는 것입니다. 뿐만 아니라 천검은왕님을 불러 사실대로 말씀하십시오."

"그… 그러다 잘못되면 어찌하느냐? 안 봐주면?"

"하는 수 없죠."

뭔가 좋은 묘안을 기대했는데 너무 간단히 대답하자 동천몽의 이마가 찡그려졌다.

"무슨 말이냐? 네 말인즉 아무리 어쩔 수 없는 상황이라고 해도 천검은왕이 참작해 주지 않으면 내려지는 처벌을 달게 받으라는 얘기냐?"

씨익!

갑자기 일목이 야릇한 웃음을 지었다.

그러더니 주위를 살피고서 목소리를 낮췄다.

"대법왕님께서 누구십니까? 말 그대로 포달랍궁의 수장이며 서장무림의 총수 아니십니까?"

"초… 총수."

"저희 배교에서는 우두머리의 또 다른 이름으로 그렇게 부릅니다. 더구나 대법왕님께서는 포달랍궁 역사상 그 어떤 대법왕님보다 뛰어나고 훌륭하시고 강하시며 자비로우십니다. 그런 분을 내치기야 하겠습니까?"

동천몽이 일견 수긍한다는 듯 고개를 가볍게 끄덕였다.

일목이 약간 목소리를 높였다.

"더구나 작금의 강호는 아주 위태롭습니다. 다시 말해 대법왕님이 계시지 않으면 본 궁은 겁난에 휩싸일지도 모른다는 것입니다."

"겁난?"

"본 궁은 강호의 은원에 깊숙이 발을 담가 버렸습니다. 물론 대법왕님의 사가와 형제들로 인해 어쩔 수 없었던 일이지만 어쨌든 피의 은원을 맺었기 때문에 만약 대법왕님이 물러나시면 적이 우릴 가만두겠습니까?"

"그러니까 절대 천검은왕이 날 징계하지는 못할 것이란 말이구나?"

"그렇습니다. 대법왕님이 물러나는 순간 본 궁은 피바람에 휩쓸릴 텐데 돌머리가 아닌 이상 바보 같은 짓을 하겠습니까? 더구나 그날의 일은 대법모님께서 목숨이 경각에 달했고, 그 방법이 아니고서는 도저히 구할 수 없지 않았습니까? 그리고 뱃속의 아이 또한 그렇게 생긴 것인데 어떡하란 말입니까? 천검은왕이 어떤 징계를 내려 뱃속의 아이에게 아비가 없게 되는 불행을 당한다면 그 또한 엄청난 죄 아니겠습니까?"

"상당한 부담감으로 작용하기 때문에 극단적인 징계는 없을 것이라는 말이구나."

일목의 고개를 흔쾌히 끄덕였다.

동천몽은 자신감을 되찾은 듯 헛기침을 두어 번 해댔다.

일목이 다시 말했다.

"천검은왕을 불러 모든 것을 털어버리십시오. 필시 천검은왕 또한 대법왕님께서 뭔가 고민을 안고 있다는 것을 지금쯤 눈치 채셨을 것입니다."

"그렇긴 하겠지."

"쇠뿔도 단김에 빼라고 했는데 지금 당장 불러 자초지종을 말씀하십시오."

"지금 당장?"

"네, 그런 일은 빠를수록 좋습니다."
"그렇지만……."
동천몽이 더듬거렸다.
선뜻 천검은왕을 불러 모든 전모를 밝힐 용기가 나지 않는 표정이었다.
"대법왕님께서 소승에게 많은 가르침을 주셨지만 이것 한 가지만큼은 확실히 기억하고 있습니다. 장부의 생명은 배짱이라는 말씀입니다. 장부는 배짱 빼면 별로 남는 게 없다고 하셨잖습니까? 대법왕님으로서의 품격을 살리느라 예전 모습이 많이 사라지셨지만 그래도 왕왕 소주의 개고기다운 기세가 뿜어나오는 모습을 보면 존경스럽습니다. 지금이 그 기세를 다시 한 번 보여줄 때라고 생각합니다. 대신 그냥 부르는 것보다는."
그러면서 입술을 움직였다.
만약을 대비해 전음을 보내고 있었는데 갑자기 동천몽이 불끈 주먹을 쥐었다.
"좋다. 가서 천검은왕을 불러 오거라."
"잘하셨습니다. 당장 모셔오지요."
일목이 밖으로 나갔고 동천몽이 더욱 주먹을 불끈 쥐었다.

第七章
공포

긴장이 되는 듯 실내를 서성거리더니 창가에 놓인 탁자 위 물주전자를 들어 물을 마셨다.

커어!

트림을 하며 물주전자를 놓는 동천몽의 표정이 때마침 떠오르는 햇빛을 받으며 붉게 타올랐다.

"대법왕님, 모셔왔습니다."

문밖에서 일목의 목소리가 들려왔다.

'이렇게 빨리!'

백궁에서 천검은왕의 거처까지는 오 리 길이었다. 그런데 차 한 잔 마실 시간도 되지 않아 데려온 것이다.

사실 일목이 보낸 전음의 내용은 이러했다.

아침 일찍 천검은왕을 찾아가는 것 자체가 그를 긴장시키기에 전혀 부족하지 않다는 것이었다. 거기다 천천히 데려오는 것보다는 화급을 다투는 일이라면서 미친 듯이 끌고 오면 천검은왕의 모든 감각과 감정은 긴장을 넘어 공포와 두려움에 빠질 것이라는 게 일목의 의견이었다.

그를 잔뜩 공포 속에 몰아 넣어 제정신이 아니도록 만든 후 은근슬쩍 사실을 밝히자는 것이었다. 완전히 혼을 빼놓으면 동천몽이 어긴 계율에 대해서는 심각하게 생각할 겨를이 없을 것이라는 게 일목의 말이었고, 쓸만한 전략이었기에 곧바로 수긍을 한 것이다. 그리고 일목은 미친 듯이 달려가 천검은왕을 데려온 것이다.

"들어오너라."

동천몽이 차갑게 목소리를 깔았다.

문이 열리고 일목이 천검은왕을 데리고 들어섰다. 얼마나 빨리 달려왔는지 천검은왕은 헐떡거렸고 예상대로 표정이 돌덩이처럼 굳어져 있었으며 휘둥그래진 시선으로 허리를 굽혔다.

"화… 화급을 다투는 일이라 들었나이다. 무슨 일이시온지 말씀해 주소서."

동천몽이 천검은왕을 바라보았다.

쇠를 녹일 듯한 강렬한 눈빛이 쏘아오자 천검은왕이 흠칫했다.

이 갑자 내공을 지닌 자신인데도 정면으로 받아낼 수 없을 만큼 동천몽의 눈빛은 맹렬했다.

 불현듯 가슴이 철렁했다. 눈빛은 대개가 상대의 감정을 대변한다. 그런데 저토록 가공할 눈빛을 보낸다는 것은 필경 자신에게 상당한 감정이 있다는 뜻이었다. 더욱 가능성이 농후한 것이, 이 자리에 자신만 불렀다는 것이다. 공적인 일이라면 사대법왕을 모두 불렀을 것이다. 더구나 어젯밤 개운하지 않은 마무리로 인해 밤새 한잠도 자지 못했다. 그런데 이렇게 아침 일찍 또다시 부르자 천검은왕은 거의 녹초가 되어 있었다.

 퍼억!

 천검은왕은 무릎을 꿇었다.

 왠지 무릎을 꿇어야 할 것 같았다.

 "소… 소승이 무슨 잘못을 했나이까? 죄를 지었다면 자비를 베푸소서. 그냥 죽여주소서."

 동천몽이 무릎을 꿇고서 올려다보는 천검은왕을 금방이라도 녹여 버릴 듯 노려보았다.

 움찔!

 그러자 천검은왕은 더욱 시선을 맞추지 못하고 급기야 고개를 떨구어 버렸다.

 "아미타불! 죽여주소서!"

 천검은왕이 통곡하듯 외쳤다.

 동천몽이 천검은왕을 향해 다가가더니 가만히 내려다보았다. 지척에서 내려다보자 천검은왕은 더욱 위축되며 고개를 떨구었다.

"손을 다오."

천검은왕이 부들부들 떨며 두 손을 들어 올렸다.

동천몽이 주름살 가득한 천검은왕의 두 손을 꼬옥 감싸며 말했다.

"늙었구나."

꿈틀!

눈빛과는 정반대되는 따뜻한 목소리에 천검은왕이 몸을 가볍게 떨었다.

"은왕."

"며… 명을 받사옵니다."

천검은왕이 양팔을 잡힌 채 고개만 숙였다.

동천몽이 말했다.

"날 용서하거라."

"아… 아니옵니다. 소승을 꾸중하소서."

"여자를 범했다. 물론 그 여자는 정경이니라."

동천몽은 빠르게 당시 상황을 설명했다.

어쩔 수 없었음을 강조하며 마무리했고, 잠시 동안 천검은왕은 아무런 반응이 없었다.

일목도 천검은왕의 반응에 잔뜩 긴장하여 쳐다보았다.

천검은왕이 머뭇거리며 고개를 쳐들었다.

"무… 무슨 말씀을 하시는지 소승은 잘 모르겠나이다."

"별것 아니니라. 정경이를 범했다는 얘기다."

"그… 그럼 소승을 두들겨 패기 위해 부른 것이 아니옵고······?"

"내가 왜 널 때린단 말이냐? 넌 착하다. 아주 착하다. 꾸중은 본왕이 들어야지."

천검은왕이 눈을 깜박거렸다.

한참 동안 깜박거리더니 천검은왕이 큰 소리로 외쳐 말했다.

"감사하옵니다!"

멈칫!

동천몽이 놀란 시선을 던졌다.

"감사하옵니다. 소승은 죽을죄를 지은 줄 알고 너무 놀랐사옵니다."

"미안하구나. 그래, 날 용서하겠느냐?"

"물론이옵니다. 무조건 용서하지요. 대법왕님께서는 소승의 영원한 주인이시며 스승이시옵니다."

와락!

동천몽이 손을 힘주어 쥐고 쭈그리고 앉아 눈높이를 맞췄다.

"진짜냐? 날 용서한단 말이지?"

"네, 아무 염려 마옵소서."

"정경이를 범했는데도?"

"그까짓 게 무슨 대수······? 가만, 지금 무슨 말씀을 하셨사옵니까?"

그제야 정신이 든 듯 천검은왕이 눈에 힘을 주었다.

하나 동천몽은 이미 일어났고 어깨를 토닥였다.
"고맙구나. 역시 넌 본왕이 가장 총애하고 아끼는 제자이니라. 그만 일어나 가보거라."
천검은왕은 주춤거리며 일어섰다.
동천몽을 바라보는 천검은왕의 표정은 굳어 있었다. 반면 동천몽은 흐뭇한 미소를 머금고 말했다.
"뭐 하느냐? 어서 가보거라."
"아, 예!"
천검은왕이 합장을 하고 돌아섰다. 그러나 그의 표정은 완전히 시커멓게 굳어 있었다.
힐끔!
분노한 얼굴로 일목을 쳐다보자 고개를 돌려 버렸다.
철저히 두 사람의 계산에 말린 것이다. 잠자리에서 일어나자마자 화급을 다투는 일이라고 데려와 얼을 뺐고, 동천몽은 살벌한 눈빛으로 자신을 위축시켰다.
모든 것이 철저히 두 사람의 작전대로 끝나 버렸다.
문을 열고 나가려던 천검은왕이 돌아섰다.
"여… 여인을 범했다고 했사옵니까?"
"무척 괴로웠는데 네가 용서해 준다고 하니 정말 고맙고도 감사하구나. 배고플 텐데 어서 가보거라. 난 서재에 볼일이 있구나."
그러면서 곧바로 돌아서서 서재로 쏙 들어가 버렸다.
'아미타불!'

천검은왕이 내심 불호를 중얼거리며 문을 열고 나갔다.

간부들의 죄는 자기 독단으로 처리할 수 있었다. 장로 급 이상은 징계에 대한 최종 결정은 자신이 쥐지만 일단 사대법왕이 모여 토론을 벌인다. 대법왕이 계율을 위반했을 때는 사대법왕과 장로들이 모여 토론을 거친다. 그러나 마지막 결정은 자신이 내린다. 그러나 다른 간부들과 달리 반드시 장로회의에 상정해야 하는 것이었다. 그런데 모든 것을 용서한다고 약속해 버렸다. 장로회의에 상정하지 않고 독단으로 처리했다고 해서 대법왕에 대한 단죄가 추가로 생기거나 자신의 결정이 무효가 되는 따위의 일은 벌어지지 않지만 적지 않은 문제가 뒤따를 것이다. 가장 큰 골칫거리는 정식 절차를 밟지 않았기 때문에 장로회의에서 대법왕의 도덕성을 놓고 문제 삼을 수 있다는 것이었다. 징계는 피했지만 대법왕의 도덕성과 권위가 흔들릴 수 있는 것이다.

휘이이!

길은 가던 천검은왕은 급기야 길가 바위에 털썩 주저앉았다.

생각할수록 사태가 심각했는데 자신이 너무 생각없이 처리해 버린 것이다. 이제 와서 일목과 동천몽의 작전에 말려들었다고 변명해 봤자 자신만 못난 사람 취급 받을 것이다.

어찌나 겁을 먹었던지 제정신이 아니었다. 땅을 치고 후회해 봤자 소용없는 일이며 이왕 이렇게 되었으므로 최선은 모든 것을 비밀에 부치는 것뿐이었다.

"아니, 자네 거기서 뭐 하는가?"

깜짝 놀라 고개를 돌리자 천장금왕이 내려오고 있었다.

"무슨 한숨인가? 얼굴이 좋지 않군."

"사… 사형."

"이 사람 왜 그러나? 목소리도 떨리고 입술도 바짝 말랐잖은가?"

"아무것도 아니옵니다. 어딜 가시는 길이옵니까?"

"대법왕님을 좀 뵐까 하네. 그런데 자네 정말 별일 없는가? 아픈 사람처럼 안색이 무척 창백하군."

"괜찮사옵니다. 어서 가보십시오."

합장을 하며 천장금왕을 쫓다시피 보냈다.

고개를 갸웃거리며 사라지는 천장금왕을 보며 천검은왕은 입술을 깨물었다.

'묻자!'

가슴에 묻기로 했다.

동천몽 또한 다른 사람 앞에서는 절대 입은 열지 않을 것이다. 오히려 자신보다 더 입을 닫기 위해 노력할 것이다.

'아미타불!'

새삼 동천몽의 영리함에 혀를 내둘렀다.

사대법왕의 위(位)에 올라서자마자 가장 먼저 동천몽에 대한 조사에 착수했다. 받들어 모셔야 할 윗사람이었으므로 자세히 알아둘수록 좋다는 뜻에서였다. 동천몽에 대한 소문은 대충 들었지만 직접 조사한 결과 큰 차이는 없었다. 성질은 약간 거칠었지만 머리는 단순했으며 잔머리가 발달해 있었다. 그것 말고는 주의할 것도 없었고 아랫사람들을 못살게 한다거나 잔소리가 많지도 않았다. 그래서 모시기 편한 대법왕이라고 나름대로 생각했는데 오늘 뒤통수를 맞았다. 그것도 엄청 세차게.

왜 잔머리가 뛰어나다고 다들 입을 모았는지 오늘 그 이유를 똑똑히 보았다.

'헛헛! 소승이 졌습니다.'

자신의 완전한 패배였다.

씁쓸한 미소를 짓고 걸어가는데 갑자기 뾰쪽한 여인의 목소리가 들려왔다.

"은왕 사형."

자정경이 빠른 걸음으로 다가왔다.

천검은왕의 표정이 굳어졌다. 모든 사건의 시발점이자 원인 제공자인 여인이다.

사실 이번 일이 있기 전부터 사대법왕 사이에서는 상당한 말이 있었다. 속가제자이기 때문에 궁에 머문다고 해서 문제될 것은 없었지만 중요한 것은 당사자가 여자라는 것이었다. 그것도 무림쌍미 중 한 명인데다 옷차림 또한 지나칠 만큼 노골적이었다. 더구나 동천몽 곁에 오래 있다 보면 무슨 일이 생길지 모른다는 염려가 전대 법왕들 사이에서도 있었다는 말을 듣고 기회를 보아 내보내려고 했다. 그런데 마침내 우려했던 일이 일어나고 만 것이다.

"무슨 일인가, 사제?"

퉁명스런 천검은왕의 목소리에 자정경의 눈이 빛을 뿌렸다. 천검은왕의 기분이 별로 좋지 않다는 것을 눈치 챈 듯했다.

하나 그녀는 이내 웃음을 지었다.

박속 같은 하얀 이를 드러내고 웃는 그녀에게서 그윽한 향기가 풍겼다.

천검은왕은 뒤로 한 걸음 물러났다.

자신처럼 수양이 얕지 않은 사람도 마음이 움직이는데 하물며 열혈청년이랄 수 있는 대법왕이 넘어가지 않는다는 것은 말이 안 되었다.

"사부님을 만났다고 들어서요."

"그… 그렇네. 만나뵈었네."

"이른 아침부터 무슨 일로 만나셨죠? 혹시……?"

"사제와의 관계에 대해 말씀하시더군."

자정경의 눈이 커졌다.

마침내 원하던 일이 일어난 것이다.

"정말인가요? 뭐라고 하던가요?"

"사제와 그… 짓을 했다고 하셨네."

그 짓이란 표현에서 천검은왕이 더듬거렸다.

"그리구요?"

"아이까지 생겼다더군."

"그래서 어떤 처벌을 내렸나요? 대법왕이지만 여색을 탐한 죄가 얼마나 큰지 알고 있어요?"

"사제의 말처럼 여색을 탐한 것은 큰 죄이지. 하나 대법왕님의 말씀을 들어보니까 추잡한 욕망에 의해서가 아니라 사제의 꺼져 가는 목숨을 살리기 위해 한 몸 내던지신 살신성인이셨더군."

"사… 살신성인?"

"그냥 넘어가기로 했네. 물론 앞으로 적지 않은 잡음이 있겠지만 큰 문제는 아닐 것이라고 믿네. 잠시 후 사대법왕을 모두 모아 이 문제를 얘기할 걸세."

자정경의 안색이 흙빛으로 변했다.

동천몽이 파계당하고 자신과 나란히 세속으로 떠나는 모습을 꿈꿨는데 전혀 엉뚱한 결과가 다가오고 있었다.

"진짜로 말씀하셨나요?"

"그렇다니까."

"그런데 아무런 징계를 내리지 않았단 말인가요?"

"난 바쁘네. 이만 가봐야겠네. 더 자세한 것을 알고 싶으면 대법왕님께 직접 묻게."

천검은왕이 총총걸음으로 사라졌다.

자정경은 한동안 얼어붙은 듯 꼼짝도 하지 않았다. 원대한 꿈이 완벽히 물거품이 되고 있었다.

꿈속에서 태어난 아이를 데리고 자신과 동천몽이 여행 가는 꿈을 꾸었다. 물론 꿈속의 동천몽은 파계를 당했고 머리를 기른 완벽한 절세미공자였다. 꿈은 반대라더니, 진짜란 말인가. 한여름밤의 꿈처럼 잠시 동안이었지만 무척 행복했었다.

자정경이 넋을 잃고 있을 때 좌측으로부터 목소리가 들려왔다.

"무슨 일 있느냐? 얼굴 표정이 왜 그러느냐?"

자정경이 고개를 돌리자 자추동이 다가오고 있었다.

자정경이 놀라며 다가갔다.

"아버님."

자추동은 자신보다 훨씬 일찍 돌아와 흑수당을 재건했다. 이미 서장의 상권은 완전히 복원했고 중원 진출을 위해 요즘 바쁘다.

"어떻게 여긴……?"

"왜, 아비가 오면 안 되는 곳이냐?"

"그건 아니지만……."

"전쟁 중 아니냐? 아무리 싸움의 한복판에 있는 것은 아니지만 포달랍궁의 형편이 썩 좋지 않다더구나. 그래서 대법왕님을 뵙고 성의를 표했다."

"얼마나 드렸어요?"

"얼마라니? 얼마 주었는지는 알아서 뭐 하려느냐?"

자추동이 눈을 크게 떴다.

자신이 누구에게 얼마를 주든지 한 번도 관심을 갖거나 액수를 묻지 않던 자정경이었다.

"이왕 주실 바엔 많이 좀 드리라구요. 옛날처럼 줘놓고 욕먹

어서는 안 된다는 것을 말씀드리려구요."

자추동이 고개를 끄덕였다.

"맞는 말이다. 생색이 아닌 마음에 우러난 시주가 되어야 주는 사람이나 받는 쪽 모두가 행복한 법이지. 염려 말거라. 몇 년 흉년이 들어도 굶을 일은 없도록 풍족하게 주었느니라."

자추동이 길가에 있는 바위에 걸터앉으며 말했다.

"날 따라가자꾸나."

"네?"

자정경이 놀라 돌아보았다.

자추동이 딴 곳을 보며 말했다.

"아무 소리 말고 아비를 따라가자. 여긴 더 이상 네가 있을 곳이 못 되느니라."

자정경이 놀란 시선으로 말대꾸를 하지 못했고, 자추동이 일어서서 말했다.

"너에게 실망했느니라. 대법왕님을 향한 너의 사랑이 얼마나 깊은지는 알고 있지만, 그렇다고 그런 식으로 몰아가려 하다니 그것은 너무 속 좁다."

"사부님께서 말씀하시던가요?"

"그분께서 그런 말 하실 분이냐?"

"그럼 어떻게 아셨어요, 사부님께서 말해주시지 않았으면?"

"사랑은 독점이 아니니라. 더구나 대법왕님 같은 위대한 분을 좋아하는 여인이라면 생각도 보통의 여인들과는 달라야 하지 않겠느냐? 이번 일은 무조건 너의 잘못이 크다. 대법왕님의 어깨에 포달랍궁과 서장뿐만이 아니라 강호의 미래가 달려 있다. 그런데 넌 속 좁게 너 한 사람의 행복을 위해 대법왕님을 구속하려 하고 있다."

자정경이 아무 대꾸도 않는다.

사실 자추동의 말은 구구절절 옳았다. 자신도 이미 후회하고 있었다. 너무 사랑하기 때문에 곁에 두려 했지만 돌이켜보면 좁은 생각이다. 아녀자의 좁은 세상을 벗어나지 못한 단편적인 의식에 스스로도 부끄러움을 느끼기 시작했다.

"그렇잖아도 돌아갈 생각을 했어요. 다만 시기를 언제로 잡아야 하는지가 문제였을 뿐."

흠칫!

자추동이 놀란 표정을 지었다.

자정경이 눈물을 흘리고 있었다.

"정경아."

"아버지."

자정경이 자추동의 품에 안겨 흐느꼈다.

부친이기 때문에 가급적 자신의 자존심을 건드리지 않고 말했을 뿐이다. 다른 사람이라면 자신을 속 좁은 여자 따위의 고상한 표현을 써가며 말하지는 않았을 것이다. 필시 자신의 행복밖에 모르는 꽉 막힌 계집이라고 얼마나 손가락질할까.

당장 주위 사형, 사제들부터가 그러할 것이고, 천검은왕은 벌써 그런 시선을 보내지 않았던가.

누군가를 이토록 목숨 걸어 사랑해 보기는 처음이었다. 아무리 외면하려고 해도 도무지 고개가 돌려지지 않은 사내가 동천몽이었다. 대법왕이고, 그의 운명이 한 여자와 절대 만족하며 살아야 할 범부의 삶을 요구하지 않는 구도자라는 것을 알면서도 혼자 독점하려고 했다. 안 되는 줄 알면서도 잠시 못된 생각을 했었다. 아무리 되돌아봐도 평범한 여자라면 누구든 취할 수 있는 행동을 했는데도 왜 이렇게 서럽고 슬프단 말인가.

"흑흑흑!"

자정경은 자추동의 앞가슴이 흥건히 젖도록 울었다.

눈이 흔들리고 있었다. 겉은 잔잔했지만 자세히 들여다보면 안쪽으로 거센 회오리가 몰아치고 있음을 알 수 있었는데, 그것은 곧 눈의 주인공의 감정이 지금 무척 격앙되어 있음을 보여주고 있었다.

이미 자정경이 탄 마차는 사라지고 보이지 않는데도 동천몽의 시선은 창밖에 꽂힌 채 움직일 줄을 몰랐다.

마차가 사라지고 이각쯤 더 지나서야 시선을 거두고 자리에 앉았다.

"차를 드릴까요?"

입구에서 다각승이 말했다.

동천몽은 가타부타 대답이 없었고 반 각쯤 지나 차 심부름을 하는 다각승이 김이 피어나는 용정을 가져왔다.

동천몽은 차를 한 모금 마셨다. 아무 소리 않고 차를 마셨고

공포 227

다각승은 조용히 밖으로 나갔다. 혼자 남은 동천몽은 굳은 얼굴로 찻잔을 들어 올렸다 내려놨다를 반복했다.

"다녀왔사옵니다."

일목이 들어왔다.

마차를 산문 밖까지 직접 몰아 배웅하라는 명령을 받고 다녀오는 길이었다.

"잘 갔느냐?"

"예."

동천몽의 기분을 감안한 듯 일목의 대답이 조용했다.

"울더냐?"

"예."

동천몽이 찻잔을 들어 올렸다.

"내게 무슨 한 말 없더냐?"

"건강하시라고……."

스스로 떠나지 않으면 강제로라도 내보내려고 했다. 같이 놀아줄 한가할 때가 아니기도 했고 제자들 공부하는 데 적지 않는 방해가 된다는 사대법왕의 청을 받아들인 것이다. 그런데 다행히 본인이 스스로 궁을 나가겠다고 말해 그나마 한 가지 염려를 던 것이었다.

하지만 그녀 또한 본인이 좋아 사가로 돌아간다는 말을 한 것은 아니었다. 어쩔 수 없이 떠나야 했기에 더욱더 서럽게 울고 아쉬움을 남겼을 것이다.

중원 사람들은 자신더러 무척 행복한 사람이라고 말했다.

대법왕의 위에 있으면서 중원에서 가장 아름다운 여인 중 한 명을 제자로 두었다는 것이 행복할 것이라는 게 그들의 이유였다. 물론 그들의 생각이 크게 틀리지 않음을 인정한다. 대법왕이란 직위는 평범하지 않았고 무림제일미라는 명예를 지닌 여자는 사내라면 누구든 탐을 낼 가치가 있었다.

하지만 언젠가부터 그 두 가지는 막중한 부담과 책임감으로 자신을 짓누르고 있었다. 최소한 일 년 전만 됐더라도 자정경의 뜻처럼 홀가분하게 모든 것을 벗어 던지고 평범한 사내로, 한 여인의 남편으로 인생을 살아갔을지도 모른다. 그러나 이제는 그게 아니었다. 자신에게는 강호에 평화와 온전한 불법을 전파할 큰 사명이 주어져 있음을 알았다. 그것은 절대 거절할 수 없고 외면할 수 없는 천명이었다.

"덕배이옵니다."

"들라."

덕배 선사가 들어섰는데 걸치고 있는 가사가 땀에 흠뻑 젖어 있었다. 한눈에 무예 수련 중이었음을 알 수 있었다.

동천몽이 찻잔을 내리며 물었다.

"용건 있느냐?"

"송구하옵니다만 묘한 사고가 생겼사옵니다. 두 명의 제자가 주화입마 현상을 보이고 있사옵니다."

"주화입마?"

덕배 선사가 빠르게 설명을 했다.

그의 말을 요약하면 밀종대수인을 수련하던 천룡구십구불

중 두 사람이 갑자기 기혈 역류 현상에 빠지더니 헤어나오지 못하고 주화입마에 빠져들고 있다는 것이었다.

천룡구십구불뿐만 아니라 포달랍궁의 모든 무승들은 지금 전력을 다해 무예 수업 중이었다. 그것은 동천몽의 긴급 지시에 의한 것이었는데, 향후 강호의 패권을 놓고 벌일 싸움은 무척 처절할 것이라는 것이 그런 명령을 내린 동천몽의 설명이었다. 적은 포달랍궁의 상대가 되지 않지만 어떤 적보다 더 강하고 악착같이 나올 것이 뻔했다. 비록 외형적으로는 목와북천이 천하제일패자이지만 누구든 언제든지 상황을 뒤집을 수 있는 형국이기 때문이다. 좀 더 버티고 악착같으면 해볼 만하다는 생각을 모두가 갖고 있어서 겉모습과는 달리 싸움이 잔인해질 것이기 때문에 방심하지 말란 얘기였다.

천룡구십구불은 오래전부터 밀종대수인을 수련하고 있었다. 덕배 선사가 수장으로 취임하자마자 배우도록 했다. 워낙 어려운 무공이었기 때문에 대부분이 연마를 기피하였지만 배워놓기만 하면 자신의 능력이 달라진다는 설득에 모두 수긍했고 얼마 전부터 위력이 나타나기 시작하여 요즘은 더욱 열심이었다.

더구나 큰 전쟁을 앞둔 상황이어서 더욱 매진했는데 그만 주화입마가 생기고 있다는 보고였다.

넓은 연무장에 천룡구십구불이 오와 열을 맞춰 서 있었는데 상의를 탈의했다. 구렁이가 온몸을 휘감고 있는 것 같은 구릿

빛 근육이 더욱 그들의 강인함을 설명해 주고 있었는데, 두 명의 승려가 바닥에 누워 피를 흘리고 있었다.

동천몽이 두 사람의 몸을 살폈다.

둘 모두 무척 낙담한 얼굴이었는데 기혈 소통이 되지 않고 있었기 때문이다. 기혈 소통이 되지 않는다는 것은 내공이 소멸되기 직전의 단계였다. 지금의 단계에서 조금만 더 악화되면 내공이 소멸되고 완전하게 무공을 잃는 주화입마에 빠진다.

동천몽은 두 승려에게 결가부좌토록 지시했다.

일어나 운기조식을 취하던 두 승려가 피를 토했다.

"악!"

"커럭!"

검붉은 피다. 다행히 아직까지 덩어리가 지지 않은 것을 보면 가능성이 있었다. 하지만 아무리 몸을 살펴도 어디에 문제가 있어 사고가 발생했는지 알 수가 없었다.

이미 사대법왕과 내로라하는 원로들이 나와 원인 분석에 열을 올렸지만 모두가 굳은 얼굴이었다. 그리고 끝내 동천몽에게 시선을 집중했다. 유일한 희망으로 본 것이었다.

"덕배!"

"하명하소서."

"내가 보는 데서 밀종대수인을 한 번 펼쳐 보아라."

덕배 선사가 기수식을 취하더니 양손을 가슴 앞에 모았다가 끌어 올려 벼락처럼 내쳤다.

공포 231

화아악!

양손에서 강력한 장력이 뻗어나가더니 십여 장 밖에 있는 거대한 미루목을 쳤다.

콰앙!

나무가 흔들리며 푸른 잎들이 바닥으로 떨어졌지만 부러지지는 않았다. 나무를 부러뜨리지 않고 푸른 잎사귀만 떨어뜨리는 능력이야말로 펼친 무공을 완전하게 깨우치지 않고서는 시늉 낼 수 없었다.

"다시 해봐라."

덕배 선사가 다시 장력을 날렸다.

손바닥이 뒤집힌 것 같은데 또다시 나무가 흔들렸다.

지켜보던 원로들 입에서 감탄과 경악성이 터져 나왔다. 자신들도 워낙 복잡하고 어려워 밀종대수인을 기피했다. 얻기만 하면 최고가 될 수 있는 기예인데 연거푸 두 번을 보았지만 뭐가 뭔지 알 수가 없었기 때문에 놀란 것이다. 절정의 고수들인 만큼 어지간한 무공이라면 대략 장로(掌路)를 읽어내지만 깜깜했다.

척!

동천몽이 양손을 모으더니 벼락같이 앞으로 내밀었다.

"엇!"

덕배 선사만이 놀랐다.

그도 그럴 것이 자신이 취했던 동작을 그대로 재현해 보였기 때문이다.

빡!

자신만큼은 못해도 미류목이 흔들거렸다.

"맞느냐?"

"대… 대법왕이시여?"

덕배 선사가 놀라 눈을 부릅떴다.

"맞는지 안 맞는지 대답만 해라."

"구… 구 할 이상이 맞사옵니다."

덕배 선사는 기절 직전이었다. 동천몽 앞만 아니라면 필시 기절했을 것이었다. 체신혜감이라고 들었지만 단 두 번 보고 완벽에 가까울 만큼 흉내를 낼 줄이야…….

"한 번만 더 보이거라."

덕배 선사의 눈이 잠겼다.

한 번만 더 보이라는 것은 부족한 나머지 부분을 이번에 확실히 고쳐 완벽히 보여주겠다는 뜻이었다.

그래서 덕배 선사는 자세히 볼 수 있도록 할 요량으로 느리게 동작을 가져갔다.

그런데 동천몽이 다그쳤다.

"헛 짓 때려치우고 하던 대로 해라. 제대로 말이다."

"알겠나이다."

덕배 선사는 깜짝 놀라며 벼락같이 일장을 날렸다.

모든 시선이 동천몽에게 몰렸다.

동천몽이 알았다는 듯 가볍게 고개를 끄덕이더니 휙 하며 빠르게 양손을 쳐갔다. 그런데 일장만 뻗는 게 아니라 연거푸

오 장을 쳐냈다.

따다다—닥!

미류목 아래서부터 위까지 두 자 간격을 두고 다섯 개의 손바닥이 찍혔다. 물론 나뭇잎 또한 우수수 떨어졌다.

"와… 완벽하옵니다!"

덕배 선사가 숨넘어가는 듯한 소릴 했다.

동천몽이 앉아 있는 두 사람을 보며 말했다.

"일어서라."

두 사람이 고통스러운 듯 이마를 찡그리고 일어났다.

"밀종대수인의 기수식을 취하거라."

두 승려는 엉거주춤 자세를 취했다.

하지만 장력을 날리지 않았고, 동천몽이 버럭 소릴 질렀다.

"시전해 보거라, 배운 그대로!"

두 승려가 이마를 찡그렸다. 기혈을 끌어올리자 무척 고통스러웠지만 동천몽이 지켜보고 있었기에 이를 악물고 손을 뻗었다.

두 사람의 장력이 나무를 때렸지만 동천몽과는 많은 차이가 있었고, 비명을 질렀다. 간신히 일장을 때렸지만 무리하여 운기한 탓에 오장육부가 꼬인 것이다.

"덕배 네가 보기에는 어떠냐? 지금 두 사람의 자세 말이다."

덕배 선사가 멈칫했다.

듣기에 따라 동천몽의 말은 두 사람의 초식 운용에 문제가 있다는 것이었다.

"소승과 별 차이가 없사옵니다. 다만 내기를 끌어올리는 상태가 원만하지 못해 위력이 떨어질 뿐입니다."

"정녕 다른 곳에서는 문제가 없단 말이냐?"

"그러하옵니다."

동천몽이 고개를 갸웃거렸다.

덕배 선사가 물었다.

"뭐가 잘못되었는지요?"

"내 눈에는 잘못되었다."

"네엣?"

덕배 선사의 눈이 부릅떠졌다.

다른 건 몰라도 밀종대수인에 관해서는 자신이 위다. 그런데 동천몽이 자신도 짚어내지 못한 문제점을 발견했다는 것이었다.

동천몽이 두 승려를 향해 다시 말했다.

"다시 펼쳐 보거라."

두 승려의 얼굴이 검게 변했다. 한 번씩 펼칠 때마다 온몸이 토막 나는 듯한 고통을 느낀다. 도저히 펼치고 싶지 않았지만 상대는 대법왕이고, 더구나 자신들을 돕기 위해 수고하고 있지 않은가.

슉!

슈욱!

두 사람이 반쯤 손을 뻗쳤을 때 동천몽의 음성이 대기를 갈랐다.

"멈춰랏!"

두 승려의 팔이 반쯤 뻗다 멈췄다.

덕배 선사가 고개를 갸웃거렸다. 멈춘 두 승려의 자세는 완벽했기 때문이다. 지금 상태에서 곧장 뻗어내면 완전한 밀종대수인이 되는 것이었다.

그런데 동천몽은 손을 보고 말하지 않았다.

"두 사람의 호흡 상태는 지금 어떠느냐? 내가 보기에 완전히 다 뱉었을 것이니라."

두 승려의 눈이 커졌다.

그리고 맞다는 듯 고개를 끄덕였다.

"뭣이? 지금 숨을 모두 뱉었단 말이냐?"

덕배 선사가 놀라 묻자 두 승려가 다시 고개를 끄덕여 맞다고 했다.

무예에서 호흡은 생명이다.

호흡 속에 위력이 담겨 있기 때문이다. 그래서 호흡의 차이는 곧 생사의 차이이기도 했다.

"내가 보기에 밀종대수인의 생명은 호흡을 어떻게 쓰느냐에 달려 있다. 마지막 손을 뻗었을 때 호흡을 뱉어내야 한다. 그런데 너희들은 중간에 뱉었다. 마지막에 호흡이 없다 보니 내기가 분산되고 분산된 내기는 곧 세맥을 통해 역류한 것이다."

두 승려보다 덕배 선사가 받은 충격은 더 컸다.

자세의 지적은 몰라도 보이지 않는 호흡에 문제가 있다는 것을 알아내다니, 도무지 이해가 되지 않았다. 어떻게 보이지 않는 호흡에 문제가 있음을 꿰뚫어 본단 말인가.

동천몽의 지적을 받은 두 사람은 다시 밀종대수인을 펼쳤다.

쾅!

콰아앙!

조금 전과는 전혀 다른 양상이 전개되었다.

미류목이 거칠게 흔들렸는데 앞선 장법과는 위력에서 큰 차이를 보였다.

"밀종대수인을 거꾸로 시전하여 흩어진 내기를 모아라."

이미 몸 곳곳 세맥으로 상당한 진기가 흩어져 있다. 그것을 긁어 모으기 위해서는 역동작으로 가져가야 한다. 두 사람은 손을 뻗었다가 거둬들이면서 심법을 운용했다.

처음에는 별다른 반응이 없었지만 대여섯 번 연거푸 거꾸로 역동작을 시전하자 고통스럽던 몸이 차츰 나아졌고 흩어진 내기가 모아지고 있었다.

동천몽이 말했다.

"서둘지 말라. 무예는 서두르면 탈이 생기느니라. 특히 위력에 치우치지 말고 호흡에 신경을 쓰거라. 숨만 잘 쉬고 들이마셔도 두 배는 강해질 것이니라."

어느 정도 자신감이 생기자 속도를 높였고 거기에서 문제가 발생했음을 동천몽은 정확히 읽고 깨우쳤다.

사라지는 동천몽을 보며 덕배 선사는 중얼거렸다.

'아미타불! 대법왕님은 실로 무신이라 하기에 부족함이 없으시다.'

자신도 모르는 것을 알아차린 동천몽의 감각은 가히 무신이라 하기에 부족하지 않았다.

칠흑 같은 어둠을 뚫고 거대한 범선 두 척이 육지를 향해 다가오고 있었다. 범선이 다가오고 있는 곳은 절강의 송문이었다. 조그만 부두이지만 접안 시설이 잘 되어 있어 거대한 범선이 닻을 내리는 데 위험하지 않았다.

촤르륵!

닻을 내리는 소리가 어둠을 울렸고 잠시 후 갑판 위로 사람들이 모습을 드러내기 시작했다. 밤이 어두운데다 삿갓을 깊숙이 눌러쓰고 있어서 사내들의 얼굴은 알아볼 수 없었다. 다만 헐렁한 흑삼에 나막신을 신었고 옆구리에 두 자루의 검을 차고 있었는데, 눈빛들이 푸르다.

사내들은 가볍게 몸을 날려 부두로 날아 내렸다. 두 척의 범선에서 내린 흑의사내들의 숫자는 이천을 헤아렸다.

"원로에 수고가 많았소."

부둣가에 꼽추와 한 명의 흑의노인이 범선에서 내리는 사내들의 두목으로 보이는 자와 굳게 손을 잡고 있었다.

두목의 사내는 구레나룻에 키가 족히 칠 척은 됨직한 거구였다. 흑의노인과 맞잡은 손등에는 검은 털이 수북하여 언뜻 성성이를 연상케 했는데, 두 사람은 무척 반가운 듯 한동안 잡은 손을 놓지 못하고 있었다.
"자자! 여기서 이럴 것이 아니라 우선 들어갑시다."
흑의노인이 앞장을 섰고 구레나룻의 사내가 뒤를 따랐다. 바다를 끼고 일행은 이동하기 시작했다.
이천여 명이 넘는 대병력이 움직이는데도 발자국 소리 하나 없었다. 알고 보니 모두가 지면에서 두 자 정도 뜬 상태로 이동하고 있었는데, 경이적인 초상비였다.
쏴아아아!
검은 바람이 불어가는 모습이었다.
송문을 떠난 일행은 관도를 달렸고 잠시 후 산속으로 접어들자 한 채의 커다란 장원이 모습을 나타냈다. 그러나 어디에서도 불빛을 볼 수가 없었다.
구구구궁!
이미 약속이 된 듯 일행이 정문에 도착하자 육중한 문이 열렸고 흑의사내들이 안으로 빨려들 듯 사라졌다.
쿠쾅!
흑의사내들이 모습을 감추자 다시 문이 닫혔다.

第八章
외세

大 대 法
  범
  왕 王

방 안은 대낮처럼 환했다. 그러나 불빛이 새어 나가지 못하도록 창문에는 검은 천막이 두껍게 쳐져 있었다.

구레나룻과 흑의노인이 마주 섰다. 두 사람 사이에는 탁자가 있었고 그 위에는 술과 간단한 안주가 있었는데 한 명의 여인이 중간에 앉아 두 사람 앞에 잔을 놓고 술을 채웠다.

"듭시다!"

남궁천이 먼저 술잔을 들어 올렸고 구레나룻이 잔을 들었다.

쨍!

두 사람은 가볍게 잔을 부딪친 후 한 번에 비웠다.

"환영하오, 창 가주."

"불러주어 고맙소, 남궁 맹주."

남궁천이 손을 내저었다.

"이제 그 맹주란 호칭은 떼시오. 난 맹주가 아니오. 보다시피 쪽박 차고 도망 다니는 늙은이에 불과할 뿐이오."

"하지만 맹주."

"괜찮소. 날 위로하려 들지 마시오. 난 엄연한 패장이고 쫓기는 자요. 이제 내게 과거는 없소. 오로지 미래만 있을 뿐이오."

말을 뱉는 남궁천의 눈에서 살기가 쏟아졌다.

솟구치는 분노를 억지로 짓누를 때 볼 수 있는 울화였고 폭발할 것 같은 열기였다.

"과거는 잊었소. 미래만 생각하기로 했소. 하지만 이것 한 가지는 분명히 말씀드릴 수 있소이다. 나 남궁천은 절대 이대로 쓰러지지 않는다는 것이오."

"물론이오. 반드시 예전의 영광을 되찾을 것을 믿어 의심치 않소이다. 내가 돕겠소. 나와 손을 잡고 남궁 맹주를 비통하게 만든 자들을 처단합시다. 내가 앞장서겠소."

"고맙소, 창 가주."

두 사람의 잔에 다시 여인이 술을 채웠다.

남궁천이 말했다.

"동영에서 마저 해결하지 못한 내용을 마무리합시다. 날 도와주면 창 가주에게 중원의 절반을 경영할 수 있는 권한을 주겠소."

"맹주, 잠깐."

창송이 오른손을 들어 남궁천의 말을 잘랐다.

창송이 빛나는 눈으로 입을 열었다.

"지금 중원의 절반을 준다고 했소?"

"드리지요, 반드시."

"고맙소. 그러나 난 중원의 절반은 필요없소. 중원의 전부를 내게 주시오."

남궁천이 흠칫 놀라는 표정을 지었다.

창송이 야릇한 웃음을 지었다.

"물론 땅덩이 따위는 필요없소. 내가 달라는 중원의 전부는 상권이오."

남궁천이 놀란 표정을 지었다.

"오면서 생각해 보니 땅은 내게 맞지 않소. 이곳 주인인 남궁 맹주께서 강호를 지배하시오. 대신 나에게는 상권을 주시오."

"돈을 벌 수 있게 해달라는 것이구려?"

"알겠지만 동영은 섬나라요. 좁지요. 그래서 상권의 규모도 보잘것없소이다. 강호와 거래를 하고 싶지만 워낙 뱃길이 멀고 파도가 심하면 출항이 불가능하여 곤란한 점이 한두 가지가 아니오."

"그러니 중원에 본거지를 마련하여 본격적으로 이곳에서 장사를 하겠다는 것 아니오?"

"그러면 안 되겠소?"

외세 245

남궁천이 잔을 들어 올렸다.

"왜 안 되겠소? 얼마든지 가능하오. 아예 좁은 섬에서 살지 말고 중원으로 이주를 해오는 게 어떻겠소? 그래서 이곳 중원에서 마음껏 꿈을 펼쳐 보는 거요. 조그만 섬나라인 동영과는 비교가 되지 않지요. 잘만하면 중원을 벗어나 멀리 새외 천축 그 이상의 지역까지 끝없이 뻗어갈 수가 있소이다."

"그래서 내가 남궁 맹주와 손을 잡은 것 아니겠소? 끝없이 세상 끝으로 뻗어 나가기 위해서 말이오."

"핫핫핫!"

"허허허!"

두 사람이 크게 웃으며 잔을 부딪쳤다.

두 사람은 다시 잔을 비웠다.

"아오 있느냐?"

창송이 밖을 향해 불렀다.

문이 열리고 작달막한 체구에 삿갓을 깊숙이 눌러쓴 사내가 들어섰는데, 목혜를 신고 있었다.

"인사 올리거라. 남궁 맹주님이시다. 본 가의 가장 뛰어난 충신이며 생사결을 가장 잘 펼치는 아이라오."

"생사결이라고 하면 동영제일의 검법 아니오?"

"제일이라고는 할 수 없소. 왜냐하면 생사결과 어깨를 나란히 하는 한 가지 검법이 더 있기 때문이오. 물론 그 가문과 본 가는 지난 삼백 년 동안 동영을 양분해 왔지만 말이오."

아오란 사내가 허릴 넙죽 구부렸다.

"인사 올립니다. 아오입니다."

남궁천이 웃으며 말했다.

"나 좀 도와주시오. 기대가 크오."

"목숨 바쳐 뜻을 이루시도록 도우라는 말씀이 주군으로부터 계셨습니다."

남궁천이 창송을 보며 눈을 크게 떴다.

"고맙소이다, 정말 고맙소이다."

창송이 웃으며 말했다.

"우린 친구요. 중원에서는 몰라도 동영에서는 친구란 목숨을 같이 나누는 사람을 말하오. 난 남궁 맹주를 위해 하나뿐인 목숨을 던질 것이오. 아오."

"명을 주십시오."

"이곳은 중원이다. 동영과는 크기가 다르다. 그야말로 천하라고 할 수 있다. 어떠냐? 우릴 불러준 남궁 맹주의 뜻에 감사하는 뜻에서 한 가지 선물을 해야 하지 않겠느냐? 맹주, 말씀하시오. 맹주께 우리 아오가 선물을 한 가지 드리고 싶다는데, 받고 싶으신 것 있으면 주저 말고 말씀하시오."

"마음만이라도 고맙소. 오늘은 피곤할 테니 푹 쉬라고 해주시오. 앞으로 시간은 많소이다."

"아니오이다. 반드시 선물을 주고 두 다리를 뻗을 것이오. 그렇지 않느냐, 아오?"

"그러하옵니다. 맹주님, 받고 싶은 선물을 하나 말씀해 주시면 실망시켜 드리지 않겠습니다."

"말하시오. 우린 친구요."

창송이 거듭 말하자 남궁천이 들었던 술잔을 내려놓았다.

"꼭 주시겠다면 받아야겠지요. 좋소이다. 여기서 오십 리쯤 가면 금화라고 있소이다. 육로보다는 강을 이용한 뱃길이 빠르지요. 금화에 가면 여의보라는 무림 가문이 있소."

"여의보(如意堡)?"

"흑과 백을 넘나들며 생존해 왔던 곳인데 목와북천 시대가 열리자 백쾌섬에게 충성을 맹세했소. 부하들의 보고에 의하면 그동안 가세를 은밀히 확장하여 잘하면 머잖아 절강의 패주로 군림할 가능성이 높다 하오."

"들었느냐, 아오. 가서 여의보 보주의 목을 맹주께 가져와라. 지금 당장 가라."

"주군의 명을 따르옵니다."

아오라는 사내가 허리를 구부리고 돌아섰다.

남궁천이 말했다.

"천천히 받아도 괜찮다는데도 자꾸 그러시오이까."

"그렇잖아도 마땅한 선물을 준비하지 못해 미안하던 참이었소. 늦어도 내일 아침까지면 아오가 여의보주의 목을 가져올 것이오. 그 정도면 그다지 섭섭지 않은 선물이 되겠구려."

"창 가주, 진심으로 고맙소이다. 이 남궁 모 평생 잊지 않을 것이오이다."

"별말씀을."

두 사람은 다시 잔을 부딪쳤고 술을 마셨다.

어느덧 두 사람이 마신 술병이 늘어나 하나둘 탁자 위로 쌓이기 시작했다.

여의보는 사백 년 전 관초옥이란 사내가 개문을 했다. 관초옥은 사막을 횡단하던 비단 장사꾼이었는데 어느 날 옥문관 밖 백룡퇴에서 유사에 빠졌다. 백룡퇴는 죽음의 사막으로 불리는 지옥의 땅으로 서역을 왕래하는 상인들은 물론이고 무림인들도 접근을 기피하는 곳이었다.

상인에게 있어 신용만큼이나 중요한 것이 있으니 바로 시간이었다. 천축에서 최고급 비단 홍화금을 가져오던 관초옥은 시간에 쫓기자 과감히 백룡퇴를 가로질렀다. 하지만 백룡퇴는 소문만 무성한 지옥의 땅이 아니었다. 관초옥은 유사에 빠졌고 비몽사몽간에 지하의 어느 동굴로 휩쓸려 들어갔다. 그리고 그곳에서 그의 운명을 바꾸는 인연을 만났으니, 바로 한 개의 검법이었다.

경천삼검.

극성에 이르면 하늘이 놀랄 만한 위력을 뿜어내는 상고시대의 절정검수가 남긴 검법을 얻은 것이다. 지하 동굴에서 삼 년을 지내며 검을 익힌 관초옥은 곧바로 무인의 길로 들어섰고 그렇게 여의보를 창건했다.

경천삼검은 강했지만 중원에는 예전부터 명성을 날리는 구파일방을 비롯한 명문들이 수두룩했다. 그들 틈에서 군림하기란 위험했다. 관초옥은 그때부터 흑백 어느 곳으로도 정확한 자신의 검로를 정하지 않았다. 나름대로 생존의 승부수였고, 오늘날까지 여의보는 정사가 모호한 집단으로 내려왔는데 얼마 전 흑도 천하가 이뤄지면서 제 색깔을 낸 것이다.

여의보 정문 성곽에서 근무 교대가 이뤄지고 있었다.

정문 근무는 이인일조로 이뤄지고 통상 한 시진씩 서는 것을 원칙으로 한다.

"암호."

교대할 조가 다가오자 근무를 서고 있던 두 사내 중 한 사내가 낮은 목소리로 물었다.

다가오던 교대자들 쪽에서 나직한 목소리가 흘러나왔다.

"장강!"

"통과!"

암호를 대자 근무를 서고 있던 자들이 옆구리에 달린 검자루에서 손을 떼고 안심한 표정을 지었다.

평소에도 근무 교대만큼은 냉정하리만치 원칙에 입각하지만 요즘은 더욱 심해졌다. 목와북천이 천하를 일통했지만 아직은 세력 정리가 되지 않아 크고 작은 사건 사고가 잦기 때문이었다.

"수고들 하게."

근무를 교대한 두 무사가 망루를 내려가 사라졌다.

근무자들이 사라지자 지금 막 교대한 두 무사의 눈이 예광을 발했다.

부욱!

인피면구를 찢자 아오의 얼굴이 나타났고, 동료는 오십가량의 사내였다.

두 사람은 잽싸게 계단을 내려가 굳게 잠긴 거대한 정문의 기관장치를 작동시켰다.

그그그궁!

세 치 두께의 무쇠로 만들어진 정문이 열리자 흑의사내들이 쏟아져 들어왔는데 삿갓 차림이었다.

"빨리!"

"서두르거라!"

대략 삼백여 명 될 것 같은 무사들이 들어왔다.

아오가 자신과 같이 문을 열어준 오십가량의 사내를 향해 말했다.

"수고했다. 너도 어서 들어가 살인에 가담해라."

"예!"

오십가량의 사내가 사라졌다.

전쟁이란 이겨야 하지만 어떻게 이기느냐가 더 중요하다. 창송의 명령을 받고 금화에 들어선 아오는 우선 여의보 건물과 근처 지형을 살폈다.

여의보 주위에 함정 따위는 없었다. 그러나 삼 장 높이의 외벽과 십 장마다 세워진 높은 망루는 완벽한 방어 체계였다. 아무리 무공이 뛰어난 자일지라도 감시병의 시선을 피해 몰래 잠입하기란 불가능해 보였다. 더구나 수백 명이 들키지 않고 습격한다는 것은 꿈일 뿐이라는 게 아오의 결론이었다.

특히 정문은 안에서 열어주기 전에는 경비무사들 눈을 피해 뚫고 들어가기란 어려웠다. 그래서 아오 자신이 직접 침투하여 정문 근무 교대를 위해 나온 자들을 죽이고 변장한 것이다.

"크악!"

"적이다… 컥!"

사방으로부터 비명이 들려왔고, 곧바로 어둠 속에 잠긴 여의보 곳곳에서 불길이 치솟았다.

아오는 천천히 들어갔다. 이미 곳곳에 시체가 나뒹굴고 있었고, 잠자리에서 막 일어난 듯한 속옷 차림의 여의보 무사들이 자신의 수하들과 싸우고 있었다.

"도대체 네놈들은 누구냐?"

"어디서 왔느냐?"

침묵 속에서 검만 휘두르는 부하들을 보며 여의보 무사들이 답답하다는 듯 소리쳤다.

촤악!

아오의 검이 광채를 뿜었다.

정원 바위 뒤에 숨어 있던 무사가 달려들자 일검에 허리를 양단한 것이다.

하지만 아오의 검에는 피 한 방울 묻지 않았다.

"크악!"

다시 비명을 지르며 또 한 명의 여의보 무사가 아오를 향해 날아왔다.

번쩍!

아오의 검이 다시 번뜩였으며, 날아오던 여의보 무사의 목이 땅바닥에 떨어졌다.

데구루루!

잘린 사내의 두 눈이 경악으로 일그러졌다. 뭐라고 한마디 하고 싶은 듯 목이 잘렸는데도 입술이 퍼득거렸다.

따가각!

따각!

아오가 걸음을 걸을 때마다 나무 신이 지면과 마찰하며 섬뜩한 소리를 냈다. 무사가, 그것도 싸움터에서 큰 발자국 소리를 내는 것은 적에게 이쪽의 존재를 알리는 아주 불리한 경우였다. 하지만 아오는 전혀 개의치 않는 듯 오솔길을 따라 여의보 안쪽을 향해 걸어 들어갔다.

소나기처럼 쏟아지는 비명을 들으며 걸어가던 아오의 발걸음이 멈췄다. 언뜻 흑룡 두 마리가 지키고 있는 것 같은 구부러진 노송 두 그루를 경계무사처럼 거느린 한 채의 전각이 눈앞에 있었다.

어두운데다 거리가 있어 전각의 현판을 읽을 수는 없었지만 상당히 지체 높은 사람의 거처임을 알아볼 수가 있었다.

잠시 찌푸린 시선으로 전각을 보던 아오가 입구를 향해 걸어갔다.

두 그루의 소나무 사이를 막 벗어나려는데 툭 하는 소리와 더불어 두 명의 무사가 앞을 막았다.

사실 이미 두 사람의 존재를 알고 있었지만 아오는 모른 체 했다. 막으면 베고 가만있으면 살려준다는 것이 동영에서의 아오의 규칙이었다.

멈칫!

아오를 살피던 두 무사가 긴장의 표정을 띠었다.

본능적으로 뭔가 다르다는 것을 간파한 것이다.

"침입자들의 우두머리인가?"

"응."

무겁게 묻는데 오는 대답은 너무 가볍다.

신발을 보던 두 무사의 눈이 기광을 발했다.

"혹시?"

"그래."

두 무사가 다시 침음을 흘렸다.

자신들이 묻고자 하는 질문을 알고 대답했음이 분명했다.

"이상하군. 우린 당신들과는 일체 어떤 은원도 없고 알지도 못하는데 왜……?"

"무사가 은원이 있어야 싸우는가?"

두 무사는 입을 다물었다.

무사는 은원이 없어도 싸운다. 그냥 심심해서 싸우는 무사도 있고 괜히 기분 나쁘게 생겼다는 이유로 싸우기도 한다. 그러나 가장 큰 싸움은 야망을 위한 것이었다. 자신들의 질문이 무척 어리석다는 것을 느끼자 창피함을 넘어 은근히 화가 솟구치기 시작했다.

"들어갈 수 없다."

"하는 수 없군. 내 주인께 모가지를 잘라가겠다고 큰소리쳤는데."

번쩍!

아오의 검이 빠져나왔다.

그것은 섬광이었는데, 두 무사의 몸이 파르르 떨리고 있었다. 지금까지 수많은 쾌검을 봐왔지만 지금의 것은 인간의 것이라고 할 수가 없었다.

"어… 어떻게 이런 일이……!"

"우이씨."

두 사람의 검은 한 뼘쯤 뽑힌 상태였다.

만약을 대비해 오른손을 슬며시 왼쪽 옆구리에 가져다 놓았는데도 뽑아보지 못할 만큼 아오의 검은 빨랐다.

쿠쿵!

두 무사가 쓰러졌고 주위는 다시 고요해졌다.

하지만 아오는 걸음을 옮기지 않았다. 그의 고개는 좌측으로 돌아가 있었는데 언제부터인지 어둠 속에서 한 사내가 자신을 쳐다보고 있었다.

사내는 경비무사 두 명이 죽어가는데도 전혀 손을 보태거나 가로막을 생각이 없는 듯했다. 그렇다고 아오 측 무사는 아니었다. 어둡고 거리가 제법 있었지만 본능적으로 피아를 구별하는 아오이다. 사내는 이쪽이 아니라 저쪽이었다.

"……"

아오의 눈이 가라앉았다.

당당한 기세가 느껴진다.

"생사결이로군."

아오가 흠칫했다.

자신의 검법을 상대가 단번에 알아차렸다. 생사결은 동영에서는 유명하지만 아직 중원에서는 그다지 아는 사람이 많지 않았다. 그런데 상대는 한 번에 생사결을 알아본 것이다.

"팔 년 만이로군, 생사결을 본 지가."

혼잣말처럼 중얼거렸다.

"동영의 창송세가에서 왔나?"

아오의 눈이 더욱 커졌다.

어둠 속 사내가 웃었다.

"훗훗! 아무리 중원의 형세가 안정되지 않았다지만 동영에서까지 건너와 피바람을 일으킬 만큼 허술하지는 않다."

어둠 속 사내의 말뜻은 중원의 누구와 거래를 하고 있느냐는 질문이었다. 아오의 입은 굳게 닫혔다. 자신의 입으로 선뜻 대답해 줄 수 있는 문제가 아니었다.

"훗훗! 둘 중 한 곳이겠지. 동천비 쪽 아니면 남궁천 쪽! 목와북천은 당연히 아닐 테고 포달랍궁은, 특히 대법왕의 품성을 봤을 때 차라리 얻어맞아 죽고 말지 바다 건너 섬놈들 따위와 손잡을 위인은 더욱 아니고."

동천몽에 대해 훤히 알고 있다는 뜻이었다.

"존함을 말씀해주겠소?"

"관태산이다."

"여의보주."

어둠 속의 사내가 천천히 다가왔다.

한 자루 검을 가슴에 끌어안고 있었는데 오십 중반쯤 보였다. 무척 잘생겼다. 적당한 수염과 불거진 광대뼈, 특히 위기 앞에서도 흔들리지 않는 삼각형의 눈이 무척 보기 좋다.

"맞소이다. 동영의 창송세가에서 왔소이다. 삼가 인사 올리오이다, 관태산 가주."

"팔 년 전 동영에 볼일이 있어 갔다가 창송세가의 다섯 호법과 붙었다. 태어나 처음으로 도망이라는 것을 쳤지."

관태산의 입가에 자조적인 웃음이 떠올랐다.

"살고자 했다. 섬놈들 따위에게 나 관태산이 죽을 수는 없었다. 그때 일을 단 한 순간도 잊지 않고 있었는데 오늘 이렇게 복수의 기회가 오는구나."

"복수라고 했소?"

"왜? 가당치 않은 소리라고 하고 싶어서 그러나?"

"그렇소이다. 아무래도 복수는 물 건너간 것 같소."

십여 명의 사내가 다가오고 있었는데 모두가 창송세가의 무사들이다. 온몸이 피로 범벅된 것이 여의보 무사들을 모두 도륙하고 이쪽으로 몰려온 듯했다.

자신에게 절대적으로 불리한데도 관태산은 표정 변화가 전혀 없었다.

"사람들은 나 관태산을 보고 시세를 잘 읽는다고 한다. 또한 어떤 사람은 교활하다고도 말하고 다른 한편에서는 살아가는데 무척 능숙하다고도 하지. 어느 말을 들어도 난 개의치 않는다. 사람마다 살아가는 방법이 다르다. 다만 죄를 짓느냐 짓지 않느냐의 차이일 뿐."

"당신은 죄를 짓지 않고 산다는 말 같구려."

"천만에. 인간이 어찌 죄를 짓지 않고 살 수 있겠느냐? 다만 지어서는 안 될 죄는 절대 짓지 않고 살아왔다고 자부한다."

"지어서는 안 될 죄?"

"물론이다. 힘없는 노인이나 가난한 사람의 등을 치는 건 죄이지만 강한 사람의 힘을 이용해 먹고사는 것은 죄가 아니다. 난 살기 위해 강한 자에 붙었을 뿐 힘없는 사람을 조롱하거나 그들의 행복을 빼앗지는 않았다."

아오의 눈썹이 꾸물거렸다.

관태산이 말했다.

"나뿐만 아니라 내 부하들도 그렇게 살아왔다. 그 증거가 보고 싶지 않느냐?"

"보고 싶소."

진정으로 보고 싶었다. 과연 죄를 짓지 않고 살아왔다고 당당하게 호언할 사람이 천하에 몇 명이나 되겠는가. 그런데 관태산은 거리낌없이 죄를 짓지 않고 살아왔다고 했다. 더구나 자신뿐만 아니라 부하들까지.

그런데 어찌 그 증거를 보고 싶지 않겠는가.

"도망치지 않는 것이다. 내 부하들은 도망치지 않았다. 내

예상이 맞다면 오늘 밤 누구도 도망치지 않았을 것이다."

아오가 뒤를 돌아보았다.

자신의 그림자와 같은 사내들 열 명이 서 있었는데 하나같이 고개를 끄덕였다. 그것은 관태산의 말이 맞다는 의미였다. 여의보 무사 중 단 한 명도 도망치지 않은 것이었다.

무사가 싸움에서 도망치지 않았다는 것은 그만큼 자신있는 삶을 살아왔다는 증거이다.

관태산이 한 걸음 더 다가왔다.

"어쨌든 오늘 밤 복수는 틀렸소."

"복수란 꼭 죽여서 앙갚음하는 것만이 아니다. 도망치지 않고 정면으로 맞서 검을 뽑는 것 또한 복수이지."

"음!"

아오가 신음을 흘렸다.

어쩌면 맞는 말일지도 모른다. 도망은 타의에 의해 일어나지만 맞서는 것은 순순히 자신의 의지가 작용한 때문이니 복수라고 할 수 있었다.

살아오면서 가장 존경하는 사람이라면 당연히 주인 창송이었다. 그런데 여기 어쩌면 창송보다 더 멋있을지도 모르는 사내가 있다. 같은 사내로서 자신도 모르게 멋지다는 느낌이 들었다. 한마디로 추접스럽게 살려고 하지 않는 인물이다.

한발만 빨리 만났다면 무슨 수를 써서라도 관태산을 살렸을 것이다. 그러나 늦었다. 주인은 관태산의 목을 중원 진출 기념으로 남궁천에게 건네려 하고 있었다.

스윽!
아오가 한 걸음 다가섰다.
두 사람의 거리는 사 장 가까이 되었다. 통상 삼 장의 거리를 격전의 거리라고 한다. 그러나 동영에서는 이 장을 격전의 거리라고 한다. 그런 점에서 볼 때 사 장은 조금 멀었으므로 한 걸음 다가간 것이다.
그런데 관태산이 뒤로 물러났다.
이미 팔 년 전 한 번 부딪쳐 본 탓에 생사결의 장단점을 어느 정도 알고 있음이 분명했다.
스윽!
척!
다가가자 다시 물러난다.
물론 거리가 조금 멀어도 문제될 것은 없지만 정점의 위력은 이 장일 때 나타난다.
보다 못해 수하들이 물러서지 못하도록 퇴로를 차단하려고 하자 아오가 손을 들어 제지했다. 관태산의 목을 베는 데 절대 누구의 도움도 받고 싶지 않았다.
오자마자 멋진 인물을 죽여야 하다니, 아무래도 이번 중원행은 득보다는 흉이 많을 듯싶다.
어느새 두 사람은 전각 마당 한가운데까지 이동해 왔었다.

여의각(如意宮).

어두워서 보이지 않던 현관이 보인다.

관태산이 먼저 움직였다. 계속 물러나면 언젠가는 뭔가에 가로막힐 것이라는 것을 인지한 선공이었다.

촤악!

명치와 배꼽 중간 부위를 노리고 찔러왔다.

아주 간단하면서도 빠르다. 찌르는 동작에 익숙하지 않으면 보여줄 수 없는 경쾌함이었다.

째챙!

아오의 검 역시 뻗어나가 쳐냈다.

빙글!

관태산은 검끝이 밀리자 재빨리 회수하여 원을 만들었다. 왼쪽으로 한 바퀴 돌리며 아오의 오른쪽 어깨를 밑으로 베었다. 튕겨 나간 검을 회수하며 곧바로 검을 돌려 오른쪽 어깨를 내려치는 동작이 간결하다.

딱!

아오가 뒤로 한 걸음 물러나며 떨어지는 검을 막았다.

쉬이익!

떨어지던 관태산의 검이 충격으로 멈칫거리는 사이 아오의 검이 곧바로 뻗어갔다. 훤히 드러난 관태산의 왼쪽 심장 부위를 찔러간 것이다.

막고 찔러가는 연결 동작이 중원에서도 좀체 구경하기 힘들만큼 완숙했다.

"흡!"

관태산이 헛바람을 삼켰다. 단순히 막고 찌르는 동작의 완전한 연결성도 놀랍지만 더 놀라운 건 수세에서 공세로 가볍게 전환해 버리는 능력이었다. 무공이 아무리 뛰어난 사람이라도 선공에서 오는 공격적 우위는 최소한 십여 초 가는 것이 정석이었다. 그런데 아오는 불과 삼 초 만에 전세를 뒤집어 버린 것이다.

'예상보다 훨씬 높구나!'

빙글!

관태산이 번개처럼 몸을 옆으로 틀어 찔러오는 검을 피했다.

"으헙!"

그런데 관태산이 다시 비명을 터뜨렸다. 피했다고 여기는 순간 검이 베어온 것이다.

관태산이 잽싸게 상체를 뒤로 젖혔다. 하지만 앞가슴이 벌레에 물린 듯 뜨끔했다. 보지 않아도 살갗이 약간 베어졌음을 알 수 있었다.

촤촤촤!

검이 떨어졌다. 그것은 검이라기보다는 낙뢰였다. 팔 년 전 창송세가의 무사들이 자신의 목을 베고자 펼쳤던 생사결 제팔식 운수낙추의 식보다 훨씬 빨랐다.

쨍— 째쟁!

불꽃이 사방으로 퍼져 나갔고, 강한 힘에 관태산이 휘청거리며 뒤로 한 걸음 물러났다.

슈유우!

무서운 속도로 덮쳐 간다.

먹이를 덮치는 늑대의 도약이었다. 몸과 일체를 이루어 찔러오는 아오의 검을 관태산이 옆으로 쳐냈다.

까캉!

"엇!"

쳐냈는데 아오의 검보다 자신의 검이 더 많이 비켜 나갔다. 그것은 자신이 힘에서 크게 떨어진다는 것을 말해주고 있었다. 손아귀에 찌르르 하고 통증까지 느껴진다.

콰아아!

관태산의 검이 크게 뻗었다.

"경천자린!"

경천삼검 중 두 번째 식이었다.

매섭게 파고드는 검에 아오의 눈이 커졌다. 미간을 노린 폭발적인 자공이다.

따악!

거침없이 쳐냈지만 놀랍게도 두 개의 검이 붙었다. 경천자린은 흡의 식이다. 즉, 충돌 순간 강한 힘을 폭발시켜 상대를 떨어뜨리거나 충격을 주는 일반 검식과 달리 강함 힘이 자력처럼 작용해 상대의 검과 거기에 담긴 기를 잡아 끌어당기는 것이다.

"어엇!"

당연히 검이 튕겨 나올 줄 알고 있었던 아오는 자신의 검이

외세 263

떨어지지 않고 관태산의 검에 달라붙자 본능적으로 다급성을 터뜨리며 힘을 주어 떼어냈다.

"경천초형."

파아!

관태산의 검이 다시 바뀌었다.

누구든 강함 흡인력에 병기가 붙으면 떼어내려고 한다. 문제는 경천삼검의 마지막 식 경천초형이었다. 경천초형은 경천자린과 달리 찌르는 식이었다.

경천자린에 의해 잡아당기자 아오는 당연히 붙어버린 검을 떼어내려 했다. 아오가 온 힘을 다해 잡아당기므로 이쪽 검이 끌려갔고 그 순간 경천초형, 찌르는 것으로 바꾸어 버린 것이다.

빠르게 끌려가는 상황에서 찌르는 힘까지 더해지니 그 속도는 원래 갖고 있는 경천초형의 속도를 능가했다. 이것이 경천삼검이 갖고 있는 위력이었다.

상대의 본능적인 동작을 이용하는 식이 경천삼검이었다. 이 식에 걸려들면 대부분 피하지 못했다. 경천자린에 의해 끌려가는 자신의 검을 떼어내려 하는 그 동작이 오히려 상대를 돕는 행위가 된다는 것을 어찌 알겠는가. 한마디로 강한 바람에 날아가는 새가 세찬 날갯짓까지 한 꼴이었다.

쉬이익!

끌려가는 데에다 내기까지 주입해 찌르자 상상을 초월하는 속도가 나온다.

"크헙!"

아오가 기겁하며 상체를 틀었다. 그러나 관태산의 검을 피하기란 불가능했고, 왼쪽 어깨 부위가 따끔했다. 뜨거운 물이 끼얹어지는 것 같은 열기가 어깨를 시작으로 순식간에 온몸으로 퍼졌다. 대번에 부상이 크다는 것을 느낄 수 있었는데, 아오의 눈이 푸르게 번득였다.

운이 좋아 어깨였다. 자신의 피하는 동작이 반 호흡만 늦었어도 목이 달아날 뻔했다.

사실 아오의 검이 낮아서 당한 것이 아니었다. 그렇다고 경천삼검이 어마어마해서 당한 것은 더욱 아니다. 아오의 왼쪽 팔이 잘려 나간 것은 방심 때문이었다.

동영에서 아오의 위치는 독보적이라 할 수 있었다.

창송을 제외하고 아오의 적수는 손가락으로 꼽을 만했다. 그래서 관태산쯤은 그다지 위협적인 인물로 보지 않았다. 더구나 선물 차원의 상대이기 때문에 엄청난 위험을 겪으면서 사로잡을 만큼의 거물이라고는 생각하지도 않았다.

결국 오만이 화를 불러왔다.

취리릿!

아오의 본색이 드러났다. 푸른 불꽃이 번뜩이더니 무섭게 뻗어간다.

'거… 검강!'

동영이나 중원이나 검강은 똑같다. 즉, 그만큼 많은 수련을 거쳐야 얻을 수 있는 꿈의 경지라는 것이다.

따악!

툭!

검을 세워 찔러오는 검을 막았는데 놀랍게도 부러졌다. 술(術)과 경(勁)과 강(罡)의 차이가 지금 눈앞에서 벌어지고 있었다. 아오의 검술과 검경에는 끄떡도 않던 검이 검강 앞에서는 부러지고 만 것이었다.

취이이!

관태산은 위험으로부터 벗어나기 위해 뒤로 훌쩍 물러났다. 일단 안전거리를 확보한 다음 경천삼검을 장으로 바꿔 대적하려는 계산이었다. 하지만 이미 왼팔이 잘린 치욕을 당한 아오는 그럴 틈을 주지 않았다.

그대로 따라붙으며 찔러왔는데 속도가 더 빨랐다.

관태산의 눈이 커지며 좌장을 뻗었다. 임기응변의 식이었다. 임기응변이라면 당연히 당면한 위기를 잠시 피하기 위한 응급조치에 가깝다. 그러므로 전력이 담길 수 없고, 아오의 검은 관태산의 장력을 간단히 뚫으며 파고들었다.

푹!

관태산의 복부에 검이 박혔다.

찌지익!

복부에 박힌 검이 한 바퀴 회전을 하자 관태산의 눈이 커졌다.

중원에서는 좀체 볼 수 없는 행동이었기 때문이다. 중원에서는 그냥 죽이면 간단히 숨만 끊을 뿐 잔인하게 회를 치지는 않는다. 그런데 아오는 그렇지 않았다. 검을 돌려 몸속 내장을 산산이 끊고 있었다.

"그… 그만 해라."

"패자는 승자의 어떤 행동에도 이의를 달지 않는 것이 동영의 법이다."

"주… 중원은 목숨을 뺏는 것으로 끝낸다."

"닥쳐! 이긴 사람은 나다. 그러니 내 맘대로 하는데 감히 누가 뭐라고 한단 말인가."

우드드득!

뼈가 끊어지는 소리가 주위를 울렸다.

툭!

관태산의 손에 들린 토막난 검이 지면으로 떨어졌다. 하지만 몸은 휘청거릴 뿐 쓰러지지 않았는데 복부에 박힌 검 때문이었다. 아오가 검을 세차게 쥐고 있기 때문에 걸려 쓰러지지 않은 것이다.

"조… 좁구나. 섬놈이어…서."

관태산의 고개가 떨궈졌는데 표정은 환했다.

아오의 눈썹이 파르르 떨렸다.

관태산은 분명히 죽었는데 입가에는 약간의 미소가 담겨 있었다. 죽은 사람이 웃음을 짓다니, 이해할 수가 없었다. 동영에서는 단 한 번도 볼 수 없는 얼굴이었다.

동영의 무사들은 모두가 죽으면서 고통스런 얼굴을 하거나 저주를 퍼붓듯 노려본다. 자신을 죽인 상대에게 한과 증오를 쏟아내는 것이었다.

촤악!

아오가 검을 뽑자 육중한 관태산의 몸이 엎어졌다. 지면으로 붉은 피가 흘러내렸다.

아오가 명령을 내렸다.

"놈의 목을 베어 가자."

수하들이 달려들어 관태산의 목을 베었다.

아오는 옷을 찢어 잘린 왼쪽 어깨 부위를 동여맸다. 워낙 상처가 깊어 지혈을 했는데도 피가 완전히 멈추지를 않았다. 상처에 옷을 찢어 감는 아오의 얼굴은 무섭도록 굳어 있었다. 중원에서의 첫날밤이 피로 얼룩졌고 신체 훼손까지 당했다. 확실히 길보다는 흉이 많은 것 같은 예감이었다.

한쪽 팔을 잃고 돌아온 아오를 바라보는 창송의 눈빛이 달아올랐다. 이미 술기운에 불그스레해 있었는데다 충격을 받은 듯 더욱 새빨개졌다.

"다녀왔습니다."

아오는 두말도 않고 관태산의 목을 담은 나무 상자를 남궁천 앞에 내밀었다.

"자네 팔이……?"

아오는 무뚝뚝하게 대답했다.

"원래부터 없었사옵니다."

멈칫!

남궁천의 눈이 이채를 뿌렸다. 그러더니 어느 순간 집안이 떠내려가라 커다란 웃음을 지었다.

"핫핫핫!"

남궁천이 한참을 웃더니 웃음을 그치고 말했다.

"좋은 말일세. 무사란 바로 그래야 하는 법일세. 원래부터 없었으니 다친 것도 없고 아무 일도 없다는 얘기로군."

"수고했다. 돌아가 쉬거라."

창송이 굳은 표정으로 말했다.

아오가 돌아가고 남궁천이 상자를 열었다.

안에는 관태산의 목이 들어 있었는데, 마침 뉘어 있어서 자신을 보고 웃고 있었다.

"이… 이런 패 죽일 놈이!"

마치 자신을 비웃는 것 같았다.

남궁천이 그대로 우장을 뻗었고, 관태산의 머리가 산산조각이 되어 방 안 곳곳으로 파편이 되어 사라졌다.

남궁천은 그래도 분이 풀리지 않은 듯 조각난 나무 상자를 향해 거듭 장력을 날렸다.

퍽! 퍼어억!

창송의 얼굴이 납덩이처럼 굳어졌다.

뭔가 이상하게 흘러가고 있었다. 자신의 계획은 지금과 아주 달랐다. 관태산의 목을 선물하여 더욱 둘의 우의를 쌓고 중원에서의 푸른 꿈을 이루기 위한 멋진 밤이 되어야 했다. 그런데 아오의 팔이 잘렸고 관태산이 남궁천을 조롱한 것이다.

물론 죽은 사람이 조롱을 할 리는 없었다. 중요한 것은 남궁천이 그렇게 받아들였다는데에 문제가 있었다.

"개자식."

다시 한 번 상자 조각 한 개를 박살 낸 남궁천이 술잔을 들어 올렸다.

"기분만 잡쳤소. 자, 우리 새로운 기분으로 마십시다."

자신도 취했지만 남궁천도 취했다. 술에 취하면 천하없는 장사라도 평소의 행동과 다른 면을 보인다. 그러나 아무리 취했다고 할지라도 보일 추태가 있고 보여서는 안 될 행동이 있었다. 마음 한구석으로 가시 같은 것이 걸리는 기분이었다. 중원의 첫 밤을 아주 불편하게 보내고 있었다.

第九章
천랑사신

大 대法 법 왕 王

포달랍궁이 시끄럽다. 고요한 정적 속에 이따금 목탁 소리만이 전부였는데 근래에 들어선 종일토록 기합 소리가 끊이지 않았다. 그 기합 소리 한중간에 천룡구십구불이 있었다. 그들은 아침에 일어나자마자 아침 공양을 마치고 곧바로 수련에 들어가 점심때 잠깐 쉬었다가 해가 떨어질 때까지 무예 수련을 했다.

무예 수련은 천룡구십구불만 하는 것이 아니었다. 포달랍궁의 무승들이라면 너나 가리지 않고 각자의 처소에서 수련에 몰입했다.

'지금보다 한 단계 더 발전해라.'

한 달 전 동천몽으로부터 떨어진 명령이었다.

무예를 한 단계 발전시킨다는 것은 결코 쉬운 일이 아니었다. 앞뒤 가리지 않고 죽도록 노력한다고 해서 발전하는 것도 아니고, 그렇다고 머리로 깨우쳤다고 해서 발전되는 건 더욱 아니었다.

머리로 깨우치고 몸이 그대로 움직여 줄 때만이 제대로 된 발전이라고 할 수 있었다.

동천몽의 명령은 절대적이었다. 누구도 이의를 제기하거나 항변하지 않았다.

처음 동천몽은 모두가 열심히 수련을 하자 자신의 명령이 그만큼 위력이 있는 것으로 믿었다. 자신의 절대적인 권위 앞에 노소를 불문하고 승복하고 굴복했다고 확신했는데 시간이 흐르면서부터 그게 아니라는 것을 알게 되었다.

'강해지지 못하면 진짜 바보다.'

제자들 사이에 떠도는 말이었다.

처음에는 무슨 뜻인지 이해를 하지 못했다. 하지만 그 속뜻을 알고 난 동천몽은 분노를 금치 못했다.

한마디로 동천몽같이 멍청한 석두로도 그만큼 강해졌는데 하물며 그보다 훨씬 똑똑한 머릴 지닌 우리가 강해지지 못한다면 말이 되느냐는 얘기였다.

스스로에 대한 강한 경쟁력을 얻기 위해 만들어지고 떠도는 말이라고 치부하기에는 그냥 넘어갈 수가 없는 말이었다. 그래서 은밀히 소문의 진원지를 조사했지만 도저히 누구의 입에서 시작된 말인지 알아낼 수가 없었다.

"으후후웁!"
동천몽이 길게 숨을 들이마셨다.
가슴이 풍선처럼 팽팽하게 부풀었고 어느 순간 호흡을 멈췄다. 두 호흡 정도 정지된 상태에서 갑자기 입이 열리고 강한 바람이 뿜어져 나왔다.
"훅!"
파파팍!
입에서 나온 강한 바람은 십여 장 전면에 있는 집채만 한 바위에 깊숙한 흔적을 남겼다. 이미 오랫동안 기도살법을 수련한 듯 바위 곳곳에는 칼자국이 나 있었다.
가까이 다가가 패인 홈을 바라보는 동천몽의 이마가 찡그려져 있었다. 그다지 만족스럽지 않은 모습이었다.
기도살법은 이미 절정에 이르렀는데 그의 이마가 찌푸려진 것은 앞서 언급한 것처럼 자신을 조롱하는 말 때문이었다.
"대법왕님."
고개를 돌리자 일목이 빠른 걸음으로 다가왔다.
"어찌 됐느냐? 소문을 퍼뜨린 자를 잡았느냐?"
닷새 전부터 일목으로 하여금 소문을 흘린 자를 추적케 했다.

일목이 눈을 빛냈다.

"소문을 흘린 자는 찾지 못했지만 대신 아주 결정적인 단서를 잡았습니다."

"그래?"

"강해지지 못하면 진짜 바보다라는 말이 가장 먼저 흘러나온 곳은 장로원이었습니다."

동천몽의 눈에서 불벼락이 쏟아져 나왔다.

"틀림없느냐?"

"다각도에 걸쳐 조사한 결과입니다. 대법왕님을 아주 멍청이로 폄훼한 소문의 진원지는 장로원이었습니다."

뿌드득!

동천몽이 이를 갈아붙였다.

그런 철딱서니없는 소문은 대체적으로 젊은 사람들이 잘 만든다. 그런데 살 만큼 살아온 늙은 장로들이 그런 소문을 만들었다는 말에 화가 머리끝까지 솟구쳤다.

"앞장서거라."

"네엣? 어딜……?"

"어딘 어디겠느냐. 당장 늙은 놈들 모가지를 비틀어 버리겠다. 뭣하느냐! 어서 앞장서라고 하지 않느냐!"

일목이 눈을 크게 떴다.

"저… 정말로 장로원을 들쑤시겠다는 것입니까?"

"네 이놈."

동천몽이 버럭 소릴 지르자 일목의 눈이 더욱 커졌다. 단언

컨대 지금까지 수년 동안 동천몽을 모셨지만 지금처럼 큰 목소리를 내는 것은 듣지 못했다. 그만큼 동천몽의 감정 상태가 좋지 않다는 뜻이었으므로 얼른 대답했다.

"예, 예!"

"역지사지라고 했느니라."

번쩍!

한 번 들었던 말이었다.

"이… 입장 바꿔 생각해 보라는 것입니까?"

"오냐, 네놈 같으면 누가 네놈의 평생 단점인 하나뿐인 눈을 갖고 조롱하듯 말하면 좋겠느냐?"

"아니요, 죽여 버리지요!"

"나도 너와 다르지 않다. 다른 건 다 참을 수 있지만 머리 나쁘다는 소리는 죽어도 싫다! 장로원으로 가자."

"알겠사옵니다."

일목을 앞장세우고 걸어가는 동천몽의 눈에서 살기가 쏟아졌다.

불끈!

양 주먹도 쥐어졌고 걸어가는 다리도 지축을 흔들었다. 일목은 누군지는 몰라도 제대로 걸렸다고 생각했다.

장로쯤 되면 최소한 칠십 세 이상이다. 평소에도 화가 났다 하면 앞뒤 안 가리는데 자신의 인격을 짓밟았다고 크게 흥분한 동천몽이다. 누군지는 모르겠지만 오늘 크게 다칠 것이라고 생각했다.

지나가는 제자들이 동천몽을 발견하고 화들짝 놀라며 합장하며 예를 취했지만 눈길 한 번 던지지 않았다. 동천몽이 찬바람을 일으키며 지나가자 제자들 또한 고개를 갸웃거렸다.

멀리 장로원 전각이 눈에 들어왔다.

"서랏!"

앞서 가는 일목의 걸음을 불러 세웠다.

동천몽이 길게 숨을 쉬었다. 지금 상태로 들어갔다가는 몇 명 죽일 것 같았다. 그래서 끓어오른 감정을 자제시키기 위해 일목의 발길을 세운 것이다.

"가자!"

잠시 서너 번의 심호흡으로 마음을 다스린 동천몽이 장로원으로 들어섰다.

지키고 있던 한 명의 승려가 소스라쳤다.

"대… 대법왕님께서 본 원에 어인 일로… 당장 기별을 넣겠습니다."

"잠깐!"

동천몽은 돌아서는 승려를 세웠다.

동천몽이 조용히 말했다.

"기별 넣을 것 없느니라. 넌 여기서 계속 근무를 서거라."

"대… 대법왕님."

"염려 말고 근무를 서거라."

"대법왕님께서 시키는 대로 하거라."

일목이 눈을 부라리자 승려가 움찔하며 합장을 하면서 물러났다.

동천몽이 앞장을 섰다.

기별을 넣지 못하게 한 것은 간단했다. 홍수를 잡기 위해서는 홍수 모르게 들어가야 했다. 자신이 나타난 것을 알면 모두가 입 조심을 할 것이 뻔했다.

"아얍!"

"우자자잣!"

다른 곳과 다를 바 없이 장로원 안에서도 기합 소리가 울려 퍼졌다. 일단 자신의 명령이 잘 먹히고 있다는 것에 동천몽은 가만히 고개를 끄덕였다.

동천몽은 기합 소리가 들려온 곳부터 찾아보기로 했다.

장로원의 동쪽 전각인 동장각을 지나자 조그만 연무장이 나타났다. 자욱한 먼지가 피어올라 사람의 모습은 보이지 않았는데 그 속에서 기합 소리가 연신 울려 퍼졌다.

동천몽과 일목은 거대한 나무 뒤에 몸을 숨긴 채 장내를 지켜보았다.

먼지가 걷히고 한 젊은 승려가 모습을 드러냈다. 대략 스물 후반쯤으로 보였는데, 조금 떨어진 곳에 한 명의 노승이 팔짱을 끼고 서 있었다.

"대장로 무극 선사입니다. 앞에 있는 청년은 그의 적발전인이랄 수 있는 망동이지요."

일목이 낮은 목소리로 설명했다.

대장로 무륵 선사는 올해 세수 아흔다섯이었다.

포달랍궁 제일장법 천룡칠정장의 달인이라고 할 수 있었다.

"어제보다는 많이 나아졌구나. 하지만 몇 곳에서 아직도 미흡한 점이 발견된다."

"지적해 주소서."

"아니다. 너무 한 번에 많은 것을 배우려 들면 오히려 헷갈릴 뿐이니라. 하나씩 천천히 배워야 제대로 얻을 것이니라."

"……"

"망동아."

"예, 사부님."

"너는 무공을 무엇이라고 생각하느냐?"

망동의 고개가 들렸다.

몹시 어려운 질문이었다. 자신을 쳐다보는 무륵 선사의 두 눈이 광채를 뿜고 있었다.

"무공이란 외부의 위험으로부터 나 스스로를 지키는 학문이라고 생각합니다."

판에 박힌 대답이어서인지 무륵 선사의 낯빛이 그다지 밝지 않았다.

"대법왕님을 보거라."

순간 나무 뒤에 있던 동천몽이 눈을 크게 떴다.

"망동이 넌 대법왕님을 어떻게 보느냐?"

"대법왕님께서는 훌륭하시고 포달랍궁 사상 가장 강한 분이시라고 알고 있습니다."

"그렇다, 그분은 강하시다. 특히 무공에 관해선 역대 어느 대법왕님보다 뛰어나시지. 하나 대법왕님께는 한 가지 치명적인 약점이 있느니라."

망동이 물었다.

"그게 무엇이온지요?"

"이거다."

그러면서 무륵 선사가 오른손 검지로 자신의 머리를 톡톡 때렸다.

"무슨……?"

"머리가 나쁘시다는 것이다. 그분의 머리는 인간이랄 수 없을 만큼 좋지 않다. 나도 직접 본 것은 아니지만 열 글자도 되지 않는 초식 하나를 외우지 못해 안달을 하실 만큼 나쁘단다."

"어떻게 인간의 탈을 쓰고서 그럴 수가……."

일목이 뛰쳐나가려 하자 동천몽이 잽싸게 잡아당겼다.

일목이 눈을 부릅뜨고 전음을 보냈다.

"저 늙은이를 가만두시렵니까? 당장 모가지를!"

"기다려라."

동천몽이 일목을 진정시켰고, 무륵 선사가 계속 말했다.

"그분을 가르친 법왕님들의 말을 빌리면 불가사의하다더구나. 어깨 위의 물건을 멋으로 달고 다니신다는 표현까지 서슴지 않았다."

'어깨 위의 물건!'

동천몽이 내심 중얼거리다 눈을 빛내며 자신의 머리를 만졌다.

'내 머리가 멋?'

"죽어도 못 참아, 저 개자……."

동천몽이 또다시 일목을 잡았다.

"이것 놓으십시오. 저 늙은이를 죽이고 저도 오늘 죽을 겁니다."

"기다려라."

일목을 다시 진정시켰다.

"거두절미하고 그런 대법왕님도 강한 무예를 얻으셨다. 하물며 너처럼 영민한 아이가 약해서야 되겠느냐? 넌 충분히 할 수가 있다. 반드시 해낼 것이다."

"명심하겠습니다."

"하면 된다. 이건 불가나 속세나 마찬가지니라. 뜻이 있으면 길은 만들어지느니라. 머잖아 본 궁이 본격적으로 천하패업에 나설 것이다. 물론 일반 무가들과 다른 목적의 패업이지만 어쨌든 천하일통이 이루어질 것이다. 그때 가장 앞장서서 큰 공을 세우기 위해서는 더욱 정진하거라."

"사부님 말씀, 가슴 깊이 담겠습니다."

"허헉!"

뒤로 돌아서려던 무륵 선사가 소스라쳤다.

등 뒤에 동천몽과 일목이 나타나 있었기 때문이다.

"대… 대법왕님."
"대법왕님을 뵈오나이다."
두 사람 모두 허리를 숙였다.
동천몽으로부터 아무런 반응이 없자 고개를 쳐들어 보던 무륵 선사가 소스라치며 잽싸게 다시 떨구었다. 자신을 쳐다보는 동천몽의 눈빛이 야수에 가까웠다.
무륵 선사는 숨을 제대로 쉬지 못했다.
뭔지 모르지만 불길한 그림자가 떠올랐다.
'아차!'
그리고 한순간 조금 전 자신이 뱉은 말을 동천몽이 모두 들었다는 생각이 들자 다리가 떨려왔다.
많은 사람들이 두들겨 맞았다. 장로들 중 몇몇은 정강이를 맞았고 죽은 대법왕들 중 안 맞은 사람이 없었다. 일단 화가 났다 하면 나이 따위는 철저히 깔아뭉개는 대법왕이니 자신도 마침내 두들겨 맞는다고 생각했다.
'아미타불!'
간단히 몇 대 맞는 것으로 끝나게 해달라고 빌었다.
"대장로."
"하… 하명하소서."
"맞다, 네 말처럼 나 굉장히 무식하다. 부끄러운 얘기지만 내 이름 석 자도 거의 세상 물정 알아서야 썼다. 세상에서 가장 싫은 것이 책 읽는 것이었다."
"……."

"나는 책이 싫다. 그래서 멀리하다 보니 아는 것이 별로 없다. 하지만 내가 그토록 무식하게 되는 데 네가 보태준 것 있느냐?"

"아… 아니옵니다. 소승이 잘못했사옵니다."

"대법왕으로서 궁을 잘 이끌어가면 되지 똑똑해야 하는 법은 없지 않느냐? 너도 알겠지만 전대 법왕은 나보다 더 무식했다고 들었다."

"사… 사실이옵니다."

"내가 무식하다는 게 창피하느냐?"

무륵 선사가 펄쩍 뛰었다.

"아… 아니옵니다! 자랑스러운 건 아니지만……."

자랑스러운 건 아니지만 그렇다고 부끄럽지는 않다고 말하려 했는데 그만 자신의 실수를 깨달았다. 해서 될 말이 아니라는 것을 깨닫고 잽싸게 끊었지만 눈치 빠른 동천몽이 그걸 모를 리 없었다.

"대장로!"

보다 못한 일목이 소리쳤다.

"너무하잖습니까! 아무리 그래도 그렇지, 어떻게 대법왕님의 나쁜 머리가 자랑스럽지 않다고 말할 수 있단 말입니까? 소승은 아주 자랑스러워요."

휙!

동천몽이 노려보았다.

일목 또한 자신의 실수를 깨닫고 잽싸게 입을 닫았다.

일목이 세 걸음 뒤로 물러났다. 그 정도는 떨어져야 주먹질을 피할 수 있기 때문이다.

그러나 동천몽은 아무런 행동도 취하지 않았다.

"길게 말하고 싶지 않소."

"무슨……?"

"강해지지 못하면 진짜 바보라는 말."

퍽!

갑자기 무륵 선사가 무릎을 꿇었다.

"소… 소승이 무심결에 뱉은 말이었는데 그것이 소문으로 회자될 줄은 몰랐사옵니다. 불 지옥에 들어가 마땅하옵니다."

동천몽이 눈을 크게 떴다.

소문이 이곳에서부터 시작되었다는데 아는 것 있느냐고 물으려고 했는데 무륵 선사가 고백해 버렸다. 아마 이래 죽으나 저래 죽으나 매일반이라는 생각에 모든 것을 털어놓은 듯했다.

퍽!

그때 망동이까지 무릎을 꿇었다.

"이 제자도 죽여주십시오. 이 제자가 하도 우둔하자 용기를 북돋아주기 위해 사부님께서 하셨던 말씀인데 그만 그것이 대법왕님을 모욕하는 소문으로 굳어지고 말았사옵니다. 엄밀하게 따진다면 이 제자 때문이오니 저를 벌하시는 게 맞사옵니다."

팟!

동천몽의 눈이 이채를 발했다.

그때 무륵 선사가 말했다.

"망동, 무슨 짓이냐! 넌 저리 빠지거라."

"아닙니다, 사부님. 사부님은 아무런 잘못이 없습니다."

무륵 선사가 더욱 자세를 낮췄다.

"공부는 가르치는 자의 입이 중요하옵니다. 제자의 우둔함을 깨우치기 위한 방편이었다고는 해도 위대하신 대법왕님의 명예를 짓밟은 것은 온당한 방법이 아니었사옵니다. 소승을 벌하소서."

동천몽이 가벼운 한숨을 쉬었다.

"둘 모두 일어나거라."

두 사람이 주춤거리다 일어섰다.

동천몽이 망동을 쳐다보았다.

"망동이라고 했더냐?"

"그러하옵니다, 대법왕님."

"어디서 왔느냐?"

"염지(塩地)에서 왔사옵니다."

"염지라면 소금의 땅을 말하느냐?"

소금의 땅은 대설산 어느 곳엔가 있다. 사방이 소금으로 이뤄진 땅으로 예로부터 선한 자들만이 살 수 있다는 말이 내려올 만큼 부지런하고 올곧은 사람들이 터를 잡고 사는 땅이었다.

특히 그들의 불심은 깊기로 소문나 있었다. 그래서 태어나 승려가 되는 것을 가장 큰 자부심이자 영광으로 생각한다.
"형제는 있느냐?"
"없사옵니다."
동천몽의 눈이 커졌다.
"외동아들을 이곳으로 보냈더란 말이냐?"
"예!"
그 부모의 불심이 어느 정도인지 알 수 있을 것 같았다. 대를 이어야 할 자식을 미련없이 불가로 귀의시킨다는 것은 아무나 할 수 있는 일이 아니었다.
"즐거워하셨느냐, 부모님께선?"
"좋아하셨사옵니다. 보름 전에 한 번 오셨는데 너무 기쁘시다면서 우셨사옵니다."
동천몽이 고개를 끄덕이며 미소를 지었다.
"훌륭한 부모님을 두었구나. 하루 중 언제 시간이 있느냐?"
망동이 조심스럽게 대답했다.
"오전 오후 모두 무예 수련을 하옵니다. 시간이라면 잠자는 시간 말고는……."
"내일부터 저녁을 먹고 백궁으로 건너 오거라."
백궁으로 오라는 말에 망동은 물론 무륵 선사까지 놀란 눈으로 동천몽을 쳐다보았다.
"무엇을?"
무륵 선사가 조심스럽게 물었다.
"이상하게 생각할 것 없느니라. 조금 전 수련하는 모습을 잠시 보았는데 근골이 좋아 보였다. 내놓을 것 없는 졸기지만 몇 수 가르쳐 줄까 하느니라."

"조… 졸기시라뇨! 뭣 하느냐! 어서 엎드려 감사드리지 않고!"

두 사람이 동시에 무릎을 꿇었다.

"감사하옵니다."

"대법왕님의 은혜가 땅 끝까지 닿사옵니다."

"늙어 무릎도 시원찮을 텐데 걸핏하면 그렇게 무릎을 구부리느냐? 그만 일어나거라."

두 사람이 일어나자 동천몽이 망동을 깊은 시선으로 쳐다보았다. 한순간 한 사내의 얼굴이 겹쳐진다.

동천완.

자신의 가슴에 가장 큰 그리움으로 남아 있는 형이다. 어려서부터 유난히 정이 많았고 괴롭히는 형들 속에서 자신을 감싸주고 보호하려 애썼던 동천완이었다.

방황하며 밖으로 돌 때마다 슬쩍 찾아와 적지 않은 돈을 쥐어주고 가곤 했다.

'그러고 보니!'

동천몽의 두 눈이 빛을 뿌렸다. 워낙 바쁘다 보니 동천완의 행방에 대해 깜빡한 것이었다.

"그럼 수고들 하거라."

두 사람에게 가벼운 미소를 띠어주곤 돌아섰다. 장로원을 벗어난 동천몽이 일목에게 명령을 내렸다.

"가서 무미 선사를 불러 오너라."

"명을 받드옵니다."

일목이 사라졌고, 동천몽은 백궁으로 돌아왔다.

목이 컬컬하여 냉수를 한 잔 들이켤 때 일목이 무미 선사를 데리고 들어섰다.

"내 형님의 소식은 알고 있느냐?"

무미 선사의 표정이 굳어졌다.

형님이라는 말에 동천비가 떠올랐던 것이다. 동천몽이 무미 선사의 착각을 읽은 듯 말했다.

"천완 형님 말이니라."

"아!"

무미 선사가 멋쩍은 표정을 짓더니 말했다.

"송구하옵니다. 당장 알아보겠나이다."

"당장 알아보거라."

무미 선사가 나가자 동천몽은 의자에 앉았다.

동천비의 용서를 청하기 위해 포달랍궁을 찾아온 이후 한 번도 만나지 못했다. 천상각을 찾아갔을 때도 얼굴을 보지 못했고 중원에 있는 동안 어떤 소식도 듣지 못했다. 갑자기 불안한 생각이 밀려들기 시작했다.

벌떡!

자리에서 일어난 동천몽이 창가로 다가가 문을 열었다. 시원한 바람이 들어오자 끓어오른 마음이 조금 안정되었다. 천상각은 강호의 중심에 있었다. 특히 이번 혈란은 천상각에 의해 시발되었다. 다시 말해 천상각의 고위 인물이라고 하면 누구든 죽음의 표적이 될 수밖에 없는 것이었다.
 '별일 없어야 할 텐데……'
 동천몽의 주먹이 가만 쥐어졌다.

 십만대산 제일봉 풍도봉(風刀峯)에 바람이 불고 있었다. 불어오는 바람이 워낙 세차고 강해 봉우리의 바위가 칼에 베인 듯 잘려 나간다.
 해서 붙은 이름이 풍도봉이었다.
 보통 사람은 바람에 사지가 잘려 나가 결코 서 있을 수조차 없다는 풍도봉에 네 명의 인물이 서 있었다. 서 있는 것조차 경악할 일인데 더욱 놀라운 일은 네 사람의 옷자락이 꼼짝도 하지 않고 있다는 것이었다.
 휘이이이!
 바람은 매우 사납게 불고 있었다. 자세히 보면 그들이 딛고 있는 풍도봉 바위 표면이 조금씩 바람에 깎여 나가고 있었다. 그런데도 그들의 옷자락은 무풍지대에 있는 것처럼 전혀 흔들리지도 않았다.
 "카악! 씨발, 난 그만 갈래."
 맨 우측에 선 노인이 가래침을 뱉으며 말했다. 검은 수염이 가슴 앞까지 길게 내려왔고 얼굴엔 거미줄 같은 주름이 빼곡하여 나이를 짐작할 수 없게 했다. 허리에 짧은 창 한 자루를 꿰차고 있었는데, 불그스름한 낯빛과 이글거리는 눈빛에서 절정의 고수임을 짐작케 했다.

"이름도 성도 모르는 놈의 서찰을 받고 괜한 지랄을 떨었군."

"창신, 조금만."

옆에 서 있는 백의노인이 그의 팔목을 잡았다. 비슷한 연배로 보였는데 허리에 은빛 요대를 찼고 한 자루 핏빛 비수를 꽂고 있었다.

"마비, 늙은이의 한 시진은 젊은것들의 한 달이오. 생판 낯짝도 모르는 놈의 서찰을 받고 금쪽같은 한 시진을 버렸단 말이오. 에이, 씨발놈. 나 갈 거야."

더 이상 기다릴 수 없다는 듯 무릎을 굽혀 땅을 박차고 날아오르려 했다.

"호호호! 천랑사신 중 가장 성질이 급하다더니 어김없구나."

한 소리가 바람결에 실려왔다.

네 사람은 누가 먼저랄 것도 없이 소리난 곳으로 고개를 돌렸다.

"헉!"

"맙소사!"

"이런!"

네 노인의 입에서 다급성이 터졌다. 분명히 소리가 들려왔는데 아무것도 보이지 않은 것이다.

"어딜 보시오? 난 여기 있거늘."

다시 고개를 반대쪽으로 돌렸다.

하지만 또다시 창공에는 아무것도 없었다.

"이런 호로상놈의 새끼가 지금 어른들 불러다 놓고 장난치냐? 빨리 안 나와!"

"왔잖소."

다시 소리가 들려온 좌측을 향해 고개를 돌렸다.

하지만 또다시 아무것도 보이지 않는다.

"전성회음이오."

백의노인, 마비가 놀라 외쳐 말했다.

그러자 창신이란 흑의노인이 버럭 소리쳤다.

"지금 그걸 말이라고 하오! 전성회음이라니, 턱도 없소이다!"

"나도 그 말에 공감하오. 이 판국에 어떻게 전성회음을 시전한단 말이오?"

가장 키가 작은 세 번째 노인이 말했다.

노인은 대머리였다. 그런데 그의 대머리엔 흉터 자국이 빼곡했다.

"독두포(禿頭砲), 그렇지 않소. 전성회음이 확실하오."

마비가 강조하자 독두포가 눈살을 찌푸렸다.

전성회음은 불가의 혜광심어와 더불어 전음의 최고 경지이다. 말을 한 사람의 위치를 파악할 수 없도록 사방에서 울리게 하는 것이 특징인데, 진기를 사방으로 퍼뜨려야 하기 때문에 어지간한 고수는 시늉조차도 불가능하다.

하지만 정작 독두포가 놀라는 것은 바람이었다.

풍도봉의 바람은 단단한 화강암을 깎아낼 만큼 세차다. 그런 바람 속에 전성회음을 펼친다는 것은 사실상 불가능했다. 직선으로 쏘는 일반 전음일지라도 거친 바람에 도중에 소멸되고 말 텐데 사방이 울리는 전성회음은 말도 안 되는 일이었다. 여기 있는 넷 모두 일반 전음이라면 풍도봉의 바람이라고 해도 펼칠 수 있었지만 전성회음은 어렵다는 것을 인정하기 때문에 마비의 말을 더욱 믿으려 들지 않았다.

천랑사신(天狼四神)은 정사가 불분명한 인물들이다. 현 강호에서 배분이 가장 높은 강호육군보다 한 세대 앞선 거물들로 각자 독창적인 기예로 한 시대를 풍미했다.

창신(槍神).
마비(魔匕).
독두포(禿頭砲).
육섬홍지(六閃紅指).

창신은 일반 검보다 더 짧은 단창 한 자루로 귀신(鬼神)이란 칭호를 얻었고, 마비는 비마탈명(匕魔奪命)이라고도 부르는 무시무시한 별호를 얻은 비도술의 귀재이다. 그리고 독두포는 머리통으로 천하의 강적들을 함몰시켜 독두포란 이름을 얻었다. 원래 독두포의 머리는 정상인과 같았지만 수많은 적들과 대결을 벌이느라 머리털이 빠지고 급기야 대머리로 변하게 되었다.

육섬홍지, 타고난 육지를 갈고닦아 다섯 개의 손가락을 가진 사람을 수도 없이 죽인 거목이다.

너무 강했기에 어느 집단에도 소속되는 것을 싫어했던 그들에게 사흘 전 한 통의 괴서찰이 날아들었다.

보낸 사람의 이름도 없고 십만대산의 풍도봉에서 기다리라는 것뿐이었다. 워낙 건방진 내용이었기에 무시하려고 했지만 궁금했다. 천하의 천랑사신을 이런 식으로 불러내는 인물이 누군지 보고 싶었던 것이다.

"음!"

"……."

"맞군!"

모두의 표정이 굳어졌다.

전성회음이라는 사실이 분명했다.

정말로 가만히 서 있으면 몸이 잘려지는 풍도봉의 바람이다. 그래서 네 사람 모두 내공을 끌어올려 버티고 있는 것이다. 그런데 상대는 그보다 훨씬 어려운 전성회음을 날려왔다.

"저기요."

네 사람의 고개가 천공으로 향했다.

하늘 가운데서 한 개의 흑영이 천천히 내려오고 있었다.

네 사람의 표정이 더욱 굳어졌다.

자신들은 그나마 땅을 딛고 서 있었다. 하지만 상대는 허공에 떴는데도 흔들리지도 않고 옷자락 또한 펄럭거리지 않았다.

머릿속으로 떠오르는 건 딱 한 가지였다. 자신들보다 무공이 낮지 않은 초인이라는 것이었다.

흑영이 빠르지도 느리지도 않게 내려와 바위에 섰다.

"엇!"

"아니!"

네 사람이 다시 놀람성을 터뜨렸다.

펼친 기예를 보아서는 족히 백 살 이상은 먹었을 것으로 예상했다. 그런데 상대는 새파란 젊은이였다.

"후후후후!"

흑의사내는 네 사람을 보더니 웃음을 참지 못했다.

꿈틀!

역시 가장 성질이 급한 창신의 눈썹이 출렁거렸다.

"네놈은 누구냐? 감히 새파랗게 젊은 놈이 어른들을 오라가라 하더니, 그것도 부족해 보자마자 웃어?"

금방이라도 옆구리에 달린 창을 뽑을 것 같은 기세였다.

"네놈이 창신이구나?"

"네… 네놈……?"

창신이 입을 쩌억 벌렸다.

정확한 나이가 올해로 백스물둘이다. 나이로 고수를 뽑는다해도 천하제일이 될 만큼 많은 나이였다.

"다… 다시 말해봐라. 날더러 네놈이라고 했느냐?"

아마 자신이 잘못 들었을 것이라고 여겼다. 그래서 물었던 것인데 흑의사내는 웃으며 다시 대답했다.

"오냐. 늙더니 귀가 이상하게 된 모양이구나, 사람 말도 잘 알아듣지 못하다니."

"이 씨발놈!"

창신이 그대로 창을 뽑아 들려고 했다.

"안 되오, 창신!"

그때 마비가 잽싸게 그의 손목을 잡았다.

"창신, 일단 진정하고."

"이것 놓으시오. 아무리 내 손주뻘도 안 되는 놈이지만 나 오늘 저 새끼 시체 칠 거요. 놓으라니까!"

소매를 확 뿌리쳤지만 마비는 힘껏 거머쥐었다.

어쩌면 흑의사내의 작전인지도 모른다. 자신들을 흥분케 하여 자신의 이익을 관철하려는 고도의 전략인지도.

"창신, 천천히 죽여도 늦지 않소. 그러니 우선 진정하고 내 말을 들어주시오."

마비의 두 눈이 애원한다.

가장 이성적이며 영리하고 침착한 마비이다.

뿌드득!

창신이 이를 갈며 말했다.

"좋소, 마비의 말을 들어 일단 참지. 네 이놈, 잠시 후에 죽여줄 테니 기다리거라."

흑의사내가 조롱했다.

"늙으면 모두가 제정신이 아니라더니 무척 한심한 늙은이 구나. 잠시 후까지 미룰 것 뭐 있느냐? 당장 자신있으면 날 죽여보거라."

부르르!

창신이 몸을 떨었다.

"너… 너 이 상놈의 새끼!"

촤악!

급기야 창을 뽑아 들었다.

"내가 오늘 네 목을 자르지 못하면 네놈 하인이다!"

슈와악!

누가 말릴 겨를도 없이 달려들었다.

창신의 기세는 도도했다. 홧김에 뽑아 들었지만 뻗어나가는 한기는 절제되어 있었다.

거센 창기가 몰려오자 흑의사내가 흠칫했다. 하지만 이내 입술을 뒤틀며 말했다.

"정말이냐? 내게 패하면 내 하인이 되겠다는 말?"

"어린 새끼가 속고만 살았나. 진짜다, 개자식아!"

쾅!

흑의사내가 창신의 뻗어온 창기를 세찬 장력으로 가로막았다.

경천동지할 소리가 나며 두 사람이 뒤로 주춤 밀려갔다.

"저… 저 패 죽일 놈이!"

자신의 일창에도 끄떡도 않는 흑의사내의 모습을 보고 창신은 더욱 대노했다.

"이놈, 간다!"

추릿!

창이 거칠게 요동했다.

창끝이 허공을 후비듯 크게 꺾였는데 그 순간 강한 경기가 휘몰아쳐 갔다.

멈칫!

흑의사내의 눈이 빛났다.

창끝에서 뿜어져 나온 강한 기세가 해일을 연상케 했다.

흑의사내의 입술이 물렸다.

강자를 제압하는 데는 두 가지 방법이 있다. 먼저 자신이 지나온 발자취로 상대가 알아서 무릎을 꿇게 하는 방법이 있는데 이 경우에 해당되지 않는다. 자신의 발자취는 이전에는 없다고 해도 과언이 아니었다. 약간 남기긴 했지만 이들에게는 씨알도 먹히지 않을 정도이다. 자신의 진정한 발자취는 지금부터 남게 될 터인데, 어쨌든 이 역시 해당되지 않는다.

두 번째는 실력이다. 그냥 힘으로 꺾어버리는 건데, 지금이야말로 자신의 신위를 보여야 할 때이다.

쿠와아아!

흑의사내의 오른손이 뻗어갔고 손끝에서 검은 기류가 뭉텅 쏟아졌다.

"저… 저건!"

"무… 묵곤혈참기!"

지켜보던 나머지 사람들이 경악했고, 창과 장이 정면으로 부딪쳤다.

꽈가가강!

지축을 흔드는 굉음이 울렸다. 바위를 깎을 정도로 세차게 불어오던 바람도 창과 장의 충돌로 일어난 강한 반탄강기에 잠시 숨을 멈췄다.

"크윽!"

"음!"

각기 다른 신음을 터뜨리며 두 사람은 세 걸음씩 물러났다. 외형적인 변화는 큰 차이가 없었다. 그래서 지켜보던 세 사람은 미세한 차이라도 알아내기 위해 눈을 더욱 부릅떴다.

푹!

그때 갑자기 창신이 무릎을 꿇었다. 그것은 일부러 꿇은 것이 아니라 더 이상 자신의 의지로는 서 있을 수가 없었기에 어쩔 수 없이 꿇은 것이었다.

자신의 의지와 상관없이 꿇은 무릎이라는 것을 알 수 있는 증거는 바로 눈빛이었다. 도저히 믿을 수 없다는 듯 창신의 두 눈이 부들부들 떨리고 있었다.

"내… 내가 너 따위 아이에게……. 웩!"

끝내 붉은 피까지 토했다. 물론 피는 바닥에 떨어지기도 전에 바람에 날려 순식간에 사라져 버렸다.

흑의사내의 입술이 열렸다.

"약속을 기억하느냐?"

꿈틀!

창신의 눈썹이 다시 요동쳤다.

처음부터 끝까지 자신을 향해 하대를 하는 흑의사내의 건방진 말투가 마음을 들지 않았다. 그러나 이제는 패자이므로 그로부터 공손한 대우가 나오기를 기다리는 것은 틀렸다.

"하인이 된다고 했는데, 언제까지 그렇게 기분 나쁜 시선으로 쳐다보고만 있을 것이냐?"

창신이 다시 한 번 몸을 떨었다.

무인의 약속은 생명보다 귀하다. 그것은 반드시 지켜져야 하고 뱉은 대로 행동해야 한다.

창신의 고개가 숙여졌다.

그리고 후들거리듯 떨리는 음성이 흘러나왔다.

"미… 미천한 늙은이가 주인님을 뵈오이다."

"헉!"

"차… 창신!"

나머지 사람들이 소스라쳤다.

설마 창신이 약속을 이행하리라고는 생각하지 않았다. 워낙 화가 치솟아 그냥 뱉은 말이기에 그것을 진지한 약속이라고 믿지 않았고, 그래서 결과를 따르리라고 더욱 생각하지 않았다.

"흐흐! 일어나거라."

흑의사내는 진짜 주인처럼 당당하게 명령했다.

그러자 창신은 일어나고 있었다.

누구도 일어나지 않으리라고 생각했다. 절대 일어나지 말기를 마음속으로 바랐는데 창신은 고분고분했다.

"넌 잠시 저쪽으로 비켜나 있거라."

"예, 주인님."

창신은 어깨를 축 늘어뜨리고 봉우리 한쪽으로 물러났다.

세 사람은 입을 쩌억 벌렸다. 모두가 기가 막혀 할 말을 잃었다. 흑의사내가 세 사람을 향해 입을 열었다.

"내가 너희 넷을 불러낸 괴서찰의 장본인이니라. 내 목적은 이미 짐작했겠지만 천랑사신을 패업의 선봉에 세우려 한다."

"패… 패업!"

"네… 네놈이 누구기에?"

자신들을 수하로 거두어들이려는 목적도 말이 안 될 만큼 무모했지만 패업이라는 말을 너무 가볍게 내뱉는다.

패업(覇業).

자신들도 한때 패업이란 두 글자를 가슴에 담아보지 않은 것은 아니었다. 장부라면 한 번쯤 원대한 꿈을 꾸어볼 가치가 있었고 무공 또한 천하를 종횡할 만큼 가공했으니 무리한 계획은 아니라고 생각했다.

하지만 네 사람의 야망은 오래지 않아 물거품이 되었다. 힘은 부족하지 않았다. 자신들과 맞설 만한 고수는 그다지 많지 않았고, 상당수를 격패시켜 자신들을 충성으로 따르겠다는 동의까지 얻어냈다. 흑과 백의 수십 개의 문파를 수용하기까지 했다.

하지만 실패는 엉뚱한 곳에서 있었다. 거둬들인 부하들끼리 내분이 일어난 것이다. 아직 천하패업도 이루지 못했는데 시작하자마자 논공행상이 벌어졌고 끝내 피 튀기는 싸움이 일어난 것이다.

그때 네 사람은 한 가지 중요한 사실을 깨달았다.

천하패업은 무공의 높음으로 얻어지는 것이 아니고 뛰어난 머리로 얻어지는 것도 아니었다. 제왕은 철저히 다스림으로 만들어지는 것이었다. 아랫사람의 능력을 읽고 적재적소에 배치를 하고 이용할 줄 알아야 하는 것이었다. 그렇지 못하면 아래로부터 내란이 일어나 자멸하고 마는 것이었다.

세상에서 가장 어려운 것이 인간을 다스리는 것이었다. 조금만 처우가 불만족스러워도 노골적인 불만을 내뿜고 반역의 칼을 뽑아 들 기회를 노리는 부류가 인간이었다. 그렇다고 너무 억압적으로 나가면 이는 더욱 바보짓이었고, 끝내 반란에 쓰러진다.

"크핫핫핫!!"

마비가 커다랗게 웃음을 터뜨렸다.

"왜 웃느냐? 내 말이 말 같지 않다는 것이냐?"

마비가 웃음을 그쳤다.

"천만에! 절대 그렇지 않다. 패업. 말만 들어도 얼마나 가슴 뛰는가? 장부라면 최소한 그 정도의 꿈은 가져봐야 하는 것 아닌가. 그러다 설혹 죽음을 맞이하더라도 말이다. 패업의 야망을 갖는 장부야말로 진정한 멋진 사내라고 생각한다."

"그런데 왜 웃느냐?"

"사람에게는 그릇이라는 게 있다. 천하를 주어도 경영하지 못할 그릇이 있고 주어지면 태평성대의 천하를 만들 그릇이 있지."

"호호호! 너희 넷은 끝내 꿈을 이루지 못했지."

흠칫!

모두가 놀란 표정을 지었다. 자신들의 과거사를 안다는 것은 이미 치밀하게 자신들의 모든 것을 조사했다는 의미였다.

"난 너희 네 명과 다르다. 어떡하겠느냐? 날 따르겠느냐? 아니면 풍도봉에서 생을 마감하겠느냐?"

"이놈이 듣자 듣자 하니까 정말 버르장머리가 없구나. 천하의 주인이 되고 싶거든 존장에 대한 예우부터 배우거라!"

독두포가 날아갔다.

머리를 내밀고 날아가는 모습이 마치 거대한 바위가 날아가는 듯했다.

"호호! 독두포의 주특기인 독두살포로군."

흑의사내의 좌장이 독두포의 머리와 부딪쳤다.

뻐걱!

"호호! 세긴 세구나. 어디, 이것도."

독두포가 잠시 멈칫하더니 다시 대가리로 동천비의 면상을 찍어갔다.

화악!

딱!

동천비의 좌장이 다시 부딪쳤다.

파파팍!

목을 뒤로 뽑아낸 독두포가 연거푸 삼 두를 폭발시켰다.

딱— 따다닥!

동천비 또한 방심하지 않고 삼 장을 맞받았는데 표정이 흔들리고 있었다.

대저 손보다는 발이 강하고 발보다는 머리가 강하다는 게 정설이었는데, 독두포 또한 그랬다. 이미 창신과의 격전으로 기혈이 흔들린 데다 독두포까지 전력을 다해 맞서다 보니 기혈이 들끓었다.

넷 모두와 정면충돌해 이길 가능성은 오 할이라고 생각했다. 그래서 생각해 낸 방법이 누가 되었든 가장 먼저 달려드는 사람을 상대로 전력을 다해 격패시킨다는 것이었다. 지금까지 강호 경험에 비춰 초반에 완전하게 승기를 거머쥐면 나머지는 의기소침해진다는 것이었다.

즉, 기선 제압이었다. 구상한 작전은 맞아떨어졌지만 워낙 거물들인 탓이어서인지 쉽게 기세를 누그러뜨리지 않았다.

뻑!

뻐어어억!

두 사람이 밀려났는데, 독두포의 대머리가 붉게 달아올랐다. 살짝 건드리기만 해도 터질 듯 흐물거렸다.

그래도 독두포는 포기하지 않았다. 독두포의 두 눈이 붉게 충혈되어 있었는데, 무명의 청년 한 명을 물리치지 못한 것이 무척 부끄러운 듯 더욱 씩씩거렸다.
"멈추게!"
다시 달려들려는 독두포를 보며 마비가 소리쳤다.
"막지 말게."
독두포가 손을 내저었다. 무척 흥분한 얼굴이었지만 마비는 체면상 그런다는 것을 알아차렸다. 독두포는 지금 말려주기를 바라고 있었다.
"싸운다고 해결될 문제가 아닐세. 우린 서로 죽이자고 만난 건 아니잖는가?"
"저놈을 가만 안 두겠네."
"나잇값 좀 하게. 지금이 흥분할 때인가?"
동천비 또한 가만있지 않았다.
워낙 노회한 사람들인만큼 가만있으면 자신의 몸 상태를 읽을 수도 있었다.
"흐흐! 물러나려는가? 늙어서 기력이 예전만 못한 모양이군."
듣기에 따라서는 심한 비아냥이었다.
하지만 강하게 밀어붙여야 자신이 완벽하게 덮어진다. 조금이라도 흔들림을 보이면 금방 알아차릴 것이다.
"그러지 말고 셋 모두 덤비거라."
"저… 저저……."
독두포의 얼굴이 붉으락푸르락해졌는데 그것으로 끝이었다. 확실히 그 또한 흔들리고 있었다.

이제 남은 사람은 마비와 육섬홍지다.

하지만 강호에 회자되는 말에 의하면 육섬홍지는 머리가 나쁘다고 했다. 넷 중 가장 나쁘다는 말도 있었기 때문에 그다지 신경이 쓰이지 않았다.

문제는 마비였다.

처음 나타날 때부터 지금까지 그가 모든 상황을 조종하고 있었다. 겉으로는 흥분을 자제하고 대화로 해결하려는 모습을 보이지만 오랜 장사꾼의 경험으로서 그런 자들이 제일 다루기가 힘들다. 무인이든 상인이든 쉽게 흥분하는 사람은 다루기 쉽다. 하지만 웃음을 자주 짓고 흥분을 잘 하지 않은 사람은 계산이 빠르고 거래에 아주 익숙하기에 다루기가 쉽지 않다.

"공자의 존함을 물어도 되겠는가?"

확실히 달랐다.

사람을 만나면 가장 먼저 이름을 묻는다. 그것은 무림인이든 상인이든 똑같았다. 이미 백 년 가까이 생사고락을 같이한 두 명의 동료가 생면부지의 자신에게 능욕을 당하고 있는데도 마비는 냉철하게 물어왔다. 보통 사람들 같았으면 앞뒤 가리지 않고 날뛰며 대판 싸움을 벌인다.

"동천비라고 하오."

"동천비?"

그러면서 동료들을 돌아보았다. 그러나 아무도 아는 사람이 없는 듯 눈을 멀뚱거렸다.

"천상각의 후예입니다."

장내에 갑자기 다른 목소리가 들려왔다.

동천비는 깜짝 놀라며 고개를 돌렸다. 네 사람에게 신경을 쓰고 있었다지만 낯선 자가 근접해 있다는 것을 느끼지 못하고 있었다. 만약 상대가 기습을 가했다면 상당한 위기를 불렀을 것이었다.

"처식아."

"식아야."

네 사람 모두가 놀란 표정을 지었다.

장내에 흑의를 걸친 청년 한 명이 모습을 드러냈다. 한데 오 척도 채 되지 않을 만큼 작았고 놀랍게도 머리통은 보통 사람보다 세 배는 커 보였다.

흔들흔들!

바람에 흔들거리는 건지 아니면 머리가 너무 무거운 때문인지 알 수는 없었지만 청년의 머리통은 심하게 움직였다.

음처식(陰悽食).

올해 스무 살인 음처식은 천랑사신의 공동제자이다.

지금으로부터 십사 년 전 네 사람은 항주의 뒷골목을 걸어가고 있었다. 당시 항주 인근의 가흥에 독두포가 살고 있었고 그의 생일을 맞이해 모처럼 천랑사신이 한자리에 모인 것이다.

네 사람은 항주에서 가장 큰 기루인 오월루를 들어가다 말고 일제히 발걸음을 멈췄다.

오월루 입구 좌측 담벼락 아래서 한 어린아이가 웅크린 채 흐느끼고 있었기 때문이다. 가까이 다가가서 본 어린아이는 여섯 살 정도의 땟국물이 좔좔 흐르는 거지였다. 여섯 살 아이는 삶은 무 한 개를 먹고 있었는데 닭똥 같은 눈물을 흘리고 있었다.

사연인즉, 오월루에 구걸하러 들어갔다가 점소이에게 실컷 두들겨 맞고 무를 한 개 얻었는데 삶은 것인지도 모르고 덥석 물었다가 입을 덴 것이다. 하지만 워낙 배가 고팠으므로 아이는 데인 입의 고통에 눈물을 흘리며 삶은 무를 먹고 있었다.

아이는 부모도 없이 버려졌고 자신을 데려다 키운 거지 부모마저 굶어 죽자 홀로 구걸에 나섰던 것이다.

네 사람은 곧바로 오월루를 들어가 점소이를 두들겨 팼다. 또한 점소이 교육을 제대로 시키지 못한 죄를 물어 주인까지 늘씬 두들겼다. 네 사람은 생일 술을 접고 아이를 데려와 키웠는데, 그 아이가 지금의 음처식이었다.

"네가 여긴 웬일이냐?"

음처식이 물었다.

"네 분 사부님께서 갑자기 한날한시에 사라지셔서 제자는 뭔가 커다란 비밀이 있음을 감지하고 조사에 나섰습니다. 그리고 저분께서 괴서찰을 보낸 당사자라는 것을 알았지요."

비록 학문은 배우지 못했지만 타고난 머리 하나만큼은 영리했다.

어찌나 영민하고 똑똑한지 하나를 가르치면 음처식은 네다섯 개를 깨우쳤다.

"저분은 천상각의 맏이로 동천비라는 분입니다. 무림맹과 원한을 맺어 강호에 뛰어들었죠. 묵곤혈참기라는 금지마공을 대성하여 지금 패업의 야심을 키우고 있습니다."

자신의 속속들이를 밝히자 동천비의 눈이 커졌다.

이제 갓 스무 살이지만 범상치 않은 재기가 번득이고 있었다.

"음처식이라고 했느냐?"

"네, 형님!"

"혀… 형님!"

동천비는 물론 천랑사신까지 눈을 크게 떴다.

자신들이 겪은 음처식은 보통 아이가 아니었다. 그런 음처식이 동천비의 부름에 친근한 목소리로 대답했다는 것은 의미심장했다. 그것은 굳이 말하지 않아도 자신들이 어떻게 처신해야 할지를 가르쳐 주고 있었다.

"하고 싶은 말씀 있으면 하십시오. 미리 말씀드리지만 저는 형님과 친해지고 싶습니다. 물론 시간을 주신다면 사부님들의 마음 또한 돌려 드리도록 하겠습니다."

"내 부하가 되겠다는 얘기냐?"

"삼류뮤사도 아니고 천하제일고수의 부하가 되는 것이니 얼마나 자랑스러운 일입니까?"

"천하제일고… 수?"

동천비의 눈이 커졌다.

스스로 강하다고 자부했지만 한 번도 천하제일고수라고 생각해 보지는 않았다.

천하제일고수.

무림인들에게는 꿈의 경지이고 위치이다.

"처식아."

동천비의 목소리도 바뀌었다. 조금 전까지 천랑사신을 향해서는 살기 가득한 목소리였는데 지금은 완전한 감정이 실려 있었다.

"네가 보기에 이 우형이 정말로 천하제일고수라고 여겨지느냐?"

"묵곤혈참기는 마공입니다. 강한 무공이지요. 형님은 그 마공을 십이성 대성했으니 천하제일고수입니다. 형님이 죽이지 못할 인물이 있을지 모르지만 형님을 죽일 인물은 없습니다."

동천비의 눈이 이채를 띠었다.

자신을 죽일 인물은 천하에 없다는 광오한 얘기였다.

자신은 적수를 지금까지 남궁천과 백쾌섬, 그리고 꿈에서도 찢어 죽이고 싶은 동천몽이라고 생각해 왔다. 그런데 이제 그들도 자신을 죽이지 못할 것이라는 말은 어떤 칭찬보다 뜨겁고 격렬하게 와 닿았다.

"진실입니다. 형님을 죽일 자 천하에 없음을 이 아우는 자신합니다."

바로 그때였다. 나머지 천랑사신 세 명이 일제히 무릎을 꿇었다.

"주인을 뵈오이다."

음처식이 동생 될 것을 자처했으니 자신들 또한 머리를 굴리고 말고 할 것도 없었다. 음처식의 결정은 곧 자신들의 결정이고 그의 뜻은 한 번도 가볍게 세워지지 않았다. 즉, 믿어도 된다는 뜻이었다.

동천비의 얼굴에 웃음이 떠올랐다.

천랑사신을 끌어들이지 않고는 패업의 꿈은 요원하다는 것이 그가 내린 결정이었다. 또한 넷을 굴복시키는 데 어쩌면 자신이 패할 수도 있다고 생각했다. 그래서 모진 각오를 갖고 나섰고 실패하더라도 어쩔 수 없다고 여겼다.

사실 음처식이 등장하기 전까지는 결코 상황은 자신에게 유리하지 않았다. 마비와 육섬홍지의 합공이면 자신의 지금 몸 상태를 봤을 때 패배 쪽으로 기울었다. 천랑사신에게 패하면 그것으로 끝장이었다. 그런데 음처식이 나타나 상황을 완전히 반전시킨 것이었다.

"아우!"

"형님!"

와락!

음처식이 동천비의 품속에 안겼다.

두 사람이 서로를 힘차게 끌어안고 있는 모습을 바라보는 천랑사신의 표정은 밝았지만, 한 사람 마비만 소리없이 한숨을 내쉬었다.

음처식이 나타나 복잡한 상황을 단번에 정리하여 다행이긴 했지만 그의 머릿속에 무슨 생각이 들었느냐 하는 것이 문제였다.

그의 말대로 동천비가 천상각의 후예라면 보통 인물이 아니었다.

자신들도 천상각에 대해서는 잘 알고 있었다. 천하제일대상가이자 고금을 통틀어 가장 돈이 많은 가문이다. 무림맹과 대립각을 세웠다고는 하지만 무림맹 또한 그들의 주머니에 붙어 기생했으니 어쩌면 천상각이야말로 천하를 주무른 패업의 가문이라고 할 수 있었다.

여섯 사람은 곧바로 자리를 옮겼다.

음처식이 이렇게 기쁜 날 그냥 넘어갈 수 없다며 동천비를 자극했기 때문이다.

『대법왕』 제8권에 계속…

이경영 소설

SCHÄDEL KREUZ
새델 크로이츠

[2부] *Philosopher*
필라소퍼

정도를 추구하고 세상을 바로잡는
하얀 왕의 힘이 필요한 역전체 군단.
신의 존재에 가까운 '절대자'와
또 다른 천요의 등장.
그들의 목적은 헨지를 통한
공간왜곡의 문!

주어진 운명에 대항하는 자들과 이를 막으려는 자들.
그리고 밝혀지는 전설의 진실 앞에 또 다른
전설의 존재가 탄생하는데…….

새델 크로이츠, 그들의 임무가 시작되었다.

유행이 아닌 자유추구 -
WWW.chungeoram.com
Book Publishing CHUNGEORAM

CHARM MASTER 참마스터

눈매 퓨전 판타지 소설

부적(Charm)이란

**만드는 자의 정성, 만드는 자의 능력, 받는 자의 믿음,
이 세 가지가 충족되어야 최고의 힘을 발휘한다.**

이계에서 넘어온 영환도사의 후손 진월랑!
아르젠 제국의 일등 개국 공신 가문이었던 이계인 가문, 진가가 하루아침에 몰락했다.
그것도 가장 믿었던 사람으로 인해.

홀로 살아남은 어린 월랑은 하루하루 생존 게임이 벌어지는
살인자들의 섬으로 보내지는데…….

**독과 부적의 힘을 손에 넣은 진월랑!
그가 피바람을 몰고 육지로 돌아온다.**

유행이 아닌 자유추구 -
WWW.chungeoram.com
Book Publishing CHUNGEORAM

Book Publishing CHUNGEORAM

청운하 新무협 판타지 소설

백팔번뇌
百八煩惱

세상은 날 버렸다.
나 또한 세상을 버렸다.

神이 선택한 그들이 흘린 쓰레기를…
난 그저 주워 먹었을 뿐이다.
그러므로 난 여전히 배가 고프다.

**일류(一流)가 되기 위해서라면…
난 기꺼이 신마저 집어삼킬 것이다.**

유행이 아닌 자유추구 -
WWW.chungeoram.com

Book Publishing CHUNGEORAM

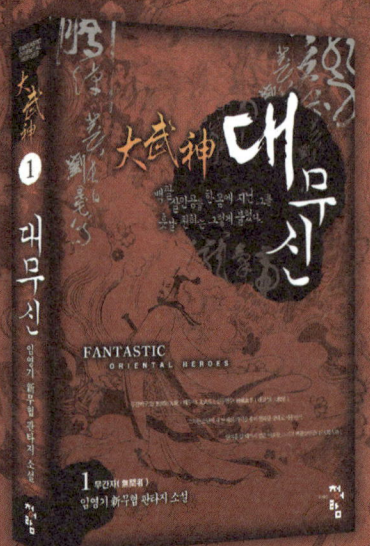

백팔살인공을 한 몸에 지닌 그를
훗날 천하는 그렇게 불렀다.

大武神 대무신

임영기 新무협 판타지 소설

무간백구호(無間百九號). 태무악(太武岳).
신풍혈수(神風血手). 대살성(大殺星).

고독한 소년이 세 살 때의 기억을 좇아
천하를 상대로 싸우면서 열아홉 살 때까지 얻은 이름들.
그리고 백팔살인공(百八殺人功).

大武神

백팔살인공을 한 몸에 지닌 그를 훗날 천하는 그렇게 불렀다.

유행이 아닌 자유추구 -
WWW.chungeoram.com

Book Publishing CHUNGEORAM